宮部美幸作品集

MOHO HAN
by Miyuki Miyabe

宮部美幸作品集 02

模倣犯　（二）
（中文版全四冊）

作者：宮部美幸
譯者：張秋明
責任編輯：戴嘉宏

發行人：陳雨航
出版：一方出版有限公司
地址：台北市 100 中正區博愛路 193 號 4 樓
電話：886-2-23703026　傳眞：886-2-23121263
e-mail: editor@ifront.com.tw
劃撥帳號：19732111　戶名：一方出版有限公司

總經銷：遠流出版事業股份有限公司
地址：台北市 100 中正區汀州路三段 184 號 7 樓之 5
電話：886-2-23651212　傳眞：886-2-23657979
遠流博識網：http://www.ylib.com
印刷：一展彩色製版有限公司

ISBN：986-7722-26-4
初版一刷：2003 年 9 月 5 日

定價：199 元

The

模倣犯

Copy Cat

宮部美幸 著
張秋明 譯

17

一九九六年十一月五日，星期二。

上個禮拜六起的秋日連續假日到昨天結束。這一天貫穿群馬縣赤井市東北邊的十二號公路——號稱「赤井山綠色大道」，充滿了前來欣賞紅葉的觀光客。

開通綠色大道是在七年前的四月。因爲是在赤井市裡的山中，連結JR線赤井車站的交通不便，所以這塊東北地區比市內其他區域的開發要晚。因爲這條道路的開闢計畫讓該區域煥然一新。目前綠色大道通過的路線，是以明治中期爲止赤井市林業還很旺盛的林道爲基礎開闢的，整體而言還留有許多急轉彎、陡峭的路況。

當時在鋪設這條路的同時，赤井山南面斜坡也在進行開發計畫。兩百戶的社區開發，吸引了市內有名的私立綜合醫院計畫到此改建，於是合成了一個附屬醫院、有醫療看護的高齡人士社區開發計畫。但是這個計畫最後半途而廢，原因很簡單，因爲資金有困難。泡沫經濟崩盤的餘波，給予北關東這個小城市的小小經濟活動帶來利害性的衝擊。

原本提出這項計畫的市議員——他不顧市議會的反對，強行發出該市自然保護林的開發許可，和預定在此蓋新醫院的私立綜合醫院院長是女婿和岳父的姻親關係。也因此這個開發計畫一公布，就受到強烈的抨擊。但他們之所以那麼強勢，是因爲來自東京的開發業者很有興趣，而且有大型都市銀行作爲後盾的住宅資金專門融資公司願意大筆大筆地匯錢進來。

結果融資來源受到不動產交易的總量限制以及敏感察覺日本經濟開始一路走下坡而抽身，連帶影響了開發業者的意願。喪失強力引擎和燃料的市議員與醫院院長依然不顧周遭冷淡的視線，一意孤行了一兩年。就在社區規畫完成後，所有答應開店的大小商家一起宣布撤出時，他們才不得不死心，那時已經是一九九三的秋天了，赤井山開發計畫全軍覆沒。做完整地工程便停工的社區建築用地從此雜草叢生，鋼筋骨架的綜合醫院和高齡人士社區在風雨中日漸鏽毀，淒慘地矗立在山的南坡上。無人的山中只剩下綠色大道。

但對市民而言，他們反而覺得這是件好事。貫穿赤井山的綠色大道，不論是春天花開或是秋天葉紅，都是最棒的開車路線。而且越過赤井山到對面的小山市，還有個小山遊樂園。過去要到遊樂園必須走擁擠的幹線公路，如今多了一條綠色大道可以通行。也就是說，即使沒有興建社區、醫院，綠色大道本身就紓解了一定的交通量。

雖然跑掉許多的大小商店，但在綠色大道沿途也陸續開了一些民宿、咖啡店和餐廳。不久後，赤井市乃正式開放許可，在山頂建設休息站和展望台等設施。原本失去建造目的的道路，因爲觀光用途而呈現出意外的豐碩成果。

不過因爲失敗而結束的開發計畫殘骸，則像是醜陋的傷口一樣，將廢置的鋼筋、建築工地等遺留在山坡上。由於不良債權的問題懸而未決，所以不能任意撤除這些產業，觸景更令人生氣！此外這些廢墟帶來了鬼怪傳說，居然吸引了市內甚至是東京的年輕人前來。他們稱這些破敗建築物是「鬼屋」，成群結隊地來冒險，最後往往彼此打鬧、引發傷害事件，或因爲失足而受傷跌倒。赤井市爲避免一而再發生不幸事件，將該地區圍上繩索禁止人們出入，但還是阻擋不了年輕人的好奇心。

綠色大道在山腰入口和山頂上的展望台，各設有一個加油站。位於山腰的「綠色大道加油站」規模較大，共有五個加油機。現在站在左邊數過來第二台加油機旁邊，脫帽對加好油的客人道謝的員工是長瀨克也，出生於赤井市的十九歲青年。

就在兩天前沒有當班的晚上，他才去過「鬼屋」。他是和女朋友聰美、聰美的朋友杏子、杏子的男朋友四個人一起約會。他們坐上克也新買的車子，討論要去哪裡兜風。結果聰美提議去鬼屋，但是克也沒什麼興趣。他從前有一段時間很迷鬼屋荒涼的景色，但去過幾次後熱度也就降低了。

可是聰美她們的態度很強硬。因爲杏子的感應力很強，很早以前就一直說要到鬼屋試試看能不能感受到什麼。老實說克也才不信什麼通靈、感應力這一套的說法，只是因爲兩個女孩子熱中於鬼打牆、鬼壓身的故事；杏子的男友又只聽女友的話，不肯跟克也連成統一戰線對抗，克也只好心不甘情不願地將車子開上赤井山裡。

結果卻是十分淒慘。車子開在綠色大道上，才看見鬼屋朦朧的傾圮遺跡，杏子就嚷著呼吸不過來。還說看見赤井山的山坡上有許多白色東西飄來飄去。最後她說想吐，克也趕緊停車讓杏子出去。晚上的綠色大道交通量不是很大，但前來探索鬼屋的年輕人大多開車時速超過一百公里，所以路上必須小心。聰美幫蹲在路肩的杏子拍拍背，自己也難過得快要哭出來。看著這一幕的克也打從心裡覺得無聊。說到杏子的男朋友，只是下車站在一旁吸菸，絲毫沒有安撫杏子的打算。克也不禁覺得：眞是一對怪胎情侶。這傢伙要是帶女朋友到賓館，才一進房間女友就吵著說這裡有鬼，他大概只能發呆也不能生氣吧！這種人實在沒什麼好交往的，眞的。

又是哭又是發抖了大半天，女孩子們還是決定去鬼屋。開車途中，克也爲了抑制心中的怒氣，必須發揮相當大的自制力。但是一個十九歲年輕人讓女孩坐在駕駛座旁邊的自制力，其實用紙巾一擦就沒有了。所以克也越來越不耐煩，車也越開越不穩。最後跟聰美吵了起來，搞得氣氛很難堪，根本沒有挽回的餘地。下次誰還會想去鬼屋嘛！

現場只是一片黑暗，什麼都看不見。和聰美分手後，經過了兩天，感覺還是很不爽。

今天的加油站，雖然是平常日卻忙得很。大概是因爲連續假日的餘波，尤其又是紅葉的季節吧。平常下午一點後有四十五分鐘的休息時間，今天是不可能了。到了快四點，店長才招呼大家說休息一下。克也餓得頭昏眼花，腳步蹣跚地走到後面的休息室。

休息室裡還有另一位打工的女孩，正坐在角落裡一邊看著手提電視機，一邊吃三明治。好像是在看社會新聞，正好在報導最近炒得很兇的東京連續女性誘拐殺人事件。克也一邊將熱水沖進買來的速食杯麵裡，一邊嘲笑女孩說：「小君如果不小心，說不定也會被殺了埋起來。」

小君一臉嚴肅地看著畫面說：「眞的耶，我實在是怕得不得了！」

「只要不要亂搭陌生男人的車子就沒事了。」

「可是也有可能被硬拉上車，不是嗎？」

她手上拿著吃到一半的三明治，對著電視搖手說：「如果被蠻力拉上車，根本抵抗不了！」

看來她是眞的很害怕。

「而且還會被帶到哪裡監禁起來。」

「只要偷偷帶著手機或呼叫器，就能求救呀。」

「對嘛，還有這一招可用。」小君認眞地點點頭。

然後她將最後一口三明治塞進嘴時，外面傳來緊急煞車的聲音，尖銳的聲音幾乎要撕破現場獨特的空氣。

「啊！」小君睜大了眼睛。

不由得聳起肩膀的克也耳朵裡聽見了撞擊聲，而且不是短短的一聲。連續的撞擊聲，讓克也幾乎可以想像到汽車被輾過、拉扯的畫面。

衝出辦公室一看，右手邊的遠方，沿著綠色大道斜坡上的急轉彎處，升起了一道白煙。

過了中午時間的混亂，這時候的綠色大道流量比較順暢。上山的車道比較空，下山的車道也沒有太多的車輛。聽到車禍聲音的人都放慢車速、將頭探出車窗觀看出事的方向，也有的將車直接開進加油站。店長大聲喊叫：「誰呀！快打電話報警。」

從後面衝出來的小君看著冒向天空的白煙，不禁雙手壓住臉頰說：「好慘呀……！」

克也問其他打工的同事說：「燒起來了嗎？」

「不知道，只看到冒煙……。」

感覺上不像是濃煙，而且顏色越來越淡。

「我去看看是怎麼回事。」

「我也去。」小君跟在後面。兩人從路肩跑向斜坡，不久就看到了車禍現場。

綠色大道整體而言，彎路很多；這是其中最彎曲的一段。從赤井山山頂一路彎彎曲曲的下來，沿著山坡在此向右轉個大彎，接著又急轉彎折回左邊。克也因爲習慣這條路，也對自己的駕駛技術有信心，所以從來不覺得可怕；但他知道這裡在過去已經發生過多起車禍。事實上就在上一個月，同樣的下山車道就有方向盤失控的汽車越線追撞對面來車而出事受傷。當時救援車將車頭撞得稀巴爛的肇事車拖到加油站，他們還幫忙照顧受傷的人。

克也心想：這次的車禍，大概不只是有人受傷吧。可是看不見出事的車子，只能看見從下山車道開往上山車道，留下一道橫切的輪胎擦痕；而且擦痕消失是在上山車道的防護欄外面，防護欄被撞得扭曲、破爛。有一對中年男女正站在那裡向下張望。

「沒有事吧？」

克也站在這一邊出聲詢問，中年男人則回過頭指著懸崖下面。看來行進在下山車道的車子，在急轉彎的地方速度失控，衝到對面車道，並衝破防護欄跌落道路旁邊的山崖。

「是你們的車子嗎？」

中年男子大聲回答：「開什麼玩笑？我們的是那台。」

就在破損的防護欄下方約五公尺處，停著一輛寶藍色的轎車。

「我們就跟在後面，實在是件不可思議的事！」

一輛輛開過去的車子都放慢了速度。站在下山車道路肩的克也他們，趁沒車的時候趕緊過馬路。

「我們是附近加油站的人。我們已經報警了，警車馬上就來。」

「跟我們沒關係的。」中年女性尖聲說道：「我們還以為他們加速想要超我們的車，結果在轉彎的地方車子飛了出去。還好沒被帶過去！」

「眞是危險，會摔車的。」

克也站在防護欄邊緣想要俯視山崖下，小君一把拉住了他的衣袖。

「放心好了！」

他小心翼翼地站穩腳步、探身一看，在十公尺下方的山坡上看見了白色汽車的車尾。因為車頭朝下撞擊到山崖，所以呈現倒立的姿勢。

「哎呀！眞是有夠慘的。」

車身裡面已經沒有繼續冒煙了。感覺上好像不是因爲車禍才冒的煙，那麼到底是什麼東西燒掉了呢？

出事的車裡面，看不見人影。難道還被封死在車裡面嗎？因爲是倒立的姿勢，後車窗面對著這裡，這麼遠的距離根本看不清楚車廂內部。但是車牌號碼倒是一目了然，是練馬區的車牌，來自東京。

「好像什麼東西燒了？」

「你也看到了嗎？」中年男子皺著眉說：「出車禍前就已經開始在燒了，車窗有白煙冒出。」

「眞的嗎？」

「眞的呀。」

同行的女伴也回過頭點頭說：「因爲他們超車的速度很快，我還吃驚地看了他們一眼呢！」

「說不定是因爲車裡失火，才會開車出狀況吧。」

「不管怎麼說，兩種情形都很奇怪。」

大概是撞擊的關係，行李蓋翻開了十公分。由上往下看，好像汽車半張開嘴巴一樣。

「恐怕要吊車才能拉上來吧。」

小君一手抓著克也的手臂向下張望，她低喃道：「裡面的人死了嗎？」

克也笑說：「什麼嘛？明明害怕卻又那麼期待！」

「不是啦，人家才不是那個意思。」

小君嘟著嘴否認時，後面響起了警車的警報聲。克也跑到路肩，對著逐漸靠近的紅燈揮手。

「是男的。」中年男子說：「有兩個男人在車上。」

「兩個男人？」

「對，沒錯。」

「是年輕人嗎？」

「不知道，我只在他們超車的時候稍微看見。」

「我想應該是年輕人吧，因爲他們穿著很鮮豔的襯衫。」中年女性說。

警察一來後，既非關係人也非目擊者的克也和小君便回到加油站去了。吊車也跟他們錯身抵達現場。開寶藍色轎車的兩個人，跟警察說明他們目擊的車禍狀況後，也一副倦容地來到了加油站。

「明明跟我們一點關係都沒有！」女方抱怨說。

克也一邊幫他們擦車窗，一邊笑說：「眞是倒楣呀。」

「這可是一點也不好笑呀。」

聊天之際，又聽見了警車的警報聲。克也抬起頭一看：「奇怪？」

果然是警車呼嘯經過加油站前方。

「又有其他車禍嗎？」

但警報聲立刻消失不見，聽起來就像是在車禍的現場。

「爲什麼來好幾輛警車呢？」

「如果是救護車還有話說。」

「吊車也來了，拉上來應該很費事吧？山崖那麼陡，得先固定掛勾，讓救難人員下去，應該很困難吧。」

就在他們你一句我一句閒扯時，又一輛車呼嘯經過加油站前。這次不是警車，而是普通的黑色轎車，但亮著警報器。

「討厭！那也是警察的車嗎？」

不過是交通事故，爲什麼出現像警匪劇一樣的警車呢？那就是便衣開的警車嗎？

接著又是一輛，這次是警車。到底是怎麼一回事呢？

克也再度跑向現場，後面店長的聲音追了上來：「喂！你不要去湊熱鬧呀。」

他沒有回答，只是感到不安——對，心裡不安的感覺越來越強烈。好像有什麼不對勁，好像要發生什麼事了。

過去從來沒有這樣的感覺。在長瀨克也的生活裡，不可能會有這樣的感覺。沒有任何雜誌或電視節目肯做「不祥的預感」這種專題，所以克也無從知道那是什麼，也無緣接觸那種東西。

但是現在他爲什麼安靜不下來？感覺到好像有什麼事將要發生。剛剛在車禍現場感受到一股背後有冰冷的手滑過的感覺，似乎不是來自克也的知識、經驗，而是發自本能的一種警告。

越過下山車道，沿著路肩逐漸接近現場。正好看見吊車伸長了支架，將出事的車子吊回路面上。

克也停下腳步，已經無法繼續前進了。警察封鎖了現場，除了留著下山車道供來往車子通行外，被封鎖的另一邊停滿了警方的車子。

「喂！你幹嘛？」守衛的警察板著臉站在克也面前。

「現在正在處理車禍事故，不可以靠近。趕快離開！」

克也抬頭向上看，看見了被吊起來的車子。車裡面有人嗎？車身並沒有被倒吊著，就像上船的新車一樣，車子四平八穩地被吊了起來。車頭前方已被撞爛得看不見，前面的車窗玻璃也都粉碎了。車門歪斜而扭曲，行李蓋比剛剛在現場看到的開口更大，隨著吊車的晃動而上下搖動。

「喂！不准靠近。」

被警察推了一下肩膀，克也倒退一步。於是視線偏離了半空中的車子。

就在這時，發出一聲巨響。他猛然抬頭看，出事的車子大幅度向前傾斜。大概是某個吊勾鬆了，警察們驚叫一聲，車陣跟著大亂。不知是誰大喊：「危險呀！」

克也趕緊向後退。半空中的車身越來越傾斜，最後連前座的車門也打開了。扭曲的車門搖搖晃晃地就要斷裂。

「危險！車門要掉下來了。」克也大叫。

但是車門沒有掉下來，掉下來的是別的東西。從駕駛座的門縫滑出一塊黑色物體，砰然一聲落在路面上。

它的頭部朝向克也的方向。

「那」是一個人。

車門打開，一個「東西」掉落，於是車身失衡傾斜得更加厲害。操作吊車的人拚命控制住拉桿，一點一點降低高度，希望將車子放在地面。但是車身傾斜的情況持續加大，終於在半空中呈現橫倒向一邊的狀態。

這一次是行李蓋動了，不斷擴大開口的幅度，又一個「東西」掉了下來。

這東西在長瀨克也以後的惡夢中，擔任很長一段時間的主角。

這一次掉落的「那個」也是個人，而且穿著西裝。就像一把摺刀一樣，有意志地從行李蓋的開口處漂亮地滑落出來，也可以說是從裡面逃脫出來一樣。

穿著西裝的「那個」，轉過頭面對著長瀨克也，趴在地面上。由於發生得太突然，四周的警察全愣住了。就在那一剎那，克也越過眼前警官寬闊的肩膀，看了「那個」的臉一眼，看見了「那個」的眼睛。「那個」的眼睛張開和克也的眼睛四目相對。

18

有關群馬縣赤井山綠色大道交通事故的第一通報，傳到墨東警署連續女性誘拐殺人事件的共同搜查總部，已經是車禍發生的兩個小時之後。

由於出事車子是東京車牌，坐在車上有兩個年輕男人和行李箱裡堆放一具身分不明的男性屍體，使得群馬縣警局赤井警署充分意識到事態的嚴重。當然共同搜查總部對於該車禍和行李箱內的屍體有強烈的興趣，因此也在等待進一步的消息進來。

因爲車禍死亡的兩個年輕男人身分，在出事後不久便查清楚了，因爲兩個人都帶有駕駛執照。

坐在駕駛座旁邊，車禍當時就被甩出車外，屍體被發現在山坡上的是高井和明，二十九歲。住址在東京都練馬區內，跟父母和妹妹住在一起。和明是高井家的長子，和父親共同經營名爲「長壽庵」的蕎麥麵店。

車禍當時坐在駕駛座，車子被吊車吊在半空中時，屍體從天而落的男性是栗橋浩美，二十九歲。也是住在練馬區內，一樣是和父母同住。但實際上栗橋並沒有住在家裡，根據他父母所言，他其實是一個人住在新宿。栗橋是獨生子，沒有兄弟姊妹。

有很多目擊證詞提到：出事之前，高井和栗橋的車子「已經就冒出白煙了」。調查之後，確實栗橋屍體的一部分和他的座位有燒焦的痕跡。燒焦的是栗橋的身體前面和腿部一帶。大概是栗橋在駕駛座上吸菸，或者是他正要點火的時候，火燒著了他的棉質襯衫和化纖夾克。兩個人都沒有繫安全帶，不知道是衣服著火後拿掉了，還是一開始就沒有繫。而且這是不是導致栗橋駕駛失誤與出車禍的原因，在沒有詳細檢查之前還不能斷言。

車禍的發生對雙方家人而言，可說是震驚、混亂、悲傷的開始。通常這應該是非常值得同情的情況，但因爲該車禍的行李箱裡還有一具莫名其妙的屍體，所以引來紛紛擾擾的各家媒體關注。搞得兩個年輕人的家人必須迅速且愼重地因應整個情況。

問題是行李箱裡的屍體完全沒有可以辨識身分的線索。只有全身穿著整齊的西裝，但縫在上衣和褲子裡的名字已被撕去，也找不到其他所有物。從狀況來推理，他們應該是要將屍體丟棄在哪裡，所以藏在行李箱中搬運。

屍體上沒有明顯的外傷，但在六日上午進行驗屍後，發現死因爲窒息。並非勒斃或縊死；由於在雙手腕、兩腳踝和口鼻附近找到膠帶殘痕，大概是被膠帶蒙住、阻塞呼吸所造成的死亡。

這個階段，行李箱裡的「屍體」已經很清楚是爲「他殺」。墨東警署共同搜查總部和赤井警署內瀰漫著一股強烈的期待與緊張的空氣。

「要不要變裝前去呢？」武上問。

秋津信吾的眼光從手上的報告書移到武上臉上，皺著眉頭說：「如果有效果的話也行，可是應該是沒用的吧。電視媒體早就鬧得很兇了。」

這是六日的中午過後。秋津馬上要和來東京的群馬縣警一起到高井和明和栗橋浩美家進行搜索。

高井他們的事件和連續女性誘拐殺人事件的關

聯性，並沒有做出公開的承認。但社會上似乎已經將兩者連在一塊兒想，所以共同搜查總部的一舉手一投足都倍受矚目。目前秋津只不過是陪同前往的身分，但因爲媒體記者中不乏有人認得他的長相，秋津一出馬，他們就以爲又有新的消息了。

「因爲練馬警署要求協助調查，我眞的只是去看看情況！」

「你對這次的事件有什麼看法？」

「赤井市車禍的兩位死者，是否就是我們正在追捕的兩名嫌犯呢？」

秋津用手揉揉眼睛。因爲慢性睡眠不足，眼皮顯得沉重下垂。

「武上怎麼認爲呢？」

武上沒有回答，眼睛看著科警研送來的報告書。內容是十一月一日HBS特別節目中「犯人」來電的通話記錄音響分析結果。

報告書是在今天上午送到武上手中的。如果沒有赤井市的車禍，本來預定在下午的緊急搜查會議上討論這份報告，討論結果將在今晚或明天中午的記者會中由負責的刑事課長公開說明。

有馬義男的直覺是正確的。

科警研做出了結論：新聞特別節目的廣告前後，打電話進來的人是不同的兩個人。有關廣告後的人，儘管分析鑑定的對象是第二手的錄音帶，但仍不影響鑑定的結果。兩者聲紋呈現明顯的波狀差異，顯示他們是兩個人。

一連串的連續女性誘拐殺人犯，犯人是多數的。

科警研也對過去和「犯人」的通話做了音響分析，這些聲紋都和HBS特別節目「廣告前」的人聲紋吻合。節目結束後打給有馬義男的電話裡也是同一人物。也就是說在特別節目之前，都是由固定一人擔任他們犯罪的宣傳角色，但因爲兩人吵架，所以「廣告後」的人物才突然出現。這個未知的人物當時是第一次對社會講話；另一方面被搶了角色的同伴乃打電話給有馬義男出氣。

大概他們不知道使用變聲器，依然無法影響聲紋分析的正確性吧？還是說，即便知道也不認爲警方會調查得那麼仔細？反正不管是單一犯人還是多名犯人，被抓到了都是一樣下場。

音響分析報告書中除了這一件結果外，還羅列了其他有趣的事實和衍生出的推測。人類耳朵所無法分辨的細小雜音，透過電腦處理可以繪成波狀的圖形。所謂音響分析是將分析對象與雜音做一過濾，被過濾出來的東西也要做分析。不斷重複這種單調的作業，就能獲得完整的調查結果。

對著話筒說話的聲音，會碰到打電話所在位置的牆壁等障礙物而反彈，所以會比原來的聲音晚百分之一到千分之一秒到達話筒。這種和原來聲音的些微落差會畫出不同弧度的波狀。波狀差因不同材質的障礙物而有所變化。所以根據該通話記錄取得的波狀，與透過各種建材實驗取得的標本波狀進行比對，就能推斷該電話是在怎樣的現場環境（也就是有什麼障礙物的場所）打來的、打電話的人處於什麼狀況（有動作還是靜止的）。

根據分析，過去犯人或犯人們打來的電話：

• 都是從室內（包含停車在安靜的場所、熄火狀態的汽車裡）打來的。

• 通知丟在大川公園的右手腕不是古川鞠子的電話，是在汽車裡打的，附近有盲人號誌燈。

• 要求有馬義男到廣場飯店的電話，其聲音背後有明顯特徵的雜音。是一種連續、一定聲調的機械動作聲音。與標本波狀進行比較，可以將冰箱、空調、電腦的風扇機械聲除外。此一有特徵的雜音在其他電話（包含十一月一日打給ＨＢＳ特別節目的電話）中並未查出。

• 十一月一日ＨＢＳ特別節目中，廣告前後的來電都是在同一房子的室內打來。節目結束後，廣告前人物打給有馬義男的電話也是來自同一場所、同一個室內。打電話時，該人物始終是靜止的狀態，幾乎沒有移動。其所處的室內爲木造的，牆壁和地板的結構，推測應該不是使用水泥。

• 打給ＨＢＳ的電話和之後廣告前人物打給有馬義男的電話，其背後都有明顯而低音的機械動作聲音。與標本波狀進行比較，肯定是暖氣機的鍋爐啓動聲。

暖氣機的鍋爐、木造房屋。

會是森林小屋還是別墅呢？

越過赤井山，其北側的冰川湖一帶就是北關東的別墅區。條件完全吻合。

秋津站在武上身旁，也在閱讀影印的科警研報告書。

武上收拾好報告書，將厚實的手掌握成拳頭敲擊自己的頭。秋津的眼光離開了手上的報告書，他說：「如果那兩個人就是我們所要找的那『兩個人』……。」

「如果是的話？」

「應該怎麼說呢？古語中不是常常表現眞實嗎？有一種回到人生起點的感覺。」

「古語？」

「嗯。不是有句『天網恢恢、疏而不漏』嗎？」

武上以爲秋津笑了，但他的表情嚴肅。

「是天譴嗎？」秋津說：「行李箱裡的男屍應該是個重點。」

「……。」

「那會是在HBS特別節目裡，犯人說的那件事嗎？」

有人說他只會對弱女人下手，於是犯人回答：「那麼你是要我殺害大男人囉？」秋津指的是這一件事。

「如果他們是我們要找的嫌犯，那麼男屍就是他們最後做的案子了。」

而他們在棄屍途中遇到了車禍……。

「武上，我在打瞌睡的時候做了惡夢。」

「我可是好久都沒作夢了。」

「很清楚的夢境，讓我起了一身的雞皮疙瘩！」

秋津看著天花板說：「我的夢跟這次的事件有關。車禍死掉的兩個人並非我們要找的嫌犯。嫌犯是設計讓高井和栗橋頂替他們，所以將屍體藏在他們的行李箱裡，故意製造車禍來殺害他們。眞正的犯人正在某處捧腹大笑。當搜查總部宣布解散，我要回家走到車站的時候，看見有人在發號外，又有人打電話給電視台說有女人的屍體……。」

一口氣說到這裡，秋津嘆了一口氣。

「就是這樣的夢。」

武上慢慢地說：「要製造人爲的車禍，是很困難的。」

「是的，你說的沒錯……。」

「雖然車禍的分析還沒結束，但聽說出事的車子並沒有功能上的異常。」

「不過車裡面發生了火災。」

「據判斷可能是栗橋在香菸點火時，不小心造成的。而且綠色大道上的那個轉彎也是當地有名的出事地點！」

秋津沉默不語。

「剛剛說的不是夢，也不是新年做的解夢。在我的字典裡，剛剛說的叫做『庸人自擾』！」

秋津笑了一下，武上才覺得安心。

「應該要出門了吧？」

秋津看看手錶，站起身來。武上送他出門後，開始收拾報告書，並回到秋津來之前的檔案整理工作。

秋津的心情，武上十分明瞭。實際上秋津夢見的「內容」，武上也曾經想過。

如果赤井市的那兩個人是我們的嫌犯，表示在被逮捕之前，他們就擅自死去了。而且是兩個人一起死。在運送屍體的過程中，因爲一個人的香菸掉在膝蓋上，引起火災而驚慌失措，於是造成駕駛失誤，汽車衝破防護欄掉落山崖。嫌犯們一起摔斷了脖子……。

情節未免編得太過於完美了吧？

他想起之前大川公園垃圾箱案發時，和神崎警長的談話。現實生活有許多令人難以置信的偶然。在辦案的過程中，我們也經驗過好幾次。所以說假使犯人在棄屍那一瞬間的照片存在的話，只要不確定照片是僞造的，就不能覺得不可思議。犯人應該是熟知了警方的這種心理吧……。

這一次是否又是一樣？我們又中了犯人設計的圈套嗎？

可是另一方面，武上的直覺和經驗告訴他：設計棄屍瞬間的照片和故意製造車禍是兩碼子事。何況要兩個無辜的人爲犯人頂罪，還在行李箱塞屍體的做法，不是一般頭腦能想得出來的。

搜索住宅大概會有什麼線索吧。現實就是這樣，總能找到可疑的材料。高井和栗橋，他們兩個人大概……大概……大概就是「犯人」吧!?

但是……

剛剛秋津說是「天譴」。是的，如果這是眞的，這可是武上奉公職將近二十年，第一次看見殺人的人遭到天譴呀！

這是第一次，以前根本沒見過。

下午的時間特別長。一向滿足於自己的內勤業務，也盡全力完成使命的武上，現在如果可以，他希望成爲秋津。用自己的眼睛檢查高井和栗橋這兩個年輕人的私生活片段。他希望能在現場。

爲了不讓自己胡思亂想，他窩在會議室裡埋首整理瑣碎而重要的文件資料，也盡可能不要看手錶。所以篠崎來敲會議室門的正確時間，武上根本沒有印象。

打開門進入會議室的篠崎，表情就像不知所措的小孩一樣，呆呆地站在武上的桌子對面，眼睛不斷眨著。

「怎麼了?」武上問。

不安與期待堆在胸口原本是心臟的位置，代替了心臟劇烈鼓動。

「怎麼回事?」他再一次問。

總算篠崎有了動靜，他繞過桌子靠近武上，以微微顫抖的聲音說：「聽……聽說是空氣清淨機。」

一時之間武上聽不懂。在武上會意之前，篠崎緊張的臉崩潰成快要哭出的臉。

「秋津在栗橋浩美一個人住的公寓發現了空氣清淨機。大概就是這個了，就是犯人電話背後出現有特徵的機械動作聲音。」

武上微微張開了嘴，然後又閉上，並從椅子上站了起來。

「我們要忙了。」他一邊打開會議室的門，一邊對身後的篠崎說。

篠崎連忙回答：「是。」

這一天這個時候，武上跟誰說過什麼話，他自己完全都沒有記憶。一度停擺的作業又開始運作了，資訊像奔流般湧進共同搜查總部。

然而有一件事卻是想忘也忘不了的。在歡喜與混亂的漩渦中，指揮官神崎警長看見武上的臉時，立即從一群部下的圍繞中對著武上揮手。這是前所未有的事。

神崎警長和沉默的武上握手時說：「找到骨頭了。」

武上還是不做聲只點頭。

「不只是右手的部分。聽說是裝在紙袋裡，在栗橋浩美的房間裡找到的。」

一九九六年十一月六日，下午六點二十分。

所有電視台都停止正在播放的節目，改播新聞快報，內容是連續女性誘拐殺人事件的兩名嫌犯已經確定了。

這時有馬義男在店裡，正在招呼客人。是一位和古川鞠子同樣年紀的年輕女客人。

前畑滋子在家裡，坐在書桌前寫稿。她正在描述塚田眞一逐漸靠近大川公園垃圾箱的那一段場面。

而塚田眞一則是送水野久美到車站，因爲久美到他打工的地點來看他。久美不斷說笑，眞一滿臉笑容。雖然很短暫，但眞一放聲大笑是最近才有的事。

所有人的頭上都有新聞流過。

「犯人」有兩名。他們已經死了，死後才被逮捕。在無神的國度裡，卻在這一瞬間人們聽見了神明揮動鐵鎚的聲音！

第二部

「首先的疑問是，我們所看見的，眞的是他們原來的面目嗎？」

——約翰・W・小康貝爾
《如影隨行》

1

栗橋浩美第一次殺人是在他十歲生日那天，當時「和平」就在他身邊，是和平教他殺人的方法。

和平是轉學生。小學四年級的春天，他從島根縣松江市搬到東京練馬區。並從新學期起和栗橋浩美同一學校、同一班級，而且坐在一起。他們立刻成了「好朋友」，不久便做下第一起「殺人」勾當。

栗橋浩美生於一九六七年五月十日，和平則是同年的四月三十日生，所以算是稍微年長的「哥哥」。栗橋浩美和父母住在東京練馬區，從來沒離家過；相對地，和平從小就在日本各地跑，和平解釋是因爲他爸爸的工作所致。

因爲擁有一個不斷轉調工作的爸爸，和平在栗橋浩美眼裡成了十分值得尊敬的朋友。那個年紀的小孩，尤其是對男孩子而言，父親的工作就決定了小孩本身的價值。

栗橋浩美的父親經營一家小藥局，母親也幫忙看店。夫婦倆人努力維持小生意，這也是父親從爺爺手上繼承的家業。

既然是祖上的事業，與其說是藥局，應該說是「街坊上的藥局」才對，它其實也是一間親切的老店。有時老人家會拄著枴杖來買治腰痛有效的貼布；有時修路工人會買營養飲料在店頭就喝了起來；有時到了半夜十一點還有鄰居會來敲鐵門，因爲小孩臨時發燒想要買冰枕來用等等，它就是這樣一間方便的小店。

栗橋浩美在上國中之前，一家人就住在這個木造的樓房，一樓的一部分充做店面。房子有三十年以上的歷史了，整體看來陳舊，到處有傷痕。栗橋浩美沒有看過他的祖父母，但家裡面留存很多他們使用過的東西和收有衣服、日用品的紙箱。那些東西塞滿了倉庫、衣櫃和櫥櫃上面。所以不管栗橋浩美怎麼整理，房間就是收拾不乾淨。

他好幾次試著想把衣櫃和櫥櫃上面的舊東西拿出來丟掉，每次都被爸爸和媽媽責罵，但他還是無所畏懼地一試再試。尤其是到和平和父母居住的公寓一看，到處都收拾得乾淨清爽，不像自己家裡總是堆滿泛黃的紙張、布片、紙箱雜物等，他甚至想放把火燒掉這一切。

爲什麼自己家不能像和平家一樣的乾淨漂亮呢？爲什麼家裡沒有沙發椅呢？爲什牆上要掛著製藥公司送的難看土氣的月曆呢？爲什房間角落總是堆放著紙箱呢？爲什麼棉被總是攤開不摺起來呢？爲什麼廁所不是西式的馬桶呢？

爲什麼爸爸不是大公司的職員呢？

和平的爸爸好像很忙。週末下午和星期日到他家玩的時候，他爸爸幾乎都不在家，大部分時間都是去打「高爾夫球」。和平的媽媽總是穿著及膝的長裙露出絲襪下漂亮的腳踝，身上也是色彩艷麗的襯衫和毛衣，一臉親切的微笑。拿出來的點心不是親手做的，就是都心那家「有名的」店買的，或是誰「送的」。不只是點心，和平家經常有別人送的東西，有時是高級洋酒；有時是水果；有時則是漂亮的桌巾。

栗橋浩美在小學四年級、五年級、六年級的三年中，都是和和平同一個班級。這中間和平老是說：反正爸爸隨時會調工作，大概國中會到其他地方就學吧。分離對栗橋浩美而言是件痛苦的事，卻也讓他心動。到其他的地方……下次或許是大阪，還是福岡，也可能是札幌。只要和平搬家，自己就能去他家玩並住宿。和平的媽媽之前都會邀請他，所以他要跟和平做好朋友，將來他才會邀請他到各地去。這種可以獲得特別待遇的感覺深植在栗橋浩美小小的心靈上。

隨著這種心情，想像越來越擴大。他甚至幻想自己到和平新搬的家做客時，突然發生東京大地震，栗橋浩美的父母過世了，那間破舊的房子也化爲灰燼。於是孤苦無依的栗橋浩美受到和平一家溫暖的懷抱，從此他和和平成爲兄弟……。

如果眞能這樣，那該有多幸福，栗橋浩美心想。於是他可以在別人的家、別人的境遇、別人的人生旅程重新活過。

但現實生活中，和平和栗橋浩美進入同一所國中就讀，是地方的公立學校。兩人雖然不同班，但教室就在隔壁。

和平說他爸爸錯過了今年的調職。還說：今後可能也不會調到其他的地方都市了，可能就定居在東京。根據和平的說法，他爸爸這樣算是「升遷」。

於是栗橋浩美大地震的幻想在這時成了脫離現實的夢。他想：不可能以任何方式成為和平家的一員了！但是只要自己能成為孤苦伶仃的一人就好了，只要父母不在人世，和平家還是會張開雙手迎接浩美的吧……。

於是他想起了好久沒有想到的「殺人」，他和和平一起完成的第一次「殺人」，在他十歲那年的那個行為。

那是對栗橋浩美真正有效的「殺人」。當時他的確殺了想要殺死的人，所以他認為這次不可能不會成功。只要和平肯幫他忙的話。

那一天，他真的忍受不了而對和平說了。我希望父母能夠死掉，你說該怎麼做？

沒想到和平一臉驚訝說：「父母死掉的話，不是會造成困擾嗎？」

「才不會呢！」

「會。如果被親戚領養，日子會過得更慘。更糟糕的是，可能會被送進孤兒院。」

「孤兒院？」

「沒錯。沒有監護人的小孩都是在那種地方長大的。你不可以再像剛剛那樣亂說話！」

栗橋浩美失望得說不出話來。因為和平竟然沒說：「如果你沒有了父母，可以來我家。」

「那麼就不能殺掉他們了。」他低聲說。結果和平一臉正經地盯著栗橋浩美的臉看，然後才笑說：「殺掉？你是說小時候做過的事嗎？」

栗橋浩美點點頭。

「那樣子，並沒有人會真正死掉呀。那只是一種詛咒呀。」

和平的笑容跟他媽媽一模一樣。事實上他的外號也是因為這張圓圓的笑臉而來，就像和平標誌，可愛得沒話說的笑臉。

「你說是詛咒……。」

「是呀，只是詛咒。可是對浩美有用，不是嗎?那就夠了。」

那一晚，栗橋浩美難得做了惡夢。那是小時候常做的夢，自從十歲那年「殺人」以來就沒有夢過。可是他又再度做起那惡夢，都怪和平。因爲和平說那個「殺人」只是個「詛咒」。所以他發現應該被殺死的人其實沒有被殺，於是又再度出現了……。

那是一個小女孩出現的惡夢。那女孩撲向正在睡覺的浩美，想要打開浩美的嘴鑽進去。她想要附身在浩美身上。

女孩的手很小，而且冰冷柔軟。可是她拚命扳開浩美上下顎的力量，比大人的力氣還要大。儘管告訴自己這是個夢，浩美的上下顎還是感覺到女孩手指的觸覺。在企圖進入浩美體內的過程中，女孩不斷低吟說：「還給我，把我的身體還給我。這不是你的，是我的。」

栗橋浩美大叫一聲醒來。已經是國中一年級的學生，居然尿濕了一整床。因爲害怕與羞恥，他臉趴著哭泣。

惡夢中的女孩是誰，栗橋浩美知道。夢中的女孩有著和栗橋浩美一樣的臉。

浩美的父母也很清楚那個女孩。他的媽媽至今還不時流淚悼念女孩。

女孩是栗橋浩美的姊姊，出生一個月就夭折的栗橋家長女。爲了紀念長女，她死後兩年出生的長子沿用了姊姊弘美的名字，只是將相同的發音「hiromi」改成漢字「浩美」。

栗橋浩美成了社會公認的獨生子。是栗橋夫婦鍾愛的兒子，將繼承栗橋藥店的重要子嗣。但是在家裡，他的背後始終存在著「hiromi」。他從小就是這樣長大的。

殺死「hiromi」是和平教他的，而且曾經成功過。可是因爲和平的背叛，「hiromi」再度復活，兩個人又開始過一起的人生。

他想要跟和平說這件事，說「hiromi」回來了。可是卻說不出口。那時和平說「父母死掉的話，可能會被送進孤兒院」的表情，那副想當然爾的神情，讓他覺得和平已經離他遠去。告訴他「hiromi」回來的事，只會被笑話而已吧……。

他不想被和平取笑。他不希望被和平認爲：你是個小孩子，你是個膽小鬼！

不久之後，栗橋家有了改建的計畫。浩美並不知道，但他父母已經談了很久。

早就受不了又髒又舊的老家，栗橋浩美實在是太高興了。就算不能成爲和平家的一員，至少也可以跟和平家一樣住在漂亮的房子裡了。

那一年新家終於改建好了，店面也整個換新。可是他們從租的地方搬回新家時，栗橋浩美發現家裡面的擺設沒有多大的改變。祖父母的那堆東西還是塞進新的衣櫥裡，占領了新的櫥櫃。家裡面還是堆滿了商品的箱子和庫存的藥品。栗橋藥店變新了，來的客人還是一樣。不是滿口粗鄙的工人，就是裝上假牙、說什麼都聽不清楚的老年人！

栗橋浩美國二那年的暑假，出了一件事。替外出父母看店的浩美，打了一個老太婆的客人。雖說是十四歲的小孩，畢竟是個男孩子，而且用盡力量毆打，把老太婆的兩根前牙給打斷了。而且老太婆跌倒在水泥地上時還跌斷了腰骨。

栗橋浩美對父母、派出所的警察都三緘其口，絕口不提毆打老太婆的理由。老太婆已經八十七歲，身體十分虛弱，也很難從她嘴裡問出事情經過。結果這樣子反而救了栗橋浩美。

幸虧負責調停當地商店街問題的民意代表，也是超市的老闆，一向跟栗橋藥局關係不錯。這個老太婆又經常在栗橋藥局附近這個民意代表開的超市裡拿商品不付錢；其他商店也常抱怨只要看到老太婆一個人出來買東西就會鬧出糾紛。所以問不出老太婆的說辭也是幸運，民意代表直接將這件事當作一件「意外事故」而非「傷人事件」處理。老太婆是自己不小心跌倒受傷的，而非被打。

可是栗橋浩美比誰都清楚，眞相不是那樣。他是因爲老太婆又髒又淒慘，而且連續三天都來買浣腸藥而生氣揍了她。而且他揍人時心裡還想著「死了活該」。

這個眞正的心情，栗橋浩美只能對和平一個人說。其實正確說來，是被和平看穿了。

「那件事應該不是意外事故吧？是你揍了人家吧？」和平問。

栗橋浩美沉默不語。和平看著他的臉好一陣子，然後笑了。他那明亮笑容的圓臉說：「算了，不必在意。我也討厭骯髒的老太婆。浩美沒有做錯什麼事呀。」

這時的栗橋浩美覺得和平不是安慰他，而是誇獎他。

和平還是懂得，他了解我，他跟我是一國的。

於是他們又繼續是好朋友。和平的成績一向比栗橋浩美優秀，之後各自上了不同的高中和大學，見面的機會減少卻不影響兩人的情誼。但終究是命運弄人，兩人最後還是分開了。

不對，他們不是分開。而是引發了另一件新的「殺人」。

這次不是詛咒，被殺的人無法再復活。這一次是眞的殺人。

2

一九九四年三月一日。

練馬區春日町七丁目的蕎麥麵店「長壽庵」門口排滿了地方商店街公會和老客人們送來的花架。都是慶祝新店開幕的花架。

這一天也是老闆高井伸勝的生日，他五十八歲了。平常根本沒空想到要過生日，因爲這一回生日剛好跟期待已久的新店開幕是同一天，感覺到有特殊不同的意義。所以一早開始表情就因爲雙喜臨門而開懷許多。

「長壽庵」是高井伸勝三十歲那年，租用這個地點的房屋，將一樓改爲店面而開業的。房東以前也經營過餐飲業，因爲欣賞有意獨立開店的伸勝，不僅介紹他師傅改裝店面，還爲他介紹地方信用公會貸款，前前後後幫了不少忙。

近年來春日町已發展成爲大規模的住宅區，未來的商機可期。而大家之所以幫忙「長壽庵」和高井伸勝，不是爲了想投資或賺錢，而是因爲喜歡高井伸勝的做人，所以主動伸出援手。伸勝是個像石頭一樣寡言的男人，反而是他那種認眞工作的態度，意外地吸引了許多年長者的信賴。尤其是在他當學徒時，受益更是良多。

其實如果伸勝嘴巴甜一點、更有女人緣的話，說不定就能更早獨立開店；所以也不能說他年輕時的受益有多少。本來伸勝是在神田多町的「勝壽庵」拜師學藝的，老闆夫婦也有意將獨生女嫁給伸勝，讓他繼承店面。不料女兒不惜離家出走就是不肯答應，老闆夫婦也只好死心。伸勝是個感情不外露的人，當時卻深深受到傷害。加上他自己對老闆女兒也有一點愛慕，傷害更是不在話下。

伸勝決定辭去勝壽庵的工作。當時他已經二十八歲，雖然擁有獨立開店的技術，卻苦於資金不夠。勝壽庵的老闆將他介紹到赤坂的蕎麥麵店工作。

當時這家店的一個老客戶，在練馬區擁有很多不動產。他看上伸勝的手藝，和老闆商量的結果，提出讓他獨立開店的計畫，這就是「長壽庵」的源起。結果伸勝離開勝壽庵後命運也跟著開展。

鐵皮屋的長壽庵開店不久，就有親事上門。這是之前赤坂蕎麥麵店的老闆介紹的，對方是伸勝認識的姑娘。曾經有一段時期他們一起工作過，是個名叫文子的漂亮女孩。兩人結婚後，這家原本只是老闆手藝不錯但作風冷淡的麵店，從此變得明亮親切。

之後夫婦倆認眞工作。結婚後立刻生下長子和明，三年後再生長女由美子。吃飯的人口增加，生活固然比較辛苦，但因爲伸勝和文子都是出身寒微，絲毫不以爲苦。他們反而認爲這就是人生，大家都過得差不多。兩個人默默耕耘，長壽庵的生意始終興隆。隨著營業額的逐漸升高，長壽庵的經營開始有了盈餘。

就這樣長壽庵平安地迎接開店十週年的時候，房東問他要不要買下這塊土地。他說：你們年紀也大了，做不了多久。到了孩子成人，不知道是否還能這樣租房子做下去？所以不如獨立開店，反正生意還算順利，貸款應該也沒有問題。乾脆放手一搏吧！

被平常一向很照顧自己的房東說「做不了多久」，伸勝夫妻聽了自然很難過。但考慮現實問題，房東說的也沒錯。維持現狀繼續下去的話，未來的確令人不安。

夫婦倆抱頭商量的結果，決定聽從房東的建議。背了大筆借款，過去存的一些小錢也吐了出來，但是擁有他們自己的小小城堡。房東也跟他們一起高興，幫他們思考下一個目標——重建店面和新家。考慮到長遠的未來，他提議改成鋼筋水泥的建築。結果房東在自己家裡昏倒，半個月後便撒手人寰。過世得眞是太突然，令人遺憾。

對剩下來的伸勝夫妻而言，生活的最大目標就是有一天一定要將長壽庵改建成漂亮的店。這樣做才足以報答過去多方照顧過他們的房東，完成他的遺言。

長壽庵店面的經營，幾乎是沒有遇到大風大浪，只有過一次的重大危機。那時正是地價高漲的泡沫時期，有人到處炒地皮。由於房東過世後，繼承他手中不動產的子女們將長壽庵旁邊的土地轉賣給大型土地開發公司。就買方的土地開發公司而言，整片的土地旁邊開著一家破舊的麵店，感覺總是不好。所以當然想要出錢一併買了下來，但是伸勝根本不想放手這片土地。於是一場難以妥協的對立，著實讓伸勝心力勞瘁好一陣子。幸虧對方是正當公司，沒有找黑社會出面干涉；加上長壽庵的建地不是很大，犯不著那麼大費周章。只是每天必須得應付混在客人裡面的開發公司職員，讓一向不愛說話的伸勝傷透了腦筋。

終於因爲泡沫經濟的崩盤，土地價格一落千丈，開發業者的攻勢說停就停。而且原本計畫在房東子女賣出的土地上建設的大型公寓也計畫中輟，長壽庵因禍得福，逃過一劫。

經過這場災難，總算可以改建店面重新開幕。高井伸勝覺得十分欣慰，而且是遵照房東遺言，改建成鋼筋水泥的三層樓建築；一樓是店面，二、三樓是住家。大樓名稱是「長壽庵大樓」，本來女兒由美子還吵說要取更好聽的名字，但伸勝堅持主張。因爲是長壽庵的大樓，當然就叫做長壽庵大樓。

不論是對伸勝還是高井家的成員，這都是最棒的一天。文子好幾次都說出口：「今天是人生最好的一天！」結果由美子就笑著回說：「今後每天也都是最好的一天，所以只能說是最好的其中一天！」文子笑說：「說的也是。」跟父親一樣不愛說話的和明則站在一旁微笑。國中畢業後就在家幫父親做生意的和明，將來將要繼承這家店。

未來應該是美好的，長壽庵和高井家的運勢應該是扶搖直上的才對。

當時沒有人會有所懷疑。

「哥，電話！」由美子舉起收銀台旁邊的粉紅色話筒，對著後面的廚房大叫：「栗橋打來的。」

和明用抹布擦乾手，繞過櫃檯，快步前去接電話。白色的帽緣沁著汗水，額頭也閃閃發光。新店開張，店裡生意很忙。和媽媽兩個人負責點餐送餐的由美子也忙得不可開交。

看見哥哥走過來，由美子一手遮住話筒，並壓低聲音說：「如果找你出去，一定要拒絕才行噢。」

和明點點頭。

「一定要拒絕噢，哥就是人太好了。」再三叮嚀後才交出話筒。和明對著話筒，有禮貌地說：「讓你久等了。」

由美子覺得不太高興，難得今天工作得很來勁，居然來個煞風景的電話。由美子不喜歡打電話來的人，他是和明小學時候的朋友栗橋浩美。甚至可以說是討厭他，希望他不要接近自己的哥哥。

因爲是哥哥小時候的朋友，由美子從小就認識栗橋。長壽庵前面馬路向北邊直走就是商店街，栗橋藥局位於商店街的盡頭。栗橋浩美是該藥店的獨生子。因爲都在商店街開店，兩家大人也彼此認識。

小時候由美子經常跟在哥哥後面，所以也常跟栗橋一起玩。老實說比起愚鈍的哥哥，栗橋看起來比較帥，她一直都很喜歡栗橋。栗橋跑得快、運動神經發達，總是活蹦亂跳地跑來跑去，不像哥哥老是不能被選入球隊，只能坐在一旁納涼。學業成績方面，哥哥連背九九乘法表都很辛苦，栗橋浩美做什麼都很優秀，名次也是班上第一，還是整個年級的前三名。

由美子有寫日記的習慣。從小學四年級到現在，從沒有間斷過。所有的日記簿也都好好保存著。這一次家裡改建整理行李時，她翻開了收在衣櫥裡面的童年記憶，對於那些幼稚的文章和字體，自己也覺得羞恥又好笑。其中她在小學五年級時對栗橋浩美的想法是：

「如果哥哥能像栗橋一樣會運動跟會讀書就好了。由美子喜歡栗橋，覺得哥哥是笨蛋。如果栗橋能和哥哥交換有多好。」

一個人看著這些文字，由美子羞紅了臉。沒錯，在那個時候，栗橋浩美還是由美子憧憬的星星王子。

翻閱泛黃的日記簿，喚起由美子諸多記憶。每一幕都讓她深深感覺到過去確實傷了哥哥不少心。因爲太過羞愧和難過，她幾乎想要將所有日記處理掉。但又覺得太過卑鄙——這樣做好像是要掩埋過去，裝做沒有這回事一樣，於是又勉強自己不要丟掉這些日記。

那一天晚上她對和明坦白說：「以前我寫了很多哥哥壞話的日記找到了。」和明只是笑說：「我以前眞的是很遲鈍呀。」

實際上和明的學業成績，小學和國中都很糟糕。他絕對不是懶惰，性格也很老實，老師交代要預習他就一定照做，從來也沒有忘記寫過習題。但是成績就是好不起來。

運動能力和功課一樣，比起同學實在是差勁得可憐。尤其是上了國中，學校的運動項目增加了，他的差勁程度益發明顯。

因爲這樣，後來發生了一件大事。和明一開始在國中一年級時加入了軟網社團，到了第二學期擔任顧問的老師勸他退出該社團，於是只好心不甘情不願的答應。由於顧問老師說他動作遲鈍，會造成其他學生的困擾，讓平常態度和氣的文子氣得到學校找校長理論。但是當事人和明顧慮到同學的想法，也不想把事情惹大，還是乖乖地退出社團，整件事便風消雲散。

這件事情，由美子也記錄在日記裡。混亂粗大的字體顯示當時的氣憤，她寫著：「哥哥實在是太遲鈍了，太丟人了。」如今重讀，由美子不禁心痛得眼眶泛紅。

栗橋浩美也加入了軟網社團，日記上由美子寫著：「栗橋就不會被人要求退出。」可是作爲哥哥從小以來的好朋友，栗橋既沒有站在被顧問老師趕出去的和明這一邊，也沒有安慰和明。由美子對此完全沒有批評的感言。當時軟網社團裡有少部分的學生抗議顧問老師的做法，決定和和明一起退出社團，但栗橋始終裝做不知道的樣子。關於這一點，年紀還小的由美子根本沒有感覺。如今由美子心想：我眞是個什麼都不懂的小鬼呀。

離開軟網社的和明，接著又敲游泳社的大門。這裡的顧問老師人很和氣，參加社團的不乏害怕水不敢碰水，進入社團準備從頭開始學習游泳技巧的人。這是和明的導師看過這裡的指導方式才推薦和明報名的。結果這個選擇沒有錯誤，在這裡和明不像在軟網社一樣感到自卑，其他成員也不會對他白眼相向，他的水性也漸漸好了起來。

而且還遇見了人生的重大轉機。

游泳社的顧問是柿崎老師，當年三十歲出頭，身材雖矮小但是渾身肌肉，屬於運動型的老師。他在和明國中二年級的暑假第一天，爲了見和明父母來到長壽庵。驚訝的伸勝和文子愼重出來迎接，但聽了柿崎老師的一番話，感覺更加吃驚。老師說和明的學業成績和運動神經不好，並不是能力不夠所致，而可能是視覺障礙造成的。

這件事由美子在日記中用大而顯眼的字體寫著：「哥哥的眼睛好像不太好」。柿崎老師來訪的這件事結束了和明痛苦的童年，也跟栗橋浩美不再是由美子的星星王子有所關聯。

由美子在店裡巡邏桌子，隨時將客人用過的碗盤收下或倒冰開水。和明還在打電話，由美子不時皺著眉看著哥哥。感覺好像很想說什麼，卻被搶白說不過對方，如此反覆再三，一副很困惑的樣子。

這支粉紅色電話是長壽庵接受預約專用的，不應該拿來講私人電話。這件事和明應該也很清楚。他也想趕緊結束交談，只是栗橋浩美巴著不讓他掛電話。

由美子氣得走到哥哥身邊，用栗橋也能聽見的聲音故意說：「哥，店裡面正在忙，你趕快講完電話！」

和明心虛地看著由美子，然後對著話筒說：「我工作正在忙，眞的沒辦法。」

聽起來就是很軟弱的語氣，由美子益發覺得不高興。難道不會說：「我沒辦法跟你做朋友了，請不要再打電話來！」

總算能夠掛上電話，和明擦拭額頭上的汗水，並對由美子笑說：「眞是要命。栗橋這個人就是這樣。」

「什麼就是那樣這樣的！」由美子尖聲說：「他就是自私，完全不顧慮到別人的不便！」

「不要這麼說嘛。」和明無所謂的語氣說完，便回到廚房。

由美子還想要多說兩句時，電話鈴聲又響了。這一次是外賣的點餐。她收拾起怒氣，改成做生意用的開朗語調應對。

接著一個小時裡，大家汗流浹背地專心做生意。新店開張，外賣的訂單比較多，電話響個不停。負責外送的工讀男孩，抱怨說餓得兩眼昏花還是得送。看他一個人實在忙不過來，由美子也決定出馬幫忙。正在廚房準備之際，有人拉開了外面的店門。由美子反射性動作對著門口大喊：「歡迎光臨」，卻發現進來的客人是栗橋浩美。

「原來是栗橋呀！」正在收拾角落桌子的文子，立刻出聲招呼。

「妳好，阿姨。」栗橋回應。與其說是點頭致意，根本只是動一下下巴，微微點個頭笑一下而已。身上穿著春裝的薄襯衫和休閒褲，右手腕戴著大型的潛水錶。看起來就像是男性時裝雜誌走出來的模特兒一樣。

「店面變漂亮了呀。」

「謝謝，託你的福。」文子很客氣的回答。對她來說，栗橋浩美不過是兒子的小時玩伴。的確栗橋有過一段時間風評不好，但畢竟是過去的事了。總之他是和明小時候交往的朋友。

這一點由美子就難以理解，實在太沒原則了。何必跟他說什麼「託你的福」呢？不只是現在，由美子就很受不了媽媽老是將「託你的福」掛在嘴邊。再怎麼說是生意人，也不需要態度那麼謙卑吧！

廚房裡的和明發現栗橋的到來，於是看著門口。由美子立刻確認了哥哥的表情，臉上雖然帶著微笑，卻不是眞心歡迎朋友來訪的神色。

文子笑著說：「今天生意這麼興隆，我和和明他們都快忙死了！」

由美子站在廚房的柱子後面觀察栗橋的樣子。他似乎一點也不覺得難堪，還是一臉笑容地說：「是呀，看起來好像很忙。我是來送新店開張的賀禮的。」

他背對門口，用拇指指著外面說：「還放在車上，我去拿過來。」

「嗄？眞是謝謝你……。」

栗橋立刻走出門外，跟三個上班族打扮的客人擦身而過。等到三位客人點完餐後，他又回到店裡。手上抱著一大盆蘭花，是蝴蝶蘭。上面結著很大的蝴蝶結，還附有一張「賀新店開張」的卡片。

「哎呀，眞是的。」文子驚訝得不斷眨眼睛。

「如果可以的話，請放在店裡裝飾。」栗橋將蝴蝶蘭交給文子。因為看不過去媽媽吃驚的手準備要去接，由美子走到店裡面。

「嗨，由美，好久不見。」栗橋瞇起了眼睛，發出高興的聲音說：「妳們家的店變得好漂亮。」

由美子不說話，只是稍微點一下頭，並伸出手幫忙抱著大盆蝴蝶蘭的媽媽。然後才舉起明亮的眼睛說：「這麼貴的東西，我們不能接受。」

她將花盆遞給栗橋，準備退還。栗橋笑著揮揮手說：「討厭，不必客氣嘛。阿姨，妳會收下吧？」

文子很困惑地說：「我是很高興……可是這花眞的很貴吧？」

「有什麼關係呢。是慶祝新店開張嘛，代表我的心意。」

栗橋說得很大方，然後將眼光從由美子不高興的臉上移開，轉向後面的廚房問說：「和明，在嗎？我有話跟你說，不用五分鐘時間。可以嗎？阿姨。」

文子還沒來得及說什麼，他就穿越擁擠的店面走進廚房。由美子咋舌道：「哼！甭以爲送這個花盆來就想幹什麼，沒那麼容易！」

文子看著由美說：「妳也不要老是嘴巴那麼壞，說什麼人家想幹什麼的……。」

「媽才有問題呢。妳明明知道那個人老是要哥做什麼的，絕對不能讓他接近哥哥！」

「可是他們從小就是朋友。」文子有些責備的語氣：「男生的朋友交往，有時候女孩子是不懂得。而且栗橋不也是妳小時候的朋友嗎？」

由美子不屑地說：「媽，妳想得太單純了！」

客人們好奇的眼光看著她們。由美子恢復商人本色，立刻走回店裡面。總之她先將蝴蝶蘭放在粉紅色的電話機旁邊。

栗橋將和明拉到廚房的角落，不斷跟他說些什麼。有點垂頭喪氣的哥哥一臉灰暗。由美子本想立刻插進兩人之間，但爸爸說話了。

「由美子，角田大樓的外送做好了。不是妳要去送嗎？」

聽起來有些生氣，沒辦法由美子只好說：嗯，我去送。但內心還在爲哥哥的事而躊躇。栗橋說話的樣子過於熱心，不知道他究竟在說些什麼？

「由美子，快去呀！」終於高井伸勝也大聲了。他彎腰忙著爲剛煮好的麵條放上鴨兒芹，臉上的表情顯然不快。

伸勝的聲音嚇到了由美子，連栗橋和和明也大吃一驚。栗橋立刻結束說話，偷偷看了伸勝一眼，接著眼光又和由美子對上了。那已經不是剛剛送上蝴蝶蘭時的和悅眼光。

由美子不得已趕緊準備外送，拿起托盤就往後門走。背後還聽見栗橋故意聲音明朗地說：「那就麻煩你了。」接著他又對著廚房整體用更明朗的聲音說：「這麼忙的時候來打擾，眞是不好意思，伯伯。」

高井伸勝沒有停下忙碌的雙手，但對著栗橋鞠躬說：「謝謝你的賀禮。」

「小意思，不成敬意。」栗橋表示客氣後，便穿過店裡走到門外。

由美子也趕緊出了後門，手上拿著外送的托盤，想要繞到正門口去追栗橋。

他的車停在店外的馬路上，正好打開駕駛座的車門要跨進去。那是一輛紅色的跑車，看起來還很新。到處都像模型車一樣地閃閃發亮。

而且他還有同伴。駕駛座旁坐著一個長頭髮的年輕女子，穿著和車身一樣的鮮紅衣服。

栗橋一看見由美子，便立刻停止跨進車裡的動作，回過頭去。看他一回頭，車裡的女子也跟著回頭看由美子。

栗橋還是嘻皮笑臉地說：「喂！由美，很認眞工作嘛。」

由美子雙手捧著托盤，站在距離栗橋約兩公尺外的地方。從第三者的眼中看來，這是一個可笑的畫面。一個正打算坐進新潮跑車的帥氣男生和他漂亮的女友，擋在他們前面的卻是一個捧著麵碗托盤的笨女生。

「你跟我哥說了些什麼？」由美子劈頭就問：「我想我應該一次跟你說清楚才行。請不要再來糾纏我哥了。我哥個性軟弱，很容易聽栗橋你說的話，但其實他是很討厭你的！」

「和明嗎？討厭我？」栗橋一臉不可置信的樣子：「怎麼會？我們可是童年玩伴耶。」

一聽到童年玩伴的說法，由美子就有氣。

「只因小時候認識，不一定就是童年玩伴。栗橋先生，你可是給我哥帶了不少的麻煩，不是嗎？」

「有嗎？」

「我全都知道。」由美子大聲地繼續說：「就是上次，你不是叫我哥去幫你還麻將的欠債嗎？十二萬耶。每次你來找我哥，不都是這種事嗎？說是去喝酒，都是我哥在付錢的吧？我全都聽說了，所以我很清楚！」

栗橋轉頭看著車裡的女子笑了。紅衣女子也偷偷瞄了由美子一眼，冷冷一笑。

「由美根本不懂男人之間的交情。」栗橋嘻笑地表示。整個人斜靠在車上，姿態顯得很悠閒：「和明還是跟以前一樣，老是被個性強硬的妹妹所罵。眞是可憐呀。」

「我哥覺得很困擾……。」

「和明一點都不困擾。因爲我們是好朋友，從小就玩在一塊。由美和我不也是童年玩伴嗎？爲什麼說話這麼衝？」

栗橋指著由美子，對車裡的女子說：「這女孩曾經寫過情書給我呀！」

由美子感到臉部發燙，不禁用力抓緊托盤的邊緣大叫：「那已經是好久以前的事了！」

「哎呀，臉紅了，眞可愛。」

栗橋和女伴同時笑了出來。笑的時候，那女子還用鄙夷的眼光看著由美子，更增加了由美子的難堪和怒氣。

「那才不是情書呢！」

「何必那麼生氣嘛。妳眞是奇怪，由美。」

「奇怪的人是你，你才是大怪胎！」

栗橋誇張地聳聳肩說：「好可怕呀！我居然被妳罵了。」

由美子兩腳張開，抬高了下巴，表現出外送女孩最威嚴的一面。她咬著牙說：「我從以前就知道你用各種方式利用我哥。這一點我爸媽也很清楚。你說到那件情書的事，我倒要問問你還記得國中二年級暑假的事嗎？」

由美子的反擊架勢似乎嚇到了栗橋，他靠在車上的身體站了起來。

「由美，說話聲音不要那麼可怕嘛……。」

「從那時候起」由美子毅然切斷栗橋的說話，繼續說下去：「我再也不相信你，也沒有喜歡過你。從來也沒把你當作小時候的朋友。所以到現在，只有我知道，我很清楚。你只是吃定了我哥，我哥也知道這一點。他知道但是偏偏人太好，所以才會被你牽著鼻子走。」

坐在車裡的女子嬌聲細氣地問：「她是怎麼了？發什麼神經呀。」

但是由美子毫不退縮：「你拿花來討好我們是沒有用的。也許我爸媽會受騙，但是騙不了我的。沒錯，正因爲我們是童年玩伴，所以我從小就知道你的眞面目，絕對不會受你的騙。請你不要再接近我哥，聽見沒有？」

由美子的個人演說說到一半，栗橋已經坐進車裡、發動引擎。還沒聽到最後一句「聽見沒有」，車子已經開動了。

只留下準備外送的由美子站在原地。不是因爲寒冷，而是氣得全身發抖，雙手還捧著托盤。因爲表達了激烈的情感，不禁也開始回味來自內心深處的痛苦回憶。是的，就是那個夏天，和明國中二年級的暑假，柿崎老師親自來我們家裡……。

3

由於柿崎老師的來訪過於突然，長壽庵裡一陣忙亂。那時正是下午的「準備時間」，店門沒有開。伸勝和文子在吃過了正常時間的午餐，老師竟上門來訪。

柿崎老師被引領到裡面的包廂時，立刻爲臨時的造訪而道歉，並說明主要目的是爲了和明的事而來。當時和明帶著由美子到公營游泳池去玩，並不在家。

因爲學業成績、運動能力和交友情況，伸勝夫婦對和明眞是操心不已。文子還以爲老師來是要對她的寶貝兒子有所責難，內心感覺失望到了極點。自從轉到游泳社的近一年裡，和明經常跟她報告：社團活動跟以前的軟網社不同，非常快樂、柿崎老師人很好等等。沒想到兒子那麼信賴的老師，居然還是到家裡宣布要放棄他。因爲主觀意識已先入爲主，文子還沒等老師說完便低聲問：「是不是我們和明不可以留在游泳社了呢？他又做了什麼不該做的事嗎？」

柿崎老師嚇了一跳。接著那張被水和陽光造就的黝黑的臉笑開了，他搖搖頭說：「對不起，我突然來，一定嚇到了兩位。可是我不是爲了你說的事而來的，和明是個乖孩子。很用功也很老實，我的確認爲他是個好學生。」

文子聽了老師這麼說，安心的同時，眼淚也浮現眼眶。過去沒有人，也沒有任何老師曾經這樣稱讚和明過。總是聽到「很費心」、「能力不佳」、「造成其他孩子的困擾」等負面的評語。

「可是這孩子好像在學校影響了大家的學習進度……。」文子含淚地訴說，柿崎老師則是一副就是談這件事的態度繼續說道：「兩位一直都有在觀察和明的日常生活，難道沒有覺得他的眼睛有些不好嗎？」

文子和伸勝彼此對看。一向話不多的伸勝沉默地對著老婆，似乎有些不解。

文子說：「如果是近視的話，應該沒有。視力檢查的時候，兩隻眼睛都是一點五耶，而且也沒有閃光。」

老師點頭說：「是的，這些我也知道。的確他的視力良好，但是據我的觀察，和明對於講義或黑板上所寫的文字似乎看不見。明明他的視力是沒有問題的。而且他的計算能力也不好吧？」

文子悲傷地點頭說：「讀小學的時候，差點連九九乘法表都背不起來！」

「應該不是他懶惰，他也很努力想背吧。」

「這點倒是眞的。」伸勝第一次回應：「那孩子眞的很認眞在做功課。」

「就是說呀。」柿崎老師傾身向前說：「我也是覺得奇怪。看他在游泳社的活動，和明絕對不是智力有問題。他聽得懂別人的意見，也能說出自己的看法。甚至對於打掃游泳池、整理道具等工作，還能提出分工合作的有效率建議。他怎麼可能智力有問題，我反而覺得他擁有平均值以上的判斷力和想像力。」

文子抬起頭，再一次看著丈夫的臉。伸勝則直視著老師的臉。他的沉默寡言，不只是話少而已，而是整個臉都顯得沉默寡言。但是這張面無表情的臉逐漸開始有了動作。

「我認識一位醫生。」柿崎老師接著說：「他是我大學時候的社團同學。前一陣子到美國做研究，上個月才回日本，我們見了一面。他不是臨床醫生而是研究人員，目前在東都醫大八王子校區的研究室，主修視覺障礙。」

「視覺障礙……？」

「是的。簡單來說，就是研究眼睛的異常問題。在我們閒聊之際，他說起非常有意思的話題。其實正確說來，在日本雖然很少見，在美國已經很重視視覺障礙的研究了。他說的就是有關在專門醫療機構就診的病例，他這次到美國的主要目的就是研究該病例。」

「噢……。」

高井夫婦似懂非懂地微笑著，柿崎老師繼續說明：「我盡量不要用到專業術語，只是我不知道這樣說不說得清楚。簡單來說，這個病例的視力，兩眼都比正常平均值要高，但是就是看不清楚。說得正確一點，就是不能正確辨識所看到的東西。剛剛也說過，美國在二十幾年前就已經承認有這種病例的存在，也一直在做研究。現在的病患大半都是小孩。並不是說大人就不會有這種病，而是沒有人發現到，甚至本人也不知道就長大成人了。畢竟知道有這種功能障礙，也是最近幾年才有的事。」

文子扭捏地問說：「那是一種怎樣的眼病呢？」

「那不是病，因爲視力沒有異常。應該說是一種『功能的異常』。」

「功能的……異常？」

「是的，和明媽媽。我們人都有兩顆眼珠子吧？」

「是的，有兩顆……。」

「而我們人是用兩顆眼珠子看東西。但是有一些罕見的例子，他明明有兩顆健康的眼珠子，卻只有一隻能看東西。也就是說一隻眼睛關店休息，沒有上班。」

「那麼……」伸勝咳了一聲，問道：「是不是就應該綁眼帶呢？」

「不，也不是那麼單純。在這種情形下，是一隻眼睛的視神經，和負責這部分機能的腦部組織停止運作，比起只需用眼帶遮住眼睛的情況要複雜而嚴重許多。」

柿崎老師舉起手加以說明：「更嚴重的是，有這種問題的人無法辨識文字的形狀。例如他們眼中的『甲乙丙丁』跟我們看見的形狀不一樣。他們所讀取的文字、數字不同於我們，所以他記不住也寫不下來。就算寫下來也是『不正確』的。」

文子用手掩住嘴巴，似乎想要說：「哪有這種事呢？」但即時阻擋了自己。

「因此有這種問題的人，不管是大人還是小孩，寫字都會很難看。和明是不是因為字寫不好而常被罵呢？」

文子立即點頭說：「他妹妹由美子的字就寫得好。和明的作業簿連我是他媽媽都看不懂在寫些什麼。」

「兩位小時候的情形怎樣呢？是否跟和明一樣字也寫得不好？」

文子抬頭看了伸勝側臉一眼，伸勝不好意思地承認：「我的字寫得不好。」

「可是不像和明那麼糟吧。」文子說：「所以我就覺得奇怪，為什麼只有和明，字寫得特別醜。」

柿崎老師點頭說：「還有剛剛也提到和明的算數、數學也不好，這也是有那種問題的人的特徵。他們所看到的數字排列跟形狀，和我們看到的不一樣。所以本人雖然很認真在做，結果卻是錯的。可是他們自己也不知道他們所看見的是跟別人不一樣。不過這也難怪，因為他們眼中看見的才是真實，誰會認為自己看見的字母、漢字跟隔壁桌田中看見的字母、漢字是兩回事呢！於是有這種問題的人，尤其是學齡期的兒童，幾乎都會被認定是智能不足！實在很不幸。」

文子慢慢地眨眼，凝視著老師健康的臉龐。終於她明白老師要說的是什麼。

「那麼老師，我們和明也是有這種問題嗎？」

「是的。我是懷疑有沒有這種可能性。」老師點頭承認。

「我跟朋友提到這情形，他也是同樣意見。而且還問說：可不可以帶和明到大學的研究室接受檢查？」

一聽到檢查兩個字，高井夫婦面生恐懼，於是老師趕緊說：「說是檢查，其實沒有那麼嚴重。只是讓和明看一些東西，問他看到了什麼？請他寫下來，並做成資料，而且要反覆地做。這絕對不是病，我的朋友也說得很清楚。視覺障礙是一種腦部功能的障礙，不是病，就算吃藥、動手術也治不好的。需要的是對眼睛進行『訓練』好恢復原來的功能。」

文子的臉上出現希望的光輝，眼睛裡有著忍不住的淚水。

「還有，我必須愼重地提醒一點。」柿崎老師繼續說：「爲什麼會造成功能障礙？原因是什麼？現在還不很清楚。只能確定不是因爲遺傳的因素，據說也不是因爲嬰兒時期的養育方法不同而造成的。所以假如和明眞的是功能障礙，兩位也不必覺得丟人，責任並不在你們身上。」

細心的言語讓文子感覺釋懷，伸勝也在一旁沉默地點頭。

「老師，這件事已經跟和明……。」

「我還沒跟他仔細說過，我只是說：『老師覺得你的能力沒有問題。讀書讀不好不是你的責任，而是有其他原因吧。』還跟他提過：『可能會就這件事跟你父母見面。』」

老師還說：「如果他們能夠接受，是否能請父母直接跟和明提這件事呢？」

「如果他還想要知道得更清楚，再由我來跟他解釋，你們說這樣好嗎？到時候再請兩位一起商量，決定是否接受檢查。我的朋友表示隨時都可以跟他說，所以你們不必客氣。」

高井伸勝對於大學醫院、研究室等具有權威的地方有一種本能的恐懼，他縮著脖子問說：「要去那種地方，總覺得怪怪的。可不可以到附近的眼科醫生看就好呢？」

柿崎老師笑說：「很遺憾，街上的眼科醫生大概幫不上忙吧。」

「要想治好就必須到大單位去吧。」文子振作精神表示：「就算再遠也沒關係，我們會去的。」

接著柿崎老師就和高井夫婦閒話家常等著和明回家。夏日的午後最是炎熱，泡在游泳池裡的小孩不會那麼早就回家的。加上明天就是游泳社的活動日，於是老師說聲：「下次再聯絡」就告辭了。

一邊忙著準備下午五點的開店，文子心中想了很多。她心中感覺到一股溫暖。不是說她老王賣瓜，只是她從來就認爲：很少有小孩像和明這樣認眞老實的了。所以過去在學校裡受了再大的委屈還是忍了下來。那不是和明的錯，他身上背負著別人不知道的殘缺。那孩子沒有錯呀……。

抑制內心的亢奮，在店裡面忙進忙出的時候，聽見外面傳來救護車的警報聲，而且越來越接近。

「發生什麼事了？」停下手，伸勝抬起頭說：「好像就在附近。」

文子走到馬路上觀看，正好看見救護車開過長壽庵門前的大馬路前往商店街的方向。儘管事不關己，聽見刺耳的警報聲還是有種不祥的感覺。

看著救護車通過，正準備走回店裡時，看見前面巷口，臉曬得跟柿崎老師一樣黝黑的和明和咖啡色的小公主由美子，兩人不斷鬥嘴地走了回來。一時之間對孩子的親情湧現，文子大聲招呼：「你們回來啦」。

兩個孩子也看見了文子。由美子跑了過來，和明則大聲回答：「我們回來了」。這時又聽見警車的警報聲響起。

警車閃著紅色的警示燈朝向剛剛救護車的方向前進。和明和由美子停下腳步並張大了眼睛。文子跑到兩個孩子身邊，跟他們一起目送警車離去。

「是商店街的方向耶。」和明說，臉上有著不安與擔心的神情。跟剛剛在廚房聽見救護車警報聲逐漸接近，停下手說「好像就在附近」的伸勝表情是一樣的。是誰受傷了？還是誰倒下了？哪裡失火了嗎？有誰求救了嗎？

這是「大人」的反應。就像遠處上頭有猛禽掠過，一聽到翅膀舞動聲音的雁群領隊，就會昂首傾聽，確定敵人的方位，就像挺起腰桿保護老弱婦孺的「大人」一樣。

文子頭一次發現這孩子有著比實際年齡還要老成的部分。通常像和明這種年紀的男孩子，一看見街上跑過的警車或救護車，立刻會好奇心作祟跟著去湊熱鬧，而不是感到不安。會想要知道發生什麼事，而跟在警車或救護車後面跑，卻不會停在路邊，以擔心的眼神看著紅色的警示燈離去。

事實上，當文子心裡在想這些事時，由美子已經喊說：「哥，我們去看警車！」

和明則笑著搖頭說：「太危險了，不要去。」

「眞無聊！」

文子這才發覺，原來過去有太多機會可以看到和明和普通小孩不同的地方。但每一次她都將他解釋成「遲鈍、愚笨」，而且也習慣接受該事實。

但是今天完全不一樣。柿崎老師告訴她的一段話，讓過去在文子心目中定型的「和明印象」，似乎發散出不同的光芒。她才明白過去斷章取義解釋成「愚鈍、缺少霸氣的小孩」，其實可以用「老成」來形容。

爲人父母的，眞是不明白呀！文子想到這裡，感覺內心充滿了愧疚。爲什麼自己從來不相信孩子說的話，而只是在意老師說了些什麼呢？

「我們回家吧！」文子牽著由美子的手說：「你們兩個都肚子餓了吧？」

長壽庵裡的人知道商店街裡發生什麼事，已經是那一天晚上關店的時候。商店街裡最大間的「阿誠超市」老闆，也是民意代表的高橋先生，爲了這件事來找伸勝。

伸勝和文子都很驚訝於高橋先生的來訪。文子心想：今天眞是不斷吃驚的一天呀！而且老實說，還眞覺得麻煩。關上店門，她就要和伸勝兩人對和明提起白天柿崎老師說的那些話，所以今天晚上很不希望外人的打擾。

「有些事要跟你說，但是電話裡又不太方便。

所以想說關店後來比較不會打擾你。」

「什麼事呢？」伸勝的語氣有些困惑。

「其實是今天的商店街出了點糾紛。你沒有聽見警車來的聲音嗎？」

「有呀。」

「眞是令人頭痛，所以才來找你商量。我可以坐下嗎？」

關店後的店裡很安靜。高井夫婦和高橋先生對坐在生意用的餐桌前。

高橋先生比伸勝年長五歲，但整個頭已經光禿禿了。大概是急性子的關係，禿頭總是因爲汗水而閃亮。與其說他做事磊落、不拘小節，其實作風只要再偏一點，就會被形容是「下流、低級」。因爲他是生意興隆的「阿誠超市」老闆，也是連任的民意代表，還算頗有人望。

由於長壽庵不在商店街裡，雖然和商店街的活動沒有關係，但還是加入了商店街商家組織的「青葵會」。高橋先生當過該會會長，現在也是實質的負責人。所以伸勝也見過高橋先生，曾經一起參加過交誼旅遊，也一起吃過飯。可是兩人關係並沒有好到商店街出事要找他一起商量，他也從來沒有那麼受到信賴過。究竟是怎麼一回事？

伸勝有種不好的預感。

面對不安的高井夫婦，高橋先生以一種「其實我也不喜歡提起這種事」的誇張表情開始說明：「開藥局的栗橋先生，你知道吧？就在商店街的北側。」

「是的，我知道。」

「栗橋先生的兒子和你兒子應該是同學吧？」

伸勝看著文子的臉尋求確認，文子點點頭。

「是的，栗橋家的浩美和我們和明是朋友，從小學時候就在一起玩了。」

「就是嘛，那邊也是這麼說的。」

那邊是指栗橋藥局嗎？

「現在再來提到正題。今天下午警車來，就是因爲栗橋先生的兒子引起的。」

文子探身問：「浩美嗎？他做了什麼事？」

高橋先生一副好像吃到酸東西一樣的表情說：

「他打了客人。」

伸勝雙手抱在胸前，深深嘆了一口氣。

「浩美在家看店嗎？」

「是呀，他父母都出門了。」

「所以說是一個人囉。」

「嗯！結果就是那個老太婆來了。」

「老太婆？」

「你們店裡沒受過害所以不知道，可是眞的沒聽過，那個要命老太婆的事嗎？」

長壽庵裡沒有人知道。

「算了，其實我也不應該叫人家老太婆，可是我眞的是很生氣。這個老太太年近九十歲，沒有家人照顧，一個人住在車站西側的都營社區裡。有時候會到這附近買東西，但其實是順手牽羊！」

「順手牽羊……？」

「嗯。我想不是本人故意要偷的，而是精神恍惚，連自己也不知道是怎麼回事。可是眞的是很糟糕。常常在我們店裡，錢沒付東西拿了就跑，或是當場將麵包、香腸拆開來吃。尤其是將牛奶開來喝後，更是不好處理。不管怎麼說她，她就是一副自己什麼都沒有做的無辜表情；有時這邊氣急了罵她，她就會大哭大叫，不知道的人還以爲我們欺負老人家呢！結果只好讓她帶回被破壞過的商品，拿回確定商品的金額。可是不是全部，所以我也是很不甘心呀！」

這麼說來文子想起蔬菜店的老闆娘也說過這種事，好像還不只是受害過一次而已。

文子將這件事說出口，高橋立刻大聲肯定說：「沒錯。就是八百德蔬菜店嘛！」那裡也是很慘。大概是四月分的時候吧，老太太在她家店門口剝起橘子來吃，老闆娘要她付了錢才可以那麼做，老太太裝做沒聽見就要跑。八百德過去受害過好幾次，這一次實在氣不過便衝上去追人。結果老太太開始嘴裡不乾不淨，還在人家擺蘿蔔、番茄等商品的店門口小便！搞得人仰馬翻。」

對八百德而言，眞是損失慘重。

「還不只是這樣。我們收銀台的主任說：『那個老太婆才沒有癡呆症。根本是裝成癡呆來騙吃騙喝、偷東西的。她是事先算計好才做的。』結果老太婆聽了可不得了呀。」

「那麼在栗橋先生那裡被打的，就是這個老太太嗎？」

因爲文子的提問，高橋先生才想起來今天的主題，雙手一拍說：「沒錯！」

然後一臉正經地說：「大概是四點左右吧。栗橋藥局的隔壁，就是那個賣衣服的呀？」

「村田家的店嗎？」

「對，就是村田時裝。」

高橋滿口橫沫地說：「那裡的老闆娘聽見栗橋藥局有東西倒地的聲音，還聽見有人的尖叫，於是趕緊跑過去看。結果是那個老太婆倒在地上，嗯嗯唉唉地在哭泣。老太婆的頭上流血，看起來很淒慘。商品陳列架也倒在一邊，胃藥呀OK繃等散了一地。而栗橋家的兒子則是一臉慘白地站老太婆旁邊。」

村田老闆娘問栗橋浩美：「發生了什麼事？」

浩美沒有回答，也沒有看著老闆娘，居然握緊了拳頭想要攻擊倒在地上的老太太。老太太張開沒有牙齒的嘴巴尖叫，爬在地上逃了出去。

「你們都知道村田的老闆娘個頭很大嘛。她心想這怎麼可以，於是用身體擋住栗橋家的小鬼。可是那小鬼拚命掙扎，差點要將老闆娘給甩開。於是老闆娘大聲呼救，附近的人圍上來，才和老闆娘將小鬼制服，救了老太婆。栗橋家的小鬼大概是氣壞了頭，一心想揍放走老太婆抓住自己的大人們。對面書店的老爹也被他揍了一拳。一陣慌亂之間也不知道是誰報了警，叫救護車來。」

文子想起了栗橋藥局的浩美的臉。他是和明的朋友，連由美子也跟他玩在一起。是個活潑、會讀書的好孩子呀，看起來不像是會動粗的小孩。

「浩美現在怎麼樣了？」

高橋先生揮動大手掌說：「在家裡呀。警車是不會將國中孩子帶回警局的。不過因爲眞的有人受傷，警察也不能不管，所以問了很多話。」

浩美的雙親栗橋夫婦在警車騷動中回到家，母親演了一場悲傷嘆息的戲，場面實在是驚天動地。

「誇張地哭鬧說：如果浩美被帶回警察局，那我不如死了算了。之後又到我這裡，拜託我想個善後對策，讓事情圓滿落幕。我想不過是小孩子的事情，罵一罵，並負擔老太太的醫藥費就解決了。其他警察也不會多說什麼吧。而且眞要說起來的話，整個商店街還希望那個老太婆能有所反省呢。」

「話是這麼說沒錯……。」

可是這件事跟長壽庵又有什麼關係呢？文子和伸勝的臉上都掛滿了問號。高橋先生只是嗯嗯啊啊地點頭，然後用手摸摸光禿的頭頂說：「整件事就是這樣子。」

說完他看著高井夫婦的臉又說：「警車離去後，我又被叫到栗橋藥局。小鬼……不對，他叫什麼名字來著？」

「浩美。」

「對，就是浩美。要從他嘴裡問出事情的經過。看看究竟爲什麼會發生這種事？因爲對方是那個老太婆，我一開始也沒有意思要罵浩美。我還說：『你的心情我們很了解……。』

可是栗橋浩美一開始就什麼也不說。像個石頭一樣不開口，只是坐在那裡乾瞪眼。

「因爲他太頑固了，最後惹得我也很生氣。於是開始對他說起教來，說他不可以使用暴力！結果那小鬼……不對，是浩美居然說：『我又沒有打人！』」

「可是他不是因爲要揍人才被制止的嗎？」

「沒錯。可是他說一開始打人的人不是他。」

文子慢慢地眨眼看著高橋先生問說：「是說當時還有別人嗎？」

文子這麼一問，高橋立刻點頭說：「就是說嘛。」

文子嚇了一跳。之後的內容她想都沒有想到。一臉很抱歉的樣子，高橋說：「他說你兒子也在場。當時高井來他家玩，跟他一起看店。是高井揍了老太太，然後人就跑掉了。他當時嚇死了，突然發生這種事，慌得不知道該怎麼辦？害怕到整個人也跟著錯亂。最後那孩子垂頭喪氣地說了聲對不起。」

文子有些說不出話來，兩隻手在空中比畫。一直保持沉默的伸勝開口說：「我家小孩今天下午去游泳了。」

「是呀。」別的聲音出現了，是孩子們的聲音。文子立刻回頭，躲在廚房柱子後面的是由美子和和明偷窺的臉。

「我們去游泳池了。」由美子重複說。清澄的眼睛張得很大。

看來兩個小孩偷聽了大人們的談話。大概是小孩子的好奇心，感覺到高橋先生的來訪跟白天的警車事件有關係吧。

看著由美子張大眼睛驚訝的樣子，在文子眼中，和明就顯得很膽怯。這也難怪，因爲聽見自己的朋友居然偷偷對大人告說：「今天在他沒去的地方，做了他沒做的壞事！」

難得的是文子還沒開口，伸勝先指責了孩子：「不要躲在那裡，都給我出來！」

「你們好呀。這麼晚還來打擾你們。」高橋先生立刻裝出笑臉打招呼，眼光卻盯著和明的臉。

被觀察的和明，眼神不安地轉動。當他的眼神和文子對上，也只是默默地將頭轉到一邊去。大概是「我今天根本就沒有去栗橋藥局」的意思吧？同時也是表示「我什麼壞事都沒有做」。

文子立刻就明白了。可是看見和明畏縮的樣子，傷心的同時又感覺一絲的怒氣。既然什麼壞事都沒有做，爲什麼不能抬頭挺胸，爲什麼要那麼沒用呢？

「過來這邊。」文子叫他們。高橋先生一副「這下糟糕了」的神情看著文子，但文子並不想讓孩子們離席，尤其是在和明背後，繼續談這件事。

「你們過來坐，剛剛的話你們都聽見了吧？」

文子一問，和明畏縮地點點頭。由美子則一把跳上椅子坐下，毫不害怕地「嗯」了一聲。然後又很擔心地看了在座的大人，問說：「栗橋打了老婆，是眞的嗎？」

文子不由得苦笑了一下。她知道對由美子而言，栗橋的存在不只是「哥哥的同學」而已。現在已經沒有了，但是從和明和栗橋浩美小學時候起，由美子就一直跟他們玩在一起。所以不應該說和明和栗橋浩美是童年玩伴，應該說和明、由美子和栗橋浩美三人是童年玩伴才對。而且從小由美子對遲鈍的哥哥，還不如對做什麼都很棒的栗橋浩美要來得親近得多。

由美子對栗橋的那種心情，現在還存在吧。所以她才會一臉懷疑地，歪著頭自言自語說：「栗橋爲什麼要打客人呢？而且還說是哥做的？」

高橋先生插嘴說：「還不知道是不是栗橋打的呢！」

由美子立刻回嘴說：「是嗎。但是也絕對不是哥做的呀。哥哥和我今天都沒有跟栗橋見面。上午我們在寫功課，兩點店關門以後就去游泳池了。」

「是嗎，你們是去學校的游泳池嗎？」

「不是，是去公營的游泳池，在若葉町。」

「是呀，那就得搭巴士去囉？原來如此。」

高橋先生一方面配合由美子的語氣說話，一方面還是很注意觀察和明的樣子。不知道栗橋浩美是用什麼說法讓高橋先生那麼相信，總之高橋到這裡來不是想聽聽和明這邊的說法，根本就是抱著很深的懷疑前來的。

「這麼說栗橋大概是想錯了，你怎麼認爲呢？嗯？」

「他叫和明，我女兒叫由美子。」文子說。

「噢，你叫和明。」高橋笑嘻嘻地對著和明說：「你怎麼認爲呢？」

和明低著頭，臉頰兩邊的太陽穴附近有些顫動。高橋越是想要看他的臉，他反而頭更低。文子看不過去便開口說：「不好意思，和明有點怕生。」

「都已經國中二年級了，又是做生意人的孩子，眞是少見呀。」

看來高橋先生對和明的印象不是很好。文子有些緊張，心想：這種好動外向的人，一定不喜歡畏畏縮縮、扭扭捏捏的小孩。尤其這種小孩又是男孩子的話。

「在游泳池有沒有遇見其他朋友？」

由美子回答：「我有。」

「誰呢？」

「美典。田中美典，她是我班上同學。」

「由美子是和哥哥在一起時遇見朋友的嗎？」

「不是。那時候哥在大人用的游泳池，我們是在兒童用的游泳池。」

高橋斜著眼睛看了和明一眼。和明低頭看著地板。

「是嗎，和明是在大人用的游泳池嗎？」

「是呀，因爲哥比我會游泳。今天哥還教我怎麼游仰式。對不對嘛？哥。」

對於妹妹的問話，和明好不容易才頭低著點頭。

「所以說，栗橋很奇怪耶。我們今天根本都沒和他見過面。」

「由美子，夠了。」伸勝說：「這種事一開始就知道了。栗橋那孩子亂說話。」

語氣顯得斬釘截鐵。高橋先生看見伸勝的表情，忙陪笑臉說：「請不要生氣嘛。高井老闆。」

「我沒有生氣呀。」

「我既然被拜託處理善後，就必須先將事情弄清楚。所以得聽聽每一個關係人的說法。」

「那你有去問被打的老太太，她是怎麼說的呢？」文子問：「問她應該是最清楚的了，不是嗎？看是被誰打的？老太太是當事人應該最清楚吧！」

高橋誇裝地搖搖手說：「沒用呀，老太太已經癡呆了。」

「可是不問清楚又怎麼行呢？」

「我問過了，但還是搞不清楚。她都說些聽不清楚的話！」一副「要不然，我幹嘛那麼辛苦」的口吻。

「那就交給警察處理好了。」文子也生氣了，乾脆這麼說。

於是高橋先生馬上睜大眼睛說：「那怎麼可以！請不要隨便亂說呀。要是交給警察，可是會壞了我們商店街整體的形象呀。」

文子笑了：「什麼形象呀？未免太誇張。又不是百貨公司什麼的。」

事實上，警車來的事，早已經傳遍左鄰右舍，現在想隱瞞也於事無補了。硬要說不想將事情鬧大的理由，跟商店街根本毫無影響。應該是栗橋藥店和栗橋浩美的才有關係吧。

「不管怎麼說，不過就是小孩子闖的禍，圓滿解決也不是什麼難事。一切就交給我處理。」

長壽庵也沒有人拜託他，高橋先生一拍腿就自做主張說：「就這麼辦吧！」

什麼「就這麼辦」、什麼「不管怎麼說」，事情總要弄清楚才行吧！現在搞得困擾的一方也氣憤難消，文子一時之間都說不出話來，看著高橋先生急忙離身的樣子，連道別的招呼都免了。

不只是文子，高井家的每個人都沒有跟高橋道別。伸勝沉默地將雙手抱在胸前，一張嘴閉得緊緊的。由美子的小嘴微微翹著，張開大眼睛看著所有人。和明還是一樣低頭看著地板。沒有客人的店裡，明明只是家人四個坐在一起，氣氛爲什麼這麼難過，文子不由得生起氣來。爲什麼我們就得受這種氣？今晚對這個家而言，本來是要跟和明談論那件重要的事，爲什麼會變成這種結果？

突然雙手抱胸，坐在那裡沉默不語的伸勝叫了一聲：「和明！」

伸勝和兒子的視線相對，然後慢慢地、粗聲粗氣地問說：「你是不是和栗橋吵架了？」

和明睜大眼睛，嘴巴微微張開，用力地搖搖頭。

「給我好好出聲回答！」

和明害怕地看著文子，希望媽媽能夠出面幫忙。但文子只是默默地注視著兒子，用眼神告訴他：好好跟你爸爸說。

和明只好吞吞吐吐地回答：「我……我們沒有吵……吵架。」

「那你和栗橋是朋友嗎？」

和明先是搖頭，然後好像又重新想過一次，才說：「嗯，是朋友。」

「到底是還不是？」

和明一副很緊張的樣子。就像大人有時會問小孩「眞的有神明嗎？」或「人死後會去哪裡？」，小孩子心想「自己也不知道答案，又不能裝做知道的樣子，而且說不定自己是知道的，只是言語說不清楚。自己眞的也搞不清楚」所表現出來的神情。

不久和明還是張惶失措地回答：「我想是朋友吧。」

伸勝放下手來，置於自己的膝蓋上。他的手很大且都是繭，但顏色卻很白。他嘆了一口氣說：「既然這樣，栗橋爲什麼誣賴你沒做的事說是你做的？」

「好奇怪喲。」由美子插嘴說：「眞是奇怪的事。簡直是亂七八糟……。」

「妳給我安靜點！」

由美子嚇得閉上了嘴。

「和明，你今天不是爲了教由美子仰式，陪她一起去公營的游泳池了嗎？」

和明點頭說：「嗯，去了。」

「你沒有去栗橋藥局吧？」

「沒有。」

「有跟浩美見面嗎？」

「沒有。」

「所以也沒有毆打藥局客人的老太太囉？」

和明用力點頭，然後第一次抬起頭來回答：「我沒有打老太太。」

伸勝深深地點頭，喘了一大口氣。然後說：「爸爸相信你應該不會做那種事，今天也不可能做過那種事。也就是說，栗橋他在說謊。只是爲什麼你的朋友栗橋要說謊栽你的贓呢？栽贓你聽得懂嗎？」

和明正在猶豫之際，由美子已經搶先說話：「栗橋才不會說謊呢！」

「由美子！」文子制止她，但由美子還是鼓著臉看著爸爸和哥哥說：「栗橋才不會說謊呢！」

伸勝沒有生氣，也沒有表情大變。而是微笑地問由美子：「可是妳聽了剛剛說的話，難道不覺得栗橋在說謊嗎？由美子認爲呢？還是說妳覺得說謊的人不是栗橋，而是哥哥呢？」

由美子焦急地頓腳說：「我沒又那麼說。哥一直和由美子在游泳池那邊。然後我們回家時還看見警車經過我們開到商店街那裡。」

「那麼妳哥哥說的話是眞的囉，也就是說栗橋在說謊了。」

「不對！」

「哪裡不對了？」

「栗橋不是會說謊的人，所以我剛剛就說很奇怪呀！」

「哪裡奇怪了？」

「整件事很奇怪。栗橋不可能說那種話，而且也不可能打老婆婆。從一開始這件事就很奇怪！」

由美子爲了幫栗橋說話拚命解釋，坐在一旁的文子則看著和明的臉。當妹妹說栗橋不是會說謊的人時，那一瞬間和明張大了眼睛看了妹妹一眼。接著他內心好像立刻開始萎縮了起來。說起來身材高大，有些肥胖的和明，藏在身體裡的靈魂其實是很嬌小的；就像偌大的身體「窠巢」裡窩著一隻縮著翅膀的雛鳥一樣。如今聽見由美子維護栗橋浩美的說辭，文子感覺到那隻雛鳥縮得更小，更躲進了窠巢的深處。

「由美子覺得栗橋是好人。」由美子對著爸爸努力表達意見：「說他打了老婆婆，這件事眞的有嗎？我總覺得奇怪。由美子說的奇怪就是這裡呀。」

對著高橋先生，由美子會用「我」來表達自我，但在爸媽面前則會撒嬌地改用「由美子」稱呼自己。但認眞表達的心情是一樣的。

這時文子才恍然大悟。原來就是因爲這樣——由美子喜歡「童年玩伴」的栗橋、相信他，所以和明才什麼都不敢說地選擇沉默。

所以對於剛剛伸勝問：「你和栗橋是朋友嗎？」，和明一開始是搖頭，接著又慌張說：「嗯，是朋友。」，那是因爲顧慮到由美子才說的。和明和栗橋浩美之間，是否存在著很難用言語說明的裂痕？也許他們根本就不是大人口中的「朋友」，關係有些扭曲了也說不定。要不然栗橋浩美爲什麼要陷害和明？

看著說不清楚的和明坐在拚命爲栗橋辯解的由美子身旁，文子內心感覺十分難過。而今天晚上一家人本來不是要討論這樣的話題呀！

「由美子，可以了。」文子制止說：「妳該睡了。」

「可是媽……。」

「去睡覺！」

由美子求救地看著爸爸，伸勝雙手抱在胸前，一臉嚴肅地瞪著地板。由美子不高興地站了起來。

只剩下三人後，文子開始提起今天柿崎老師來訪的事，然後說到和明可能會有視覺障礙的問題。和明本來是垂頭喪氣的，漸漸抬起頭來聽得嘴巴張開。不時還會詢問媽媽聽不太懂的地方，表現得很熱心。

「妳是說不是我不行嗎？」那表情就像是知道魔術的內幕一樣。

詳細情形明天再說——說完這些事，讓和明上床睡覺後，文子才去洗澡。一個人獨處的時候，不知為什麼竟哭了出來。因爲不想看見自己哭泣的樣子，文子將視線從浴室的鏡子移開，十分用力地洗起臉來。

由美子記得，那一晚她被叫去睡覺之後，大概經過一個小時以上，哥哥還是沒有回到樓上。自己一個人被支開感覺實在很不愉快，爲了知道他們在說些什麼，中間還好幾次躲在樓梯間偷聽。不過只聽到媽媽壓低的說話聲，根本不清楚內容是什麼。

我已經不是小孩子了！

而且比起笨手笨腳的哥哥，我還比較懂事呢！

對由美子來說，哥哥和明的存在很難用她的語彙來形容。那是一種用由美子自身的理解力難以掌握與認識的複雜情感。

和明一直都是遲鈍、愚昧、動作不靈光、總是在緊要關頭出錯、沒用的哥哥。已經有數不清的次數，她希望這樣的哥哥不在最好。如果有人問「我不會罵妳，妳老實說。喜歡哥哥嗎？」，她一定毫不猶豫回答「不喜歡」或是「如果沒有哥哥不知道有多高興」！

可是……可是這眞的是她的心聲嗎？

幼小的由美子還搞不清楚。這麼令人生氣的哥哥，打棒球時總是被三振；跑得慢還會被壘包絆倒；不僅是對手連自己隊友也被惹得在一旁大笑，而他自己卻一臉呆傻地摸摸頭跟著笑了起來。如果眞的討厭這樣的哥哥，爲什麼看見哥哥一個人努力寫功課的背影，她會覺得心酸呢？爲什麼看見哥哥在店裡找錯錢被客人罵，她會對客人生氣呢？

為什麼她就是沒辦法徹頭徹尾地瞧不起哥哥呢？

對，問題就在這裡。她明明覺得沒有哥哥最好，爲什麼今天聽見有人誣賴哥哥，她就會生氣呢？爲什麼不能不管哥哥的死活呢？

由美子睡不著，於是穿著睡衣在書桌前寫日記，試圖將難以整理的心情整個寫進日記本裡。不久聽見了上樓的聲音，她趕緊將頭探出門外，原來是和明。

「哥，怎麼樣了？」由美子趕上前追問：「栗橋的事怎麼樣了？」

和明一臉茫然地看著由美子。一副「妳不睏嗎？」的神情，不斷眨著大象般的小眼睛。

「由美子，哥的眼睛不好耶。」突然語氣很快地說出：「他們說我的眼睛不好。」

「什麼跟什麼嘛。我才沒聽說過這個。哥和栗橋……。」

和明不斷低聲重複說「我的眼睛不好」，同時走進了自己的房間。

「笨蛋！」由美子罵了一句後，又繼續將頭探往樓梯的下方。她想乾脆再下去跟爸媽說說自己的意見吧……。

正在猶豫之際，樓下的燈熄滅了。聽見浴室傳來拉門開關的聲音，那個拉門一向都很難開關。由美子只好放棄地回到房間。

之後的一個禮拜，由美子爲了沒有獲得栗橋藥店和浩美的進一步消息而心神不寧。藥店關了起來，不知道浩美是不在家呢？還是整天關在家裡不出來？完全看不到他人影。

高橋先生之後對於這件事也沒有來說過什麼，長壽庵還是正常營業。由美子不得不回到跟過去一樣的暑假生活裡。她想知道整件事是怎麼回事？也很擔心栗橋浩美。為什麼栗橋要騙人說是哥哥做的？她想知道理由。可是大家卻都擺著一副不關妳的事、不關我的事、不關任何人事的態度。每次文子一問「要不要去游泳？」伸勝問「要不要吃冰淇淋？」她就想大叫說：「我現在沒有這種心情」！

另一方面，和明好像很忙。每天都去學校——連不是游泳社活動日也去，而且回來的時候表情總是很興奮。有時候柿崎老師會打電話過來，這時先是媽媽接電話，然後交給和明，最後又將話筒交還給媽媽，而且說的時間很久。

「是嗎？那檢查……。」

「是，研究室也在放暑假……。」

「好的，眞是非常謝謝。和明也因爲有救了很高興呢……。」

不知道他們究竟在說些什麼！

事實上這件事，對由美子而言充滿了不可思議和不滿。爸媽和和明都不肯好好跟由美子說清楚。

「哥，你眼睛不好是怎麼回事？」

她一問，和明滿身是汗地說明了，可是根本不得要領，由美子完全聽不懂。只聽到一隻眼睛看不見，那是什麼意思？騙人的吧。因爲哥哥遮住一隻眼睛還是可以走得好好的呀！

沒辦法她去問媽媽，媽媽也不肯說明白。

「其實這件事有些困難，媽媽也不是很了解啦。」文子說。可是她的表情開朗，好像在期待什麼似的。

「我不想跟由美子說得不清不楚，所以等我自己也很了解的時候再告訴妳吧。反正不是什麼壞事，對妳哥是件很棒的事喲。」

伸勝只會說：「去問妳媽」。不管問他什麼，就像是跟塊大石頭說話一樣。

由美子非常的不滿，以前從來沒有這種情形。如果是三個人聯合起來，那也應該是爸媽和由美子三人才對呀。過去她們三人總是爲了和明書唸不好、動作遲鈍、被朋友欺負而心煩，於是聚在一起商量對策。

我不能允許爸媽和和明三個人聯合在一起。問題是他們在討論什麼呢？什麼是「對哥哥很好」的事呢？

由美子整天在家抱怨、發脾氣、任性使壞，結果被文子和伸勝一罵後，情緒更加彆扭。

那一天八月十五日，就是藥局出事後，她第一次看見栗橋浩美的日子，也是盂蘭盆會最熱鬧的時候。長壽庵十三、十四、十五日連續公休三天。十三和十四兩天，全家到大洗海岸住宿與遊玩。十五日則是好好休息一天，因爲明天起又要開始忙了。伸勝一早就賴在床上，心想難得能睡得很晚。文子說要出門買東西，和明說要到同學家寫作業，兩人上午就出去了。

由美子心情很不好，既不想跟朋友玩，也不想和爸爸一起看家。事實上，跟家人一起到大洗海岸時，因爲一點小事和和明吵架，結果在回家的電車上被伸勝罵得很慘。

由美子的好朋友不是全家出去旅行就是回鄉下，都不在家。心情這麼低落的時候，也不想跟不太好的朋友打交道。

結果她決定騎腳踏車去圖書館。因爲那裡的冷氣夠涼；而且暑假期間書架區和閱覽室一向人很多，但現在是中元假期，應該很空吧。

果然圖書館的停車場，停放的腳踏車數量只有平常的十分之一。由美子拿著裝有習題和鉛筆盒的手提袋，放輕腳步地走進圖書館裡。平常大廳總是擠滿了翻閱雜誌、讀報紙的大人，現在幾乎沒人，鬆軟的沙發椅都是空的。由美子衝過去坐下。

她在那裡閱讀電影雜誌和有些可怕的推理小說。然後脫了涼鞋將腳放在沙發椅上，管理人員也沒有制止她，感覺眞是很自由。於是她又拿起另一本電影雜誌，翻到新上映的動畫片報導。突然間聽見一聲巨響，嚇得她差點跳了起來。

她吃驚地抬起眼睛，櫃檯裡的管理人員也站了起來。他們的眼光一致看著閱覽室的大門，由美子自然也跟著看過去。

栗橋浩美就在那裡。

他站在閱覽室的門口。不只是他一個人，還有一個跟他一樣高、由美子不認識的少年也在一起。看起來剛剛那聲巨響，不是栗橋浩美就是另外一位少年用力關上閱覽室大門所製造的。

站在櫃檯最旁邊的男性管理人員對他們說：「你們，關門時小聲點！」

由美子以為栗橋浩美他們應該會說：「對不起。」，但兩個少年根本無視於管理人員的告誡，直接就走向了書架區。

櫃檯邊的男性管理人員皺著眉頭，對旁邊的女性管理人員低聲說了幾句話。接著又用嚴厲的眼光看了閱覽室大門一眼，才回到自己的工作。

由美子坐在大廳的沙發上看著這一切，心臟跳動得很厲害。這是她第一次看見栗橋浩美那種態度。

的確由美子是不太清楚栗橋浩美上了國中以後的樣子，可是完全記得以前一起玩的時候的他。人很好又聰明、運動細胞發達、還有一雙漂亮的雙眼皮讓身為女生的由美子羨慕不已。連她媽媽都說：「栗橋長大了一定很帥！」

由美子穿上涼鞋，走向書架區。只有三三兩兩的人們，今天真的是很空。不須用心找，她立刻發現了栗橋浩美和那名少年的位置。

兩人背對著由美子，站在書架區的最裡面。由美子查到了書架上所貼的圖書類別標籤，他們站在「法律」類的書架旁。

栗橋浩美正在看著另一個少年手上拿著一本厚如辭典的書籍。看起來好像是很難的書，兩個人卻讀得有說有笑。由美子停下了腳步，不知道該不該靠近他們？也不知道該如何靠近他們？

這時栗橋浩美身邊的少年發覺了，猛然抬起頭來，眼睛看著由美子。然後對栗橋浩美小聲說話。於是栗橋浩美的視線從很難的書本轉移到由美子身上。

由美子愣住了，立刻感覺自己的臉紅了。這麼久沒有見面，她該問聲好嗎？

兩名少年在書架前不知說些什麼，然後栗橋浩美朝由美子方向走出一步說：「由美，和明也來了嗎？」

栗橋浩美的聲音聽起來比由美子的記憶還要像大人，就像個成熟的男人一樣。

由美子連忙搖頭。

「是嗎，眞是難得。和明到哪裡都不敢一個人去，總是要拉著妹妹才行。」

栗橋浩美的這些話並非說給由美子聽的，而是對著身旁的少年說。嘲笑的語氣中顯然帶有惡意。由美子問了聲好，頭立刻低下去，準備離開圖書館。她很想趕緊逃離這裡，她不喜歡這種氣氛和這樣的栗橋浩美。

「慢著點，由美子。」栗橋浩美叫住了她：「和明在幹什麼？」

由美子害怕地回過頭。栗橋浩美則離開「法律」的書架走向由美子。

「和明背叛了我，他想幹什麼呢？」

栗橋浩美身邊的少年哈哈大笑。笑的時候還用很尖銳的聲音讓手上厚如辭典的書闔上。

由美子看了一下四周，但是在開放書架這一帶根本不見其他人影。「法律」書架的旁邊是「化學」，後面則是「人文•社會」，都是不怎麼有人愛看的類別。

栗橋浩美一步一步接近由美子。因爲底下鋪有地毯——雖然已被用得破爛不堪，但還是發揮了功效——不會發出腳步聲。栗橋浩美無聲地穿越書架逐漸靠近由美子。一瞬之間由美子陷入一種妄想——大人們聽了會付諸一笑的奇怪錯覺。

栗橋死了，一定是這樣子沒錯。現在在這裡的是栗橋浩美的鬼魂，所以才聽不見腳步聲，所以才會有這麼可怕的表情。我覺得好害怕。一定是這樣子沒錯，要不然我怎麼會怕栗橋呢？

栗橋浩美的鬼魂正低頭看著由美子，並抓住了由美子的水手服衣領。

「和明在幹什麼？那頭大笨豬呢？妳回答我。」

栗橋浩美比由美子高了約三十公分。被他這麼一抓，由美子的脖子很不舒服，幾乎快發不出聲音來了。爲了能緩和脖子的壓力，讓呼吸順暢些，她必須用力伸長身體。雙腳不斷掙扎的時候，一隻涼鞋掉了。於是身體的重心更加不穩，被拉住的脖子更加不舒服了。

「哥……哥……。」由美子好不容易發出聲音，但不是回答栗橋浩美，而是因爲太痛苦了，不知不覺喊出了：「哥……哥……。」

栗橋浩美用力搖晃由美子的身體。由美子的後腦杓撞到了不鏽鋼的書架發出聲響。

「妳哥算什麼東西？一個智障還敢背叛我，太放肆了。我絕對不放過他！就說是我說的，妳去跟和明說，聽見沒有！」

他一邊說一邊再度用力搖晃由美子，想讓她的頭撞到書架。由美子自然地閉上了眼睛，隨著一聲比剛剛還大的聲響，她的眼瞼裡冒出了火花。

打開眼睛的時候，淚水一起迸出。沿著臉頰而落的淚水流進了微微顫抖的嘴唇裡。

這是來自前面通路有人大聲喝說：「你們在幹什麼？」

是大人的女人聲音。於是栗橋浩美趕緊放掉抓住由美子領口的手，將她丟了出去。他的眼睛不再瞪著由美子，而是看往聲音的方向。由美子淚眼模糊地看著栗橋浩美的側臉，看著他消失在眼前。他逃跑了，同時響起了書本掉落地毯的聲音。

「喂，別跑！」女人大叫，但沒有追趕栗橋浩美他們的意思。她立刻跑到由美子身邊。

「妳還好吧？」

由美子張開眼睛一看，剛剛坐在櫃檯裡的女性管理人員正在看著她。由美子想要回答「我沒事」，嘴唇卻依然顫抖發不出聲音。

栗橋浩美和那個可能是他朋友的男孩已經不見蹤影了。

「妳是不是被那些男生恐嚇了？錢被拿走了嗎？」

由美子搖搖頭，好不容易發出聲音說：「不……不是。」

「他們是國中生吧？妳不認識他們嗎？」

雖然不是真的，由美子還是點點頭。女性管理人員上下觀察由美子的哭臉，表情變成是告誡剛吵過架的小朋友的那種——對方雖然不對，但跟人家吵架的妳也有錯。

「看來沒有受傷，有沒有哪裡痛呢？」

「沒有。」

其實頭痛得不得了，由美子還是沒說眞話。因爲從女人的聲調和表情可以知道她心裡想著「要是受傷的話，我會多麻煩呀」。

「妳還是小學生吧？一個人來圖書館嗎？我想妳還是回家比較好吧。」

「好，我要回家了。」由美子低著頭答應。

剛剛脫落的一隻涼鞋，大概是在栗橋浩美逃跑時被踢開了吧。現在落在一開始他們站在的「法律」書架前面，旁邊還躺著一本厚如辭典的書，書的封面向上。

圖書館的女性管理人員看見了，彎下腰幫由美子把涼鞋撿過來套在她的腳上。

「謝謝。」

接著又撿起了那本厚如辭典的書，看了一下書背的書名和藏書編號，放進「法律」書架上面算下來第五格的最前面。然後才回去櫃檯。

由美子心跳得很厲害，膝蓋也在發抖。爲了給自己打氣，她深呼吸一口氣，但呼吸的聲音還是聽得見膽怯。

她揉一揉臉好抹去淚痕，因爲不希望回家被發現自己在圖書館哭的事。畢竟被問起理由，她不知該如何回答。之前那麼努力幫栗橋說話，今天卻又說人家的壞話，實在太善變了吧。由美子覺得這樣子不對。就算是對的，大概爸爸媽媽也不會這麼想吧。他們會認爲由美子是在亂說話。

由美子決定先在圖書館的洗手間洗完臉再回家。但是當她走動時，頭又開始痛了，讓她幾乎快掉出了眼淚。

走了兩三步，爲確認自己已經離開恐怖，她回頭看了一下「法律」的書架。在她仔細看的同時，剛剛女人收拾的那本書，也就是栗橋浩美的朋友手上拿著厚如辭典的書，已經放進書架裡的那本書，書背正面對著她。那是本什麼書呢？

書的標題寫著「六法全書」。

幸好白天哭的事好像已經成功地躲過了爸媽嚴

厲的雙眼。吃晚飯的時候，爸媽都很高興，不停提到昨天的旅遊眞是好玩。還說明年要去海水浴場住兩到三個晚上。尤其是媽媽文子最近——自從柿崎老師來訪以後，好像煩惱的事情減少許多，神情顯得十分開朗。也因此有些心不在焉，完全沒有發現到由美子的異樣。

由美子回到家檢查了一下頭部後面，用手指摸還會痛得令人跳起來。感覺上好像已經腫起來了。整個頭變得很重，因爲是在後面，有時連太陽穴附近也會跟著抽痛。

可是由美子還是沒有跟爸媽講，還打算萬一被發覺了，就隨便說是「騎腳踏車跌倒了」、「不小心撞到電線桿」來敷衍，可是她不知道行不行得通。要在敷衍的時候心裡難過哭了出來，爸爸媽媽應該會覺得很奇怪吧。

但是由美子還是害怕說出是被栗橋浩美打傷的。害怕一旦說出口，就變成眞的。栗橋才不是那種人呢。只要由美子沉默不說，那件事就沒有發生。

晚上八點過後，她一個人在房間發呆。文子來喊她去洗澡：「現在哥哥剛洗好，妳快去洗！」

「我今天不想洗。」

「妳胡說些什麼。流過汗了不是嗎？不洗澡是不行的，就算沖一下也好。」

由美子懶懶地起身，用手摸了一下頭後面。腫的地方抽痛了一下。

洗澡的話，會不會更嚴重呢？

也許頭殼會痛得更厲害吧。

猶豫之間，樓下的文子又來催促了。放假日大家都很悠閒，只有我家媽媽還是那麼嚴厲。只要一不聽從她的話稍微耽擱一下，就會沒來由地生氣。由美子沒辦法只好走出房門。

有人爬上樓梯，是和明。一邊用毛巾擦頭，一邊用手搧著開口的短袖睡衣。比起昨天，哥哥今天又曬得更黑了，走在陰暗的樓梯和走廊裡，只能看見雪白的牙齒。

由美子準備不說一句話地和哥哥擦身而過。可是和明卻站在樓梯口，抬起大頭看著由美子。

「讓開！」由美子說：「我要去洗澡啦。」

和明動也不動，只有嘴唇困惑地動著。好不容易他問說：「由美子，妳今天哭了？」

由美子驚訝地抬起頭。

「妳從圖書館回來的時候哭了吧？」

「你爲什麼這麼說？」由美子嘟著嘴說：「你有問題呀，哥。」

難得和明沒有對妹妹笑臉相向。

「可是我看見了，在圖書館前面的紅綠燈那裡。由美子摸著後腦杓，一臉不高興。」

由美子嚇了一跳：「哥也在那裡嗎？」

「嗯。秦野他家跟圖書館是同一方向。」

秦野是跟和明今天一起玩的朋友。

「妳和誰打架，撞到了頭嗎？好像很痛的樣子。妳應該跟媽說，讓她幫妳敷藥。」

由美子心慌意亂地不知該說些什麼。的確頭部的傷很痛，經過那麼久了痛也不會消，她開始有些擔心了。

她很想說：「跟哥沒有關係啦！不要隨便偷看人家。」或者不理他就算了。也可以說：「哥是大笨蛋，我最討厭你了！」

可是嘴裡說出來的話卻不是心裡想了千萬遍的責備、抱怨、詆毀的言語。

「哥！」由美子問：「哥是不是背叛了栗橋？哥對栗橋做了什麼？栗橋他很生氣耶。」

所以我才會被打——還來不及說出這句話，由美子已經一張哭臉。

結果那一晚由美子沒有洗澡。和明帶著由美子下樓，對爸媽說：「有件事想跟你們說……。」

他這樣帶領妹妹的舉動，在高井家是前所未有的。對由美子而言，是跟白天遇見栗橋浩美一樣吃驚的事。事後哥哥解釋長期以來自卑的元兇是視覺障礙，所以由美子能夠理解哥哥在短時間內恢復了自信。但是這時由美子還不知道，只覺得眼前這個人是不是戴了哥哥面具的機器人？栗橋浩美的鬼魂和高井和明的機器人。

由美子想到可怕的事，不禁又哭了出來。和明了解妹妹的心情，拚命說明白天發生的事情經過。睜大眼睛聽完話的爸媽，於是也跟由美子一樣將懷疑的眼光投向和明，質問他：「栗橋說你背叛了他，究竟是怎麼一回事？」

和明先是閉緊嘴巴，一雙小眼睛不斷眨動，鼻子下面冒出了汗水。即便是重新變身的高井和明，還是不善於表達，使用語彙的貧瘠跟過去沒有太大差別。

他就像牽著眼睛被蒙住的人，讓對方觸摸眼前形狀複雜的東西，好讓對方猜出那複雜形狀的東西是什麼。可是必須引導正確的順序與方向，對方才能正確作答。所以他很緊張，因爲和明比任何人都希望得到「那個形狀複雜的東西是什麼」的答案。他一個人解不開謎底，他也弄不清楚「那個形狀複雜的東西」是什麼。

「我……」和明開口說。嘴巴張開想要尋找適當的字眼，於是舌頭拚命打轉。

「我因爲頭腦不好。」

「你不是頭腦不好！」文子立刻糾正他。

「嗯，我知道。我雖然知道，可是一直以來大家都認爲我頭腦不好，不是嗎？」

文子只好不太情願地承認。

「所以我的朋友很少。栗橋他很棒……怎麼說呢？他對我而言是個很重要的朋友。」

「嗯……嗯……。」伸勝出聲表示贊同。

「所以我們會說很多的話。例如我曾經問過栗橋：『我爲什麼頭腦不好，完全聽不懂老師說些什麼？』」

文子緩緩地點頭並問他說：「栗橋怎麼回答呢？」

「他說這是天生的，沒有救了。」

文子眼露兇光。

「可是他還說：『你很可憐，我來照顧你。』於是我就一直跟在栗橋後面，不是嗎？」

的確和明說的沒錯。

「我總覺得沒有了栗橋，我一個人什麼都不會。所以也很害怕被栗橋討厭。」

和明圓圓的肩膀縮著，頭也跟著縮在裡面。

「也一直認爲栗橋說的話一定要聽。」

文子這才發覺，過去和明在家人沒有意識到的時候，經常會有這種姿勢和表情。這就是這個孩子的模式，他的生活。他決定自己的生活是聽從另一個同一歲數的男孩所說的一切。

伸勝終於開口問說：「具體有哪些事呢？你所謂聽栗橋的話是怎麼一回事？」

以問答的方式進行，讓和明鬆了一口氣。稍微抬頭看了爸爸的臉，確定他沒有生氣後，和明說：「比方說，栗橋有時會忘記帶什麼東西吧？小學的時候不是經常要我們從家裡帶些無聊的東西嗎？」

一如發現自己的台詞到了，由美子立刻接著說：「就像勞作課用的牛奶鋁箔包和空罐吧？」

「沒錯。栗橋要是忘記這些，就會要我的給他。所以有時候我會先準備兩份。」

「你就乖乖地給他嗎？」

「嗯。」

「不然的話就會被他揍或欺負嗎？」

「有時也會。」和明老實回答：「可是大部分時間都不會。可是我也害怕什麼都沒有的時候。」

文子對丈夫說：「這就是孩子剛剛說的，他除了栗橋什麼朋友都沒有……。」

伸勝不發一詞地將雙手盤起來，下巴深深地抵在胸前。

看見父親這樣，和明身體縮得更小。爸爸一定覺得我很丟臉，覺得我是「沒用的東西」！

「我們知道了，和明。」文子鼓勵他說：「你和栗橋原來是這樣子的朋友。」

突然間伸勝冒出一句話說：「那不算是朋友，根本就是奴隸。」

「你怎麼這樣說！」文子斥責伸勝：「聽起來好像是在罵這孩子，不是嗎？」

接著又再面對著和明，將他的手放在膝蓋上，輕輕搖動說：「我都懂了。你過去以那種方式聽栗橋的話，所以幫栗橋的惡作劇背黑鍋，也代替他被老師處罰過吧？」

和明點點頭，擔心的眼光還是在意著爸爸的表情。

「一直都是這樣吧。」文子像是說給自己聽，好讓自己接受這事實：「你一直都是這樣跟他交往，可是這一次卻不一樣。栗橋在藥局打了客人鬧出事來，被人責罵的時候，說出不是他打的、是高井和明打的謊言。可是你這一回沒有意思要幫他圓謊。沒有錯吧？」

和明縮著身體點頭。

「你不必縮著身體，又不是你做錯，要你跟人家道歉。這一次你沒有聽栗橋的話，你做得很好呀！」

「所以栗橋才會那麼生氣。」由美子說。接著又自言自語地低喃：「氣到連我都打。」

「沒錯。所以他說你哥『背叛』了他。」文子說。說話的聲音已經難以掩飾憤怒。

「可是爲什麼？」文子盯著和明的臉問：「爲什麼這次不聽栗橋的話呢？爲什麼會有勇氣呢？你告訴媽媽，是因爲柿崎老師的幫忙嗎？還是你知道自己的功課不好不是因爲頭腦不好而是眼睛的關係呢？」

和明連忙抬起頭，用力搖晃。

「不是，才不是那樣。媽媽告訴我眼睛不好，是在栗橋打客人出事以後的，不是嗎？」

說的也是。文子想了一下順序，和明說的沒錯。

「討厭！哥哥的記憶力居然比媽媽好呀。」她笑著說，內心感到很高興。

可是和明笑得很軟弱，眼光還避開了文子。他繼續說下去：「這件事必須回到以前……。」

「沒關係，你說說看。」

「我和栗橋雖然是剛剛說的那種朋友，但也不是經常走在一起。栗橋還有其他的朋友。」

「嗯，應該是吧。」

「尤其是小學四年級的時候，他有了一個比我還要要好的，就是整天都在一起的……怎麼說呢？」

「嗯，我大概知道你說的意思。」

「你知道？反正就是栗橋有了新朋友，是個轉學生。」

「怎樣的孩子呢?」

「和平。」

「什麼?」

和明比出「和平」的手勢撐開嘴角,做出「笑臉」。

「就是微笑標誌的和平嘛。他的臉很像微笑標誌,所以有這個外號。聽說在之前的學校就有這外號了。」

「叫什麼名字?」

和明說出「和平」的全名,但文子連姓跟名都沒有聽過。

做生意的人家,很容易讓孩子比較寂寞。所以家長會盡量參加學校的活動,積極擔任家長會的委員。可是這樣的文子還是沒有聽過這個名字。

「你和那孩子是同一個班級嗎?」

「只有小學時候是。可是和平跟我沒有來往,也沒來過我們家。上國中後,我們三個人分在不同班級。三年級的時候又要分班,會不會同班我就不知道了。」

「難怪……媽媽一點印象也沒有。」

「和平的功課很好,可是經常請假。」和明說:「這麼會唸書的人……。」

一副很可惜的語氣讓文子差點笑了出來。

「那個叫和平的孩子比栗橋會唸書嗎?」

和明立即點頭說:「功課是全年級第一名。每一次考試成績公布,名字就會被貼出來。栗橋雖然肯定是前十名,可是沒有第一名過。」

「所以說栗橋比和平差一點囉。」

「所以他對他好像很尊敬。」

一直沒說話的伸勝開口了,語氣充滿不像他做人的毒刺:「什麼東西嘛!就會欺負比自己笨的人,遇到比自己厲害的就低聲下氣。」

和明嚇了一跳,以爲自己又捱罵了。但還用膽怯的口吻反駁爸爸說:「栗橋並沒有對和平低聲下氣,只是覺得和平比較厲害……很欣賞他吧。和平他家很有錢。」

「有錢人就很偉大嗎?」

「孩子的爹幹嘛對和明兇呢?」文子生氣對丈

夫說：「你可不可以安靜點少說幾句。」

或許是生氣吧，伸勝立刻站了起來走出去。

「你去哪裡？」

「上廁所。」說完用力關上門。砰的一聲，嚇到了文子她們三人。

「對不起呀，打亂了你的話。」

和明沉默地搖搖頭。但實際上好像也忘記自己說到哪裡，顯得一臉困惑。

「栗橋很欣賞和平。」文子提醒他：「剛剛說到這裡。」

「對。我是這麼樣覺得啦。」

「嗯。然後呢？」

突然間由美子插嘴說：「那個叫和平的人，今天也和栗橋一起在圖書館裡！」

「眞的？」

「嗯。他也看見我的頭被打，那個人一定有看到。」

和明點頭說：「如果說是兩個人在圖書館，那就一定沒錯。我也曾經在圖書館看過他們兩人。」

接著又小聲說：所以我才很少去圖書館。

「這麼說起來，他長的跟微笑標誌很像。」

「圓臉嗎？」

「才不是，沒有那麼圓啦。應該說臉長得很漂亮」

「那幹嘛叫他和平呢？」

「媽只要看過就會知道了。」和明說：「因爲他長著一副『微笑標誌』的和平臉。」

「是好孩子嗎？」

和明沒有說話。由美子摸摸自己的後腦杓。

「看著由美子被栗橋欺負也不說話，怎麼可能是好孩子嘛？」

文子嘆了一口氣，和明也跟著嘆氣。

「然後呢？哥哥繼續說呀。和平出現後，栗橋就不像從前一樣欺負哥哥，但也很少幫哥哥了，是嗎？」

「是。」和明小聲回答。這個「小小的肯定」代表了更大片的留白需要認同。

「於是哥哥決定不再聽栗橋的話。所以這一次就不肯幫栗橋背黑鍋了，是這樣子嗎？」

「什麼是背黑鍋？」

「由美子安靜點。」

沉默了一陣子，和明才回答說：「是的。」聲音比剛剛還小。而文子還在等下聞。

但和明不再說話，嘴巴緊閉著，茫然看著前方。

沒辦法文子只好說：「也就是說，哥哥也長大了吧？」

話說出口，自己也覺得好像是電視劇的台詞一樣。簡直是陳腔濫調！

但和明沒有反駁。而是更小聲地回答：

「對。」

回答的聲音越來越小，表示和明和文子問答之間的縫隙越來越大。於是難以成爲「回答」的東西逐漸穿越縫隙而過。如果可以，文子願意縮短壽命，好看見現在這孩子眼睛裡看到的東西。

但這是不可能的。因此她說：「你們的爸爸怎麼還不回來？是不是在廚房偷喝啤酒呢！」

經過幾天後，高橋先生又來長壽庵拜訪。這次來訪時間很短，他只是來報告栗橋藥局的事已經當作「意外事故」解決了。

「老太太的家人總算找到了。是她的兒子夫婦。」不斷用手帕擦拭額頭汗水的高橋先生興高采烈地說著：「對方因爲丟下老太太一個人生活不管，所以不敢大聲說話。我就說嘛，何況又是小孩子闖的禍，如果硬要交給警方處理，那我也有我的說法。這麼一暗示，對方態度就軟了。事情自然也簡單解決了。」

「那栗橋的兒子呢？」

「今天應該乖乖在家吧。」

說到這裡，他好像才想起來事情不只是這樣。於是接著說：「他已經在反省誣賴說你家兒子打人的事，栗橋夫婦也說近日裡會親自登門道歉。」

但是栗橋夫婦和浩美之後根本沒來長壽庵。暑假結束後，文子問開始上學的和明：「哥哥，有沒有見到栗橋？栗橋有跟你說什麼嗎？」

結果和明倒是一副沒有發生過什麼事的語氣說：「什麼都沒說。只是碰到面而已。」

「可是……。」

「栗橋是不會跟我道歉的，他不是那種人。」

「哥哥不會生氣嗎？」

「不會。我已經習慣了，而且我現在比較在意檢查的事。」

因爲第二個週末下午，將要拜訪柿崎老師介紹的大學研究室。

「是呀，媽媽也是一樣。其他事情已經沒那麼重要了。只要你不再跟栗橋交往就好了。」

這一點和明沒有回應。只是表現出答應的表情，接著立刻轉身背對著文子。

文子以她爲人母親的直覺，知道和明和栗橋之間還有很多沒有說出來的事實與祕密。和明沒有回答文子的留白部分，還有一段以文子看不懂的文字所寫的故事在其中。

可是……。

那孩子已經不是嬰兒了。打他屁股，他也是不會照實說的。所以在他自己願意表明之前，只能在一旁看著了……。

但是文子千萬沒有想到當時做的這個簡單選擇，沒有在國中二年級第二學期時確實抓著自己的小孩高井和明，逼他說出所有的眞相，竟讓她在十五年後懊悔不已。

4

一九九四年三月一日。

對栗橋浩美而言，這是平凡的一天。至少在這一天八點以後，說得正確一點，在晚上八點十六分四十五秒的那一瞬間之前，都是無聊的一天。本來也應該是無聊結束的一天。

這一天起床時聽媽媽說，他才想起來是「長壽庵」新店開張的日子。

「得去高井家送個賀禮呀！」

媽媽說這話的語氣就跟說「你去把死貓埋在後院」是一樣的。意思是說：「我不想看見死貓的屍體，所以你去做吧。」

「浩美，你去買盆花送過去！」媽媽命令浩美。

一早剛醒來，浩美惺忪的眼看著媽媽。栗橋壽美子，年紀只有五十三歲，外表看起來卻像是七十好幾。很早以前她就開始為腳、腰、肩膀、手肘等關節的風濕痛而煩惱。也因此矮小瘦弱的身體彎曲得特別厲害。她自稱是「老毛病」，不論是認識或不認識的人看她這麼不自然的樣子，投以同情的眼光時，她就會訴苦說：「簡直就像是活生生被分屍一樣的難過喲！」

如果對方更加覺得她可憐時，她便開始鉅細靡遺地形容自己的病痛：早上一起床，這一身幾乎不能用的脊椎就會吱吱作響；上二樓去拿庫存的胃藥時，我這可憐的膝蓋就痛得厲害。過了一段時間，聽話的人便開始皺眉，但可不是為了同情壽美子，其實是因為不能馬上逃離現場而困惑的神情。壽美子完全沒有感覺，繼續不斷對不小心踏入其訴苦陷阱的人，控訴風濕痛是怎樣剝奪人類尊嚴的疾病！

但是栗橋浩美知道壽美子從來都不去醫院治療「風濕痛」，也不去看專業醫生。在他的內心深處總是期待著有一天，一位日本第一的風濕病痛專家會出現在他們這間骯髒的藥局門口，一眼看見壽美子就對她說：「妳是日本第一的風濕病患者，所以來我醫院治療吧。」於是不管媽媽再怎麼不願意，用盡全身力量抵抗，即使浩美必須用繩子套住她脖子也都要把她送去那醫院，送到專家的診療室。然後他會守在診療室門口，在專家治療壽美子的時候，兩隻手插在口袋裡大笑，並欣賞壽美子的哀叫聲。醫生呀，我不是風濕痛！如果治療風濕痛這麼難過，那我沒有得風濕痛！在壽美子不斷大叫的時候，他要好好守住診療室的門，不讓壽美子逃跑出來。

就栗橋浩美所見，媽媽的確是個病人。但不是肉體上的疾病，而是頭腦有問題。

「我今天要出門。」栗橋浩美說。母子倆對坐在廚房裡的小餐桌上。媽媽坐著削蘋果皮，看來是爸爸在顧店。

「所以我不能去長壽庵。」

壽美子俐落地削著蘋果皮，一邊抬起眼光看著兒子說：「又要跟那個女孩出去嗎？」

「女孩？妳說的是誰？」

「長頭髮的女孩呀。之前不是在我們店門口晃來晃去嗎？」

「我的女朋友才沒有晃來晃去呢。人家有名有姓，拜託妳叫她的名字好不好？」

「你老是在換女朋友，媽哪有那麼多閒功夫記住呀！」

接著用水果刀切開削完皮的蘋果。因爲沒有使用砧板，直接就在盤子上切開，刀刃摩擦盤子發出了栗橋浩美最厭惡的聲音。

栗橋浩美默默地看著壽美子的頭頂，心想：她幹嘛要削蘋果皮呢？爲什麼她要吃東西呢？爲什麼她還活著呢？

這麼說起來，沒錢了。昨天明美拚命撒嬌說要買手鍊，所以錢都花光了。那傢伙說過：「好希望你爲了我，一次把錢包裡的錢花光。我的夢想就是把男人的錢包掏空……。」

「反正我會去找和明的。」栗橋浩美對著壽美子的頭頂說。媽媽頭頂的頭髮越來越稀薄，幾乎可以看見頭皮。簡直就不像是人，像是頭皮暴露在頭髮之間的怪物一樣，眞是噁心。

「買花過去就行了嗎？」

壽美子將蘋果切成四塊，把果核去掉，裝在盤子裡。邊裝的時候，就拿了一塊塞進嘴裡，所以回答時口齒不清：「買阿盆一點的。」

大概是說：買大盆一點的吧。

「錢呢？」

壽美子一邊咬著蘋果一邊看著他，然後將水果刀放在桌上，伸手拉開旁邊餐櫃的抽屜。浩美也知道錢包就放在那裡。從小錢包就固定放在那裡，從來沒有改變過。等到他開始經常從錢包裡面拿錢，壽美子知道後也沒有改變位置。就像是默默地允許他這麼做一樣。

可是那個時候——高中一年級的時候，栗橋浩美彷彿突然從夢中醒來一樣，他明白了一件事。媽媽之所以沒有改變放錢包的位置，不是因爲愛他，也不是因爲寵他，其實是因爲怕他。

那一晚，栗橋浩美第一次揍了壽美子。因爲他什麼都不怕了，於是堂而皇之地大打出手。媽媽哭了，卻沒有生氣。爸爸則雄裝做沒有看見，跑去洗澡。那天傍晚爸爸就已經洗過澡了，因爲太過慌張居然又洗了一次。

錢包的位置沒有改變。如今改變錢包位置的權利，掌握在栗橋浩美手上。所以看著媽媽從裡面抽出錢來交給自己，是一件很爽的事。

「才一張呀？大盆的花，沒有兩萬買不到耶。」

「不必買那麼貴的。」

「結果還不是小氣嗎！」

栗橋浩美將一萬圓的鈔票摺得很小，像香菸或鉛筆一樣夾在左耳上。因爲還穿著睡衣，只能先這麼放著。

「出門路上，我會繞道長壽庵的。」他說：「當然也會買個超大盆的花帶過去。」

同時心想：今天非要跟和明敲五萬不可。我可是送了一萬元的花過去呀。畢竟「長壽庵」的生意不錯。

壽美子沒有說話，忙著削第二顆蘋果、切開、去掉果核，裝在盤子上。裝盤的時候，又抓了一片塞進嘴裡。然後端著盤子站起來，彎腰駝背拿到店裡去。

她切蘋果是要跟爸爸一起吃。可是在將盤子端給爸爸之前，她自己已經先挑甜的來吃了。他們就是這樣的一對夫婦，這樣的父母。而且兩個人的頭腦都不太正常……。

栗橋浩美到浴室洗臉，嘴裡還哼著歌曲。

頭腦不太正常。

爸爸跟媽媽都一樣，頭腦都有問題。栗橋浩美發現這一點，是在他十七歲的時候。那一年春天，在他父母結婚之前就已經過世的媽媽的媽媽，也就是浩美的外婆做法事。

壽美子出生於千葉東金附近的村莊，家裡半務農、半經營雜貨店。結果兩樣都做得不怎樣，生活始終貧苦。

壽美子是次女，國中畢業後跟著一群人到東京找工作。二十歲那年相親結了婚，從此幾乎沒有回過娘家。娘家由長子繼承，放棄農業並將雜貨店改成超市，總算能夠糊口度日。做法事是娘家的規矩，在東金車站附近租了一間便宜的廳堂進行。

栗橋浩美的父母跟親戚的緣分都很淡薄，所以浩美根本不知道兩邊祖父母的存在。因爲則雄從父親手上接下藥店生意，所以經常在家裡還會提到祖父母的話題，手邊也留有一些照片。但是外祖父母這邊，就像是一開始就不存在一樣，從來沒有人提過，而且也沒有人會覺得有什麼不對勁。

所以突然之間說要舉行法事——不知道是過世三十年還是三十五年，反正時間經過很久就對了，浩美覺得像是硬被拉去參加陌生人的葬禮一樣，感覺很不自在。壽美子倒是很高興自己終於能參與母親的法事，所以拉著浩美到每一張桌子跟從沒見過面的親戚們認識。浩美只能臭著臉沉默地跟著。

當初如果堅持不去，是可以不必出席的，因爲當時的浩美已經有了毆打媽媽的權利。既然他已經君臨栗橋家，只要一拳將壽美子的下巴打碎，星期天就不需要跟著到東金來了。

然而他卻沒有這麼做。儘管知道跟媽媽這邊從來沒見過的親戚見面是件無聊的事，他也不想跟他們打交道，但還是對這個法事有一點興趣。

在商量法事如何辦的時候，將近一個月的時間壽美子常常打電話回娘家，或是娘家打電話過來，每次都講很久。則雄就會抱怨電話費很兇，要壽美子盡量讓對方打過來。還說：「這是妳娘家的法事，我才不付這麼多的電話費。」壽美子還是背著則雄打長途電話，依然講得很久。

浩美有時會聽見那些長途電話的片段。於是好像從垃圾堆中發現寶石一樣，在媽媽囉哩囉唆的談話中，他聽見了閃閃發光的字眼——殉情。

十七歲的他當然懂得「殉情」的意義。壽美子的媽媽，也就是浩美從未見過面的外婆，似乎是殉情死的。壽美子每次說到這個字眼，就會刻意壓低聲音，好像擔心旁邊有人會聽見似的。

那麼外婆是跟丈夫以外的男人一起死的囉？對方是什麼樣的男人呢？浩美突然有著難以按捺的好奇心想知道內情。於是裝出溫柔親切的聲音——但在聲音的背後隱藏著如果不回答浩美想要的答案就會被揍的威脅，他問壽美子說：「媽媽的媽媽是殉情死的嗎？」

壽美子的描述，不是很清楚。看來她自己也不是很了解整個情況。仔細一問才發現這也難怪，壽美子的母親死時，她才十二歲。

「聽說那個男人是雜貨店的常客，她就死在他家，兩人是上吊自殺的。」

就丈夫和小孩所知道的，壽美子的媽媽沒有必要在那一天的那個時間去男人家，她根本沒有去他家的理由。

「男人是在屋簷下上吊死的。沒有留下遺書什麼的，也沒有拿家裡的東西。聽說我媽——就是你外婆，死的時候臉很漂亮。」

而且在他們死後，小村裡的人們——當時還只是有間雜貨店的村莊，開始一點一滴開始說出他們兩人有曖昧的傳聞。結果就變成了兩個人殉情死的。

「對方是地主的親戚。聽說是關西地方的人，戰後復員了固然不錯，但家人都在空襲中過世，房子也燒了。沒有地方去，只好投靠地主來到東金，從此就住了下來……。聽說比你外婆還小四歲。」

什麼叫做復員?壽美子陰著一張臉回答：「就是從戰場上回來。」

「什麼戰爭呢?」

「太平洋戰爭呀，你在學校應該有學到吧?」

學校裡有教戰爭的事，但學生們都不認眞聽。可是學校沒教的「殉情」倒是知道得很清楚。那麼學校還有什麼意義呢?

壽美子只說這麼多，所以栗橋浩美決定出席法事，好知道多一點，看看有誰能夠告訴他。被男人上吊致死的外婆，究竟長得怎麼樣?是怎樣的女人呢?

法事本身十分無趣。誦經無聊到令人打瞌睡。第一次見面的舅舅、舅媽和表兄弟們看起來都很魯鈍，卻又一副很想親近你的樣子，簡直就跟高井和明一樣。笨蛋一個，不管怎麼踢他、揍他，還是笑嘻嘻跟在浩美屁股後面跑的可憐蟲。

「總算能夠好好地祭拜媽媽了。」壽美子的姊姊說。

因爲是那樣的死法，聽說過世當時並沒有辦喪禮。由於外婆年紀較大，對方又是地主的親戚，自然有一種無言的壓力認爲是外婆誘惑了對方。但是壽美子的娘家沒有遷離村莊，雜貨店也沒有收起來，只是不敢舉辦「像樣的」喪禮，畏畏縮縮地過了三十幾個年頭。大概村民對於獨自照顧三個小孩、倍受屈辱的壽美子父親是同情的吧。但浩美最不能忍受的就是靠同情過日子，而且就是因爲這樣的外祖父撫養了壽美子，今天才會有栗橋浩美的存在。

浩美還是很興奮地期待。外婆究竟是什麼樣的女人?能夠迷惑男人，讓男人決定跟她一起死，這樣的女人有著怎樣的長相呢?

自己的身上是否流著那種女人的血呢?

浩美不論如何都想確認。很想看外婆的長相，看看她是否有什麼特別的地方?

法事結束後，所有人一同回到壽美子的娘家，現在已經是舅舅他家。家裡準備了一些素食餐飲招待。大人們立刻開始敬酒，令人驚訝的是，壽美子愛喝酒的樣子是平常在家中沒看過的。浩美心想：

說不定爸爸不想來，是因爲他早就知道媽媽愛喝酒，所以不想來看她喝酒的醜態。事後發現，浩美的推測對了一半。

陪著坐在吵鬧的酒席上等待是有代價的。當大家話頭正濃的時候，終於拿出了相簿、紀念照片等東西。大家高興地解說照片、發出讚嘆的笑聲，吵得浩美快要頭痛了。「這是媽媽七五三（譯註：七五三爲日本風俗，於小孩三歲、五歲、七歲時舉行慶祝儀式。）的紀念照」、「你一歲的時候，我們曾經來這裡住過一晚，回去之前拍了這張照片。」壽美子不斷拿出一些浩美沒興趣的照片解說，最後總算提到：「眞是可惜，媽媽沒有留下任何遺照！」

「聽說是過世後，爸爸將它們全都燒掉了。」舅媽在一旁點頭說。

浩美很失望，竟然外婆的照片沒有留下半張。他來參加這群無聊親戚的聚會，坐著聽他們說些廢話，還不就是爲了希望能看到外婆的長相嗎？

可是舅舅卻突然笑了出來。舅舅有著一張大嘴，整個臉型呈扁平狀，第一眼看見時，浩美心想：這個人怎麼長得好像零錢包一樣。而現在這個零錢包竟然笑得非常開心。

「我找到了媽的照片！」

於是大家又一陣騷動：「在哪裡找到的？」「什麼時候的照片？」「誰還有她的照片呢？」在眾人七嘴八舌之際，舅舅悠然地站起來，從後面房間抱著一張舊照片走出來。「這是壽美子小學入學時的照片。媽媽穿著和服和背著書包的壽美子一起照的。」

「有這種照片嗎？」

「我是跟田崎家借來的。壽美子，還記得嗎？你和田崎家的富美不是很好嗎？這張照片是跟富美一起拍的，而且就是在富美家拍的。」

「他們家以前就很有錢……。」壽美子不斷點頭說：「她家裡有照相機。對了，我們是在她家拍的。我們還得千里迢迢跑到千葉的照相館才能拍照，她們家自己就可以照了。」

遠看也可以知道照片已經泛黃，是小張的快

照。栗橋浩美仔細盯著照片在大家的手上流傳。照片後面還有膠布的痕跡，應該是從相簿上撕下來，然後借回來的照片。角落已經殘破，有著漿糊修補過的痕跡。

「你看，浩美，這就是你的外婆！」

好不容易等到壽美子這麼說，將照片拿在栗橋浩美面前。他伸出手去接，因爲興奮和緊張，手心開始冒汗。

栗橋浩美看著照片。

停止了呼吸。

眨了一下眼睛。

吐出停住的那口氣。

壽美子笑說：「哎呀，浩美，你的表情好認眞呀……。」

栗橋浩美再度眨了眼睛，不斷地眨眼睛。

可是照片裡的內容沒有因此而改變。黑白照片已經呈現淡褐色的效果，表面看來有許多漿糊修補過的痕跡，比起剛剛看見的背後要更加明顯。可見得修補人的技術有多爛！

問題是這種照片有修補的必要嗎？

栗橋浩美咬了一下下嘴唇。

根本就是長得像豬的女人嘛！

照片上的女人和服外面穿著黑外套，身材矮小頭很大。旁邊牽著一個小女孩，身上的洋裝又緊又小、一臉正經地背著大書包，這就是壽美子吧，臉有點像，從小就是一副愛哭相。

還有一個小女孩，站在和服女人的另一邊，身上穿著白衣領的洋裝，同樣背著書包。肯定就是這張照片所有人的「田崎家的富美」。說是有錢人家的女兒，照片上跟壽美子沒什麼差別，還不是一副窮酸樣嗎？

不管怎麼說，問題還是那個穿和服的女人。

栗橋浩美盯著照片問：「這就是媽媽的媽媽嗎？」

壽美子高興地回答：「是呀。」

眞是令人難以相信，這算什麼……。

一張大臉、白得嚇人的臉頰、厚厚的嘴唇、眼睛小得像是橡皮擦擦出來的屑、醜陋的鼻子躺在臉中間、感覺呼吸似乎特別的大聲。

「這傢伙也能跟男人殉情嗎？」

壽美子笑著戳浩美說：「討厭！怎麼說自己的外婆是那傢伙呢？」

要是平常，浩美怎麼可能讓壽美子戳他而不說話，要不是顧慮在親戚面前，早就揍她了。爸媽兩人的頭腦都不行，在家裡要不是我經常這樣提醒他們，他們老是搞不清楚誰才是最偉大的！

可是現在卻沒有那種心情。

這個像豬一樣的女人、這麼粗糙的生物，居然是我媽媽的媽媽？而且還跟男人跑去殉情，長久以來成爲這個家族的禁忌！

簡直快要笑死人了！

「這傢伙會跟男人殉情，我才不相信！」

栗橋浩美將照片丟在壽美子腿上，還說：「如果說這傢伙把男人給吃了，我還肯相信！」

所有人都嚇呆了，大家看栗橋浩美的臉就像在看畜生一樣。

法事過後一個禮拜的時間，栗橋浩美完全不跟父母說話。對外婆的照片、她的死、還有他們一家人的看法，栗橋浩美覺得是場惡夢。居然還敢說「總算能夠幫媽媽做法事了」。

如果不知道就算了，如今知道了就必須找個合理的解釋。因此他必須將自己關在內心深處裡思考一下。

栗橋浩美沒有去上學，現在那有上學的心情。連續好幾天他假裝去學校，其實是到鬧市、遊樂場打發時間。有時差點被帶去輔導，險象環生地逃了出來。

現在他只想跟一個人說話，問問他的意見，那個人就是和平，可是和平不在，打電話或去他家都找不到人。沒辦法只好問別人，結果聽說和平的親戚遭遇不幸，他將請假一段時間。

眞是不巧！爲什麼挑在這個時間請假呢？偏偏在我最需要和平的時候。

爲了解除心中的煩悶，乾脆到「長壽庵」恐嚇和明吧！實際上他去了兩次，兩次都撲空，和明也不在。和明——他的童年玩伴高井和明，因爲沒有上高中而留在家裡幫忙，已經不像從前那麼容易掌控了。而且高井家也不太歡迎栗橋浩美。雖然和明的父母還是笑嘻嘻地對待兒子的童年玩伴，但內心好像有種敬而遠之的態度。提到和明的妹妹由美子更是明顯，小時候她還很愛慕浩美，總是跟在屁股後面跑，現在一見面就瞪著人看。

爲什麼會變成這樣呢？栗橋浩美常常會想這個問題。小時候自己的父母、朋友的父母、朋友都有給他好臉色看，比現在要親切許多。什麼時候開始全變了一個樣呢？

栗橋浩美經常說謊，但他跟其他說謊的人不一樣，他完全不自覺自己說謊，而且還經常忘記說過的謊。所以他不知道「長壽庵」的人不給他好臉色，是因爲國中二年級暑假看店時發生的事，是因爲他闖了禍卻想栽贓給高井和明。他只覺得「長壽庵」的人突然毫無理由地對他冷淡。

而他對這一點十分不滿。

如果栗橋浩美眞的頭腦不錯——就像他在家裡對著父母耀武揚威一樣，他如果眞的那麼「偉大」，就應該知道高井家人對他變得冷淡，但只有和明還是跟以前一樣跟他交往。而且從小他就對和明極盡欺侮之能事，總是罵他笨蛋。和明明知道爸、媽、妹妹討厭栗橋浩美，卻還是沒有離開浩美。栗橋浩美要是聰明，就應該好好想想這件事才對。

但是實際上，栗橋浩美連想都沒想過，也完全沒有注意到這情形。反正說再多不負責任的謊也不會成爲他的負擔。和明不知道是說謊，隨時都能利用和明，可是——「偶而找不到人這一點，表示他最近也變得太不像話了，得找個機會好好修理他一下。」面對著滿臉笑容告訴他和明不在家的高井文子，同樣堆著笑臉的栗橋浩美心中想的是這些事。

找不到人說話的一個禮拜即將結束時，發生了一件可笑的事。壽美子在洗澡的時候，爸爸跑來跟浩美說話，故意壓低聲音好像是不想讓媽媽聽見。

當時他人在客廳裡，電視正在播放音樂節目。浩美邊看電視邊在剪腳指甲。

有一次壽美子罵說：晚上剪指甲不好，浩美就回嘴：白天哪有時間剪嘛。沒想到壽美子接著說：你乖乖唸書，我來幫你剪。

浩美高興地伸出腳讓她剪。自己坐在桌前，赤腳伸出去讓跪在身邊的壽美子修剪，感覺眞是舒服。大概是第三次或第四次的時候，浩美看見壽美子專心幫他剪指甲的神情，突然心血來潮想要用腳戳她的眼睛。結果壽美子一個不小心彎身向前，浩美也伸出了腳趾頭，果然拇指就戳中了壽美子的眼睛。壽美子尖叫地跑開了，看了十天的眼科醫生。

從此她不再幫浩美剪指甲，所以浩美得自己來。不過壽美子也不再罵說「晚上剪指甲不好」！

「你從法事回來後，心情好像不太好嘛。」爸爸對他說。

栗橋浩美手拿著指甲刀、抬起頭來。這才發現爸爸臉色暗沉得很不健康，有些浮腫。

「爸，你哪裡不舒服嗎？」他問。

「不用擔心啦。我已經吃過治肝病的藥了。」爸爸回答。其實栗橋浩美不是因爲擔心而問的；父母哪裡不舒服，跟他沒有關係。他是擔心臥病在床會帶來不便。

爸爸依然很在意浴室裡的人。看來很不想讓壽美子聽見說話的內容。

「我也不是心情不好，只是有點感冒而已。」浩美說了謊。並沒有說出跟男人殉情的外婆長得豬一樣的臉和身材，想到自己身上流著那種女人的血就讓他想吐。就算說了，這件事跟爸爸一點關係也沒有，說了也是白搭。

「你有沒有聽說你媽媽的媽媽年輕時的事？」爸爸小聲地問。

「就是殉情的事嗎？」

「嗯，沒錯。」

「聽說了，所以照片都沒有留下。」

「就是說嘛，那是當然的。」

爸爸說完，偷偷看了浩美一眼，接著又將眼光轉到電視畫面上。一位穿著迷你裙的偶像歌手正在表演。

「我其實不想讓你知道。」他悄悄地說。

「我無所謂的，已經是過去的事了。」浩美又說謊。他是想這麼說的話，爸爸比較容易開口。不知道爸爸要說些什麼？

「對不起。」爸爸說：「我到現在還很生氣。」

「氣什麼？」

「我和你媽相親結婚的時候，媒人和她們家人都沒有人告訴我壽美子家有人殉情。你想有哪個男人知道這種事，還會跟母親殉情的女人結婚呢？」

栗橋浩美沉默不語。

「我眞是丟臉丟到家了。」爸爸忿忿不平地說：「這是我一生的錯。所以你對女人千萬要小心點。」

說完爸爸就站起來，走到廚房去了。浩美聽見冰箱打開又關上的聲音。大概是在喝啤酒吧，浩美在客廳等著。

可是爸爸沒有回客廳。等不及的浩美站了起來，到廚房查看。

爸爸還在那裡，抓著流理台的邊緣趴著。

「爸？」

浩美將手放在則雄肩膀上，探視他的臉。看見了一張哭泣的臉。爸爸在哭泣，一把眼淚一把鼻涕地抽噎著。

「居然欺騙了我！」爸爸呻吟般說著：「居然騙我將壽美子硬塞給我。壽美子家的人都在笑我。騙了我這麼久，還叫我參加法事。到底要耍我到什麼時候才甘心呢！」

爸爸嚎啕大哭，栗橋浩美像根柱子般站在那裡聽爸爸痛哭。站在廚房裡可以清楚聽見浴室的水聲。壽美子一邊沖熱水，嘴裡還在哼著剛剛電視裡偶像歌手唱的歌曲。

「壽美子在娘家有喝酒吧？」爸爸吸著鼻子問：「平常不敢讓人知道，她其實很愛喝酒。我都知道。我被她給騙了。」

不斷感嘆的同時，爸爸爲保護自己身子越縮越小。可是他現在能夠傾訴自己不幸的對象，只有那個欺騙她的女人，以及他和那女人之間生下的獨生子。

赤腳踩在廚房的地上很冷。爸爸流著鼻水哭泣，媽媽高興地唱著少女的戀歌，長得像家畜的外婆殉情而死，大家都知道她的死並不怎麼亮麗——這是個差勁的家呀！

那一晚栗橋浩美又做惡夢了，又是那個小女孩的夢。夢中迷霧般的陌生地方，小女孩不斷追著他。不管他怎麼逃，小女孩就是會追上來。而且大聲喊著：「還我的身體來！」

栗橋浩美拚命跑在看不清腳步的迷霧中，小女孩的叫聲緊逼在後。他的喉嚨乾渴，但腳步不敢停，以爲已經擺脫掉小女孩的叫聲，安心停下來休息。不料小女孩的聲音又在附近響起。栗橋浩美連忙轉身繼續再逃。

千萬不能被抓去。抓去了就會被附身。小女孩瘦弱卻有力的手指又抓住了栗橋浩美的上下顎，逼他張開嘴。由於小女孩想要鑽近栗橋浩美的嘴裡，他的喉嚨哽住，幾乎不能呼吸了。

不管往哪裡走都是濃霧，看不見方向，而小女孩總是緊追在後。以爲擺脫她了，她反而跑在前面等著。爲什麼濃霧不能遮住我的身體呢？爲什麼小女孩會知道我在哪裡呢？

「還我的身體來！」

附近又有叫聲。浩美神情緊張地立刻逃跑，突然間被什麼東西絆倒，兩手向前地撲了出去。沒有感覺痛楚，撲倒在地面的手指好像碰到什麼東西，好像有什麼東西爬過來觸碰他的手指。那是什麼？在霧中他第一次碰到實體的東西，究竟是什麼呢？

浩美下定決心伸出手抓住了那個東西。用力一拉，那東西出現在他的眼前。

是一具女人的屍體，就是照片中所見的外婆屍體。仰著身體，頭顱倒向右側。繩索深深陷入脖子裡，眼睛凸出翻白，半開的嘴裡可以看見浮腫的舌頭。

栗橋浩美尖叫地跳了起來。正想要逃離這裡的時候，屍體的手動作迅速地抓住了他的右腳踝。栗橋浩美不斷發出慘叫，同時拚命想擺脫掉外婆的屍體。可是死人的力氣大得出奇，手指就像補獸器一樣緊緊鉗住了他的腳踝。

栗橋浩美拚命想要扳開外婆的手指。但抓住腳踝的手指力氣太大，他感覺被抓住的右腳逐漸失去感覺。外婆的手指像老虎鉗，再這樣繼續用力抓下去，右腳踝將被夾斷了。

栗橋浩美發出聲音求救。喊到喉嚨發痛也不停歇。於是聽見小小的腳步聲穿越霧海而來。濃霧中那個小女孩笑著站在那裡。

栗橋浩美嚇得又哭又叫。

「還我的身體來！」小女孩說，滿臉盡是詭異的笑容。同時那張臉也在逐漸變化，臉頰開始膨脹、眼睛凸出、笑著嘴裡鑽出一條青黑色的舌頭……。

小女孩的臉變成了外婆的臉。

栗橋浩美吃驚地看看自己的腳下，剛剛被外婆抓住的右腳踝。結果看見了媽媽，蹲在他的腳底，雙手抱住他的右腳。左腳邊則是爸爸，他也用雙手抱住栗橋浩美的左腳。爸爸流著鼻水抬起頭看著他。

「爲什麼要從媽媽身邊跑掉呢？」媽媽說。

「壽美子抓住我說，就是不讓你也逃走！」爸爸說：「就是不讓你也逃走，這樣是不公平的！」

沒有辦法的栗橋浩美只好繼續大叫：「救命呀！誰來救我……。」

「還我的身體來！」那個臉變成被勒斃的外婆的小女孩，兩眼發光地跳向栗橋浩美。她的手指掰開了栗橋浩美的嘴，小女孩黑色的長髮伸進了他的喉嚨深處，他的呼吸停止了，叫聲被掩蓋住了……。

突然間他醒了。整個人驚醒坐在床上。眼前是媽媽的臉。栗橋浩美還在繼續尖叫。

「怎麼了，睡昏了頭？振作一點呀。」媽媽抓著棉被，傾身詢問栗橋浩美，臉上卻是嫌惡的表情。

栗橋浩美不斷顫抖，眼睛眨了一下。全身都是冷汗，手也抖個不停。呼吸十分急促，就像剛跑完百米一樣。

沒錯，我剛剛是從夢中逃跑了出來。

那是一場夢呀。

「因爲你大聲喊叫，我擔心地過來看看！」一手按著睡亂的頭髮，壽美子說。

「不要隨便進入別人房間！」栗橋浩美說，聲音有些沙啞。

「什麼別人？我可是你媽呀。」

栗橋浩美瞪著媽媽看，心想會不會媽媽的臉頰開始膨脹，嘴巴裂開，舌頭青紫，變成了外婆的臉呢？

可是沒有發生什麼事。壽美子還是壽美子的那張臭臉。

「早知道就不要生男孩子了。」嘴裡抱怨著，壽美子起身說：「忘了養育之恩，還說媽媽是別人。你可不是一個人隨隨便便就能長大的，你知道嗎？」

一邊嘮叨著走出房間，在用力關上門之前，又丟下一句：「我好想生個女兒。要是我的弘美活著就好了！」

剩下栗橋浩美一個人後，他用雙手摩擦臉頰。因爲汗水，手心變得濕滑。

去洗把臉吧！

他慢慢地起床，好不容易移動還在顫抖的膝蓋，下樓到洗手間去。打開了燈，看著洗手台前的鏡子。

裡面站著那個小女孩，是浩美之前的弘美，小時候夭折的姊姊。

栗橋浩美吞了一口口水，從洗臉台向後退。鏡子裡面是他的臉，雖然灰青慘白、眼眶四周浮腫，但的確是他的臉。

剛剛是我眼花了。

栗橋浩美揉一揉眼睛，再看鏡子裡面。的確是自己的臉。

可是心中卻逐漸不安。好像沉澱在心底的泥濘，因爲感情的波浪翻滾而浮出水面，攪亂了原本清澄的心湖成爲泥水。並且在泥水中——

我站在那裡。

那個小女孩浮出了水面，身上滴著泥濘。

我就存在於你的心中。

是的，在那個夢的最後，小女孩跑到了我的身體裡面。就在我拚命想要擊退她的時候，她進入了我的身體。

我就在你的身體裡面，我要你將身體還給我！

有一天我一定要附你的身，因爲這個身體本來就是我的。

栗橋浩美舉起雙手，掐住自己的脖子。慢慢地用力，想要勒緊脖子。

呼吸越來越困難，鼻子有種快要爆炸的感覺。眼眶流出了淚水。

突然間他放掉了力氣，雙手垂落在身體兩側。站在冰冷的洗手間磁磚地上，眼淚一顆顆滴落在他的雙腳之間。

待在這個家裡，我頭腦一定會壞掉，栗橋浩美心想。

這個家從頭到尾都有毛病。媽媽奇怪，爸爸也奇怪，連從小夭折的姊姊也有問題。

我是被這個家囚禁的犯人。如果再不逃，頭腦也會變得跟他們一樣奇怪。

不斷這麼想的栗橋浩美已經搞不清楚「奇怪」的是他的內心還是外在事物。

頭腦眞的會有問題……。

洗完臉，愼重地將髮型整理到十分滿意，栗橋浩美準備好要出門。如果要買盆花送過去，那就得開車子去。

自從十七歲那年做過惡夢，有一陣子他不敢照鏡子，甚至連靠近洗手間都害怕，所以那段時間不梳頭不刷牙，邋遢得像是個流浪漢。一方面覺得自己的害怕過於無稽，卻又忠實地昧於恐懼的陰影中，就在這相互矛盾的逆向牽引中，栗橋浩美度過了他的青澀年少。

關於困擾他的惡夢，他從來沒有跟大人們提起過。因爲栗橋浩美完全不信任老師和親戚長輩們。

他只有跟和平說過。那場惡夢之後，終於見到了從親戚家回來的和平，並跟他說了所有的事，徵求他的建議。要想逃離頭腦有問題的父母保護自己，他該怎麼辦？

和平一臉沉靜地微笑看著栗橋浩美的腳下，然後說：「趕快變成大人囉。」

「變成大人……？」

「然後掌握自己的人生。千萬不能繼承他們的腳步。自己的人生必須自己開創。」

「我知道，我絕對不要跟他們一樣。我要離家出走。」

「先進了大學再說，現在還不行。高中休學離家出走，結局都不會太好的。因爲浩美又不是有工作，連工作在哪裡都不知道。」

「那我該怎麼辦？」

「用功讀書，考上好大學。只要住進宿舍就好了。然後到大公司上班。到時候就可以不管父母，好好地爲自己而活，不是嗎？」

「大公司呀！」栗橋浩美用力點頭說：「就像和平的爸爸一樣，是嗎？」

栗橋浩美是眞心這麼說的。他一向很尊敬、憧憬和平的爸爸——雖然他沒有見過，只聽過他的存在。因爲和平爸爸的社會地位和經濟能力，和平才能享受生活。

可是和平沒有笑，看不出喜悅的樣子，也看不出是在害羞。他的眼光暗沉，視線向下地低聲說：「不要忘了我說的話。浩美的人生是浩美的，千萬不能放棄。只要想著父母是搖錢樹就好了，能夠抓著就不要放，等到沒有利用價值放掉也無所謂。」

還說：「反正父母也都很自私的，無所謂。」

從此栗橋浩美奉和平的建議如金科玉律，重新過他的高中生活。很成功地通過考試，進入了人稱第一流的大學。就像他所想的一樣，就像他當初決定的一樣。再來就是享受大學生活，然後找個大公司準備就業……。

但是栗橋浩美現在卻在這裡。

二十六歲的他沒有工作，住在開藥店的父母家，站在十七歲的惡夢以來飽受害怕與嫌惡騷擾的洗手間鏡子前，看著沒有改變的臉，整理頭髮。

應該不是這樣的結果才對。

到底是哪裡做錯了？到底在哪裡轉錯彎了？

「和平！」栗橋浩美發出聲音呼喚。

鏡子不可能給他回應。栗橋浩美走出了洗手間。

正要將車子開出停車場時，手機響了。栗橋浩美立刻接了電話。

「浩美？現在忙嗎？」

是岸田明美的聲音。音調很高，有點口齒不清的說話方式。是他交往不到一個月的女朋友，作風頗爲積極，時常主動接近浩美。就像壽美子說的一樣，常常來藥店找栗橋浩美，跟她說浩美不在，就會在店門口或附近咖啡廳等待浩美回家。一天要打好幾次電話過來。明美長得漂亮，人又有錢，說起來是不討厭，但吵起來的時候還眞是煩。

「我買了太多的東西，不知道該怎麼辦。你來接我好不好？我在新宿的伊勢丹。」

其實栗橋浩美也不很清楚岸田明美是個怎樣的女性。年紀二十歲，就讀於東京都內的女子大學，但不告訴浩美校名。

「學校程度太低，低得我都不好意思說出來了。」本人是這麼說的：「將來找工作一定會很辛苦。」

聽說家住在埼玉縣川越市。岸田明美好像跟家裡也處不好，認識她的時候就沒有隱瞞這件事。

兩人第一次見面是在一個月前。栗橋浩美大學時代的朋友，一個名叫神野的新插畫家，在銀座開個展。栗橋浩美接到邀請前去參觀，看見一個長得很可愛的女孩在櫃檯當招待，就是岸田明美。

神野從大學時起就決定當個插畫家，但是形式風格特異，到現在也沒有拜師學藝過，算是我行我素派的。他在大學和栗橋浩美一樣，都是經濟系的學生。

如果他畫的東西很有個性，又有才能的話就完全沒有問題。可惜的是，神野這兩樣都很缺乏。老實說，他所畫的東西都是興之所至的塗鴉，根本不到可以銷售的水準。一向在心中瞧不起神野的栗橋浩美看見才二十六歲就開個展的同學，心情自然不是很平穩。與其說是前來祝福，不如說是前來查看情況的。所以一開始看見櫃檯服務的小姐滿臉笑容，只有感覺更加的不愉快。神野的成功對栗橋浩美而言，一點也稱不上是喜事。

畫廊的白牆壁上掛滿了神野的作品。看起來就跟大學時代畫的一樣，技術拙劣且內容貧瘠，都是些平凡之作，至少在栗橋浩美眼裡是這麼覺得的。為什麼這種人也能開個展呢？擺出來的都是令人頭痛的圖畫。可是寄給他邀請函的本人卻是春風滿面，儼然自己已經是名插畫家一樣的態度接待客人。到處都擺滿了致賀的花籃，更讓他覺得不甘心。

這一天是個展開幕日，傍晚還有個簡單的晚宴。浩美絲毫沒有祝賀神野的心情，只是想確認他的成功眞假與否，於是留下來參加了晚宴。神野很高興，晚宴中安排了幾位好友演講，他特別來問栗橋浩美能不能幫忙，只要說些大學時代的事就好了。栗橋浩美答應了。等到演講的時刻一到，神野對著宴會的客人介紹說：「我的朋友栗橋浩美先生，他服務於有名的一色證券，是位相當出色的年輕證券業務員。」

的確一色證券是可以用「有名」來形容的最大家證券公司，過去栗橋浩美也曾在那裡上過班。那是他大學一畢業就職的公司，只是工作了三個月而已。換句話說，過了公司所謂的「試用期間」，他就辭職了。

但是神野不知道這件事，也難怪他不知道。他們的交情還不到每年寄送賀年片通知近況呀。

栗橋浩美配合神野的說法，以詼諧的語氣說出自己的工作雖然不錯，但自從泡沫經濟崩盤以來，證券公司的營業也是每況愈下，社會給予的評價也不是很高。所以不管怎麼努力，終究還是一名上班族。不像神野是個獨立的藝術創作者，令人十分羨慕。聽他如此捧場，神野像個孩子一樣笑得頗為得意。

演講結束，離開麥克風後，栗橋浩美從服務生手上接下新的酒杯，準備走到房間的角落。這時櫃檯服務的可愛女孩笑著靠近他，用口齒不清的高音調自我介紹：「我是岸田明美。」並表示：「你在證券公司上班嗎？好厲害喲。」

栗橋浩美看著女孩小而精緻的臉蛋。妝畫得不錯，長頭髮像鏡子一樣閃閃發光。她說自己是大學生，浩美就問她讀什麼系，女孩回答：英文系。

「不過你不要問我太難的東西。我的腦袋根本沒有學到什麼東西。」她拿著紅色的酒杯遮住臉，偷偷地笑著。

「我的頭腦眞的很笨，反正就是不小心考上大學的啦。像栗橋先生這種精英分子一定會笑話我吧！」

栗橋浩美並非傻子，他知道越是說自己「頭腦笨」的女人，越是相信自己是「聰明人」。而且她之所以如此推銷自己，完全是認爲「栗橋是一色證券的出色業務員」之故。所以他也擺出女孩所追求的「精英分子」笑容問對方：「妳是神野的朋友嗎？該不會將來也有意要當插畫家吧？」

岸田明美故意甩動閃閃發亮的長髮，搖頭說：「我只是在這裡打工而已。這裡的總經理跟我爸爸有些交情。」

然後微微一笑，靠近栗橋浩美一步後低聲說：「這家畫廊的老闆是女的，很看好神野先生呢。」

栗橋浩美重新看著她的臉，接著又看看正在對聽演講的客人們得意的神野。然後又回來看著岸田明美的眼睛。她的眼睛閃閃發光，似乎在說：「不用我說得太明白，你應該懂吧。」

「是嗎……。」栗橋浩美笑說：「原來神野找到了好的靠山呀。」

「沒錯。」岸田明美露出了潔白的牙齒笑說。栗橋浩美心想：在看得見的範圍內，她至少有五顆牙齒長得很亂。要不是小時候牙齒不好，就是有一段時間想要成爲模特兒或進入演藝圈吧。

「如果沒有靠山，哪裡能開這麼大的個展。」岸田明美繼續說。聲音雖然很小，語氣卻很開放。

「我是神野的朋友，所以我寧可相信他有才華。」

「眞的嗎？」

岸田明美緊盯著栗橋浩美的臉看。栗橋浩美覺得：在她可笑的動作裡面，看得見有些惡意。因此他開始喜歡上明美。

「騙人的。」他老實說：「我今天來是想看看爲什麼神野能開個展？是不是出了什麼錯？」

「我就說嘛！我早就知道了。」岸田明美表現得兩人好像很熟：「因為栗橋先生的臉上寫得清清楚楚的。所以我不得不想告訴你眞相。」

「妳很敏銳嘛！」

「哪有，人家頭腦很笨的。」岸田明美邊說時邊將身體靠過來。長髮碰到了浩美的肩膀，散發出濃烈的香水味。

那一個禮拜之間，栗橋浩美又去了神野的個展現場。這一次是爲了邀約岸田明美。她似乎也認爲理所當然，所以也在等著。

那一天他們一起吃飯，然後到栗橋浩美常去的現場演奏pub。說常去，都不是他一個人去，而是帶著女人去。在那家pub裡總是可以聽見現場演奏的藍調歌曲。聽著充滿靈魂的藍調音樂說：「東京只有這家店才有」，女人肯定都很佩服你。可是從她們的表情能夠看出，她們根本就不喜歡這家店和店裡演奏的音樂。其實栗橋浩美也不是那麼喜歡藍調，所以一旦成功讓女人佩服，頂多會再上這家店兩三次。女人總是比較喜歡搖滾、爵士或古典樂，去那種地方說不定她們還比較強。所以聽藍調的危險比較少，他也每次都成功了。

下一次約會當然是遠行，兩人也當然會上床。岸田明美很積極地享受兩人的關係。因爲一開始她就認爲栗橋浩美是一色證券的員工，栗橋浩美也努力扮演這個角色來滿足她。就連遠行的約會也選在非假日。他解釋說：「我的工作沒有週末假日，只有補休的假日。」明美自然很相信，而且用著佩服的眼光看著他。所以栗橋浩美也總是在白天，在明美認爲他在上班的時間打手機給明美。說：「我現在正在兩個會議之間，偷空跑到頂樓跟妳說電話……。」

當然他也很捨得花錢。眞正的栗橋浩美雖然沒有工作，但栗橋藥局每天都有現金進帳，他又是家裡的絕對權力者，要多少錢有多少錢。因此要扮演岸田明美茫然而沒有責任想像的「荷包滿滿的一色證券公司員工」奢侈形象，根本沒什麼困難。

這也不是第一次了。栗橋浩美一向有這種興趣。在送上門的女人面前，扮演該女人夢想典型的精英分子，觀察女人滿足夢想的愉悅神色，然後在背後偷偷大笑的興趣。

他的目的不是金錢。確實也有女人在他身上「投資」，但不是他主動提的，栗橋浩美從沒想過從女人身上撈錢。那麼如果問他是否是爲了女人的肉體，他也不能完全地搖頭否認。一個健康、有常識的正常男人，遇見一個健康、有常識的正常女人，夢想有一天能夠上床，這是再自然不過的事了。而且栗橋浩美也有這種想當然爾的熱情，但不會超乎其上。他有的是一種想要嘲笑的慾望。他想要看著這些女人誤以爲他是理想的「精英分子」而接近他，然後在心底大笑她們的愚蠢與無知。

大部分的情形，他確實都能成功地欺騙女人。在他主動暴露眞面目之前，很少有女方會先察覺眞相。一旦進了他的圈套，女人在不知不覺間成了他的共犯，開始自己騙自己，並開始編織美夢。栗橋浩美在一旁微笑觀察，偶而幫忙女人補強夢境，等待時機的成熟，直到女人的夢想堅固到足以破壞的時候。

然後他現出眞面目，女人無法立刻相信。因爲陷入夢境太深，一時之間看不見現實。他抓住女人用力搖晃，將她們從溫水中拉出來，拍打她們的臉頰，要她們看清楚他的眞面目。看清楚他是一個沒有上班、沒有工作意志、靠著經營小藥局的父母過活的二十六歲青年。

於是他豎起耳朵傾聽女人內心重要東西開始碎裂的聲音。因爲那聲音太過甜美，栗橋浩美的耳裡聽不見女人罵他、嘲笑他、輕蔑他的聲音，那些根本都傷害不了他。

因爲栗橋浩美知道，只要他有心，他隨時就能成爲他所希望的眞正「精英分子」——他所理想的「生存方式」。不論是劇本作家、新聞記者、電腦工程師、年輕的中小進口商、律師等，他隨時地都能勝任各種職業與面貌。栗橋浩美什麼都難不倒他。他很特別，他在社會中屬於「上面位置」的存在。

當他完全成爲那種存在的時候，他將發現眞正適合他的女性，與他共度一生。但現在離那個時間還早。所以他願意跟那些投懷送抱、好高騖遠的膚淺女人交往，破壞她們好生珍重的未來幻想，藉以打發時間。而且這是一種相當有趣的打發時間方法，栗橋浩美認爲這種經驗亦將成爲他個人的財產之一。

因爲栗橋浩美很聰明，他知道爲了這種目的欺騙女人，就不能夠過分的虛榮。所以他不管扮演怎樣的存在欺騙女人時，絕對不會隱瞞自己生在小藥局的事實。也不會掩飾自己的父母多麼沒有知識、沒有深度，也因此讓女人們更加深了栗橋浩美努力追求向上的印象。用這種方法來欺騙自動上門的一般女人，確實比說自己是有錢人家的兒子或企業家第二代等謊言要有效果得多。

這個國家是自由的，每個人都有機會，我就是個例子。我就是開拓妳人生的希望，是妳的白馬王子……。

栗橋浩美對著手機，以最溫柔的聲音說話：「妳怎麼知道我今天休假呢？」

岸田明美撒嬌地笑說：「你自己說過的呀，說下次休假，要在家裡休息。可是你會爲了我出來接我吧？」

然後停頓了一下又溫柔地說：「人家想見你嘛。」

這一陣子栗橋浩美裝出很迷她的樣子。她也扮演著撒嬌、任性的可愛小情人角色，因爲這是栗橋浩美要她做的。他說：「只要和她在一起，心裡便只有她，工作的辛苦全忘了。」

「當然好呀。」栗橋浩美笑說：「眞是沒妳的辦法！」

切斷電話後，他還繼續笑了一陣子。心想：不久的將來打破岸田明美的幻夢時，不知會是怎樣的聲音？

在新宿車站的東口接到岸田明美，栗橋浩美將車開往青山一帶。明美在雜誌上看見的漂亮餐廳就在青山二丁目。他們決定在那裡吃中飯，雖然時間有點晚了。

岸田明美手上提了五個百貨公司和名牌專櫃的紙袋。一進車裡，她就笑說：「你可別因爲我花錢而生氣。不只是我的東西，也有送給浩美的禮物。」

她川越的家很有錢。父親經營許多不動產，在地方上的金融業界據說也很吃得開。所以明美從小到大金錢方面從沒有吃過苦。現在家裡給的生活費很充足，她對栗橋浩美要求「奢侈感覺的交往」，其實本身的出手也很大方。

「沒辦法呀，誰叫明美是有錢人家的千金呢。」他也笑臉相迎：「跟我這種普通上班族交往，眞的可以嗎？」

「你又說這個了！」

是兩人之間常有這種對話。當然岸田明美絕對不會認爲栗橋浩美只是個「普通的上班族」。比起她爸爸，再怎麼有錢也不過是鄉下地方的不動產業者；她心目中的「栗橋浩美」可是一流大學畢業的一色證券業務員呀！這種對話其實也是他們之間的語言遊戲。

這種天眞浪漫的對話給予栗橋浩美兩種喜悅。一是：明美對他單純的尊敬；一是自己已經完全騙住了明美。

「因爲我有買禮物送你，所以今天晚上我要浩美請我大餐。」車子停在紅綠燈前，明美抬起下巴撥動長髮，看著車窗外的行人說話。有種炫耀的味道，好像在說：「你們看呀！我們是很登對的情侶。就像是畫中的情侶一樣。不論是過去、現在還是未來，我們的組合跟你們永遠是在不同的次元。我們是天造地設的一對。」

這時栗橋浩美才想起來要到長壽庵送花的事。自從接到明美的電話，他便忘得一乾二淨。剛剛提到了錢，讓他想到自己身上的錢是要買盆花的錢，到時候他要用盆花跟和明敲詐五萬塊來花花。

換句話說，栗橋浩美現在的荷包是很空虛的。

最近栗橋藥局的生意也不太好。因爲沒有受理藥方開藥，客人本來就比較少，最近附近又開了一家大型藥店的連鎖店，連這一點小生意都快斷絕了。一些買營養劑口服液、胃藥的基本客戶都不上門了。不管怎麼努力，栗橋藥局根本是敵不過大型藥店的折扣戰術的，這也是沒有辦法呀。

何況現在的「藥局」形象跟戰前完全不一樣。有受理醫生處方開藥的叫「藥局」，要不然就是大型連鎖店的「藥妝店」，他們的客人是慢性疲勞的上班族、擔心小孩肚子痛的家庭主婦和女學生、年輕粉領族等。

栗橋藥局兩者都不是。之前浩美還肯跟爸媽溝通的時候，他曾經分別問過爸媽爲什麼不受理醫生處方？既然爸爸是藥劑師，要做的話，應該沒什麼困難吧？

結果爸媽各說各話，回答：「沒有受理醫生處方，是擔心發生問題就麻煩了。」

「因爲我不太相信你爸爸呀……。」媽媽說。

「壽美子能處理嗎？萬一出事了，我可不想受牽連呀。」爸爸說。

然後兩個人都說：「如果浩美能成爲藥劑師就好了。」可是他卻沒有讀藥學院，而是選擇了經濟系。

栗橋藥局逐漸在沒落中。但是浩美依然毫無顧忌地在吸取它的養分，而最近終於看到了界線。

所以他得依賴和明，不對，「依賴」這個字眼對那傢伙不值得。那傢伙是被我利用而存在的。

也有高利貸、金融卡貸款等手段；但比起使用和明這呆瓜的錢包，既沒有利息也不怕催討，有什麼必要去碰前者的方法呢。反正和明有錢也不會花，他應該不會覺得困擾。過去不也是沒說什麼就把錢拿出來了嗎？

不過我好像把次序弄錯了。

栗橋浩美斜眼看著靠在椅背上正舒服的岸田明美，心中想著：在接明美之前，應該先去長壽庵的才對，這樣就沒什麼問題了。可是自己居然會忘記送花的事！

都怪明美打來電話。這傢伙就是猴急。這麼一想氣就上來了，栗橋浩美用力踩了油門。因爲和前面車子的距離拉進，岸田明美嚇得抓緊門把大叫。

「小心點，危險啊！」

栗橋浩美正一肚子火沒有答腔。他瞪著前面車子的車牌，用盡全身的力量抓緊方向盤，咬牙切齒。如果現在手上抓的不是方向盤，而是岸田明美細小的脖子，他大概也不會鬆手吧，而且那樣肯定會很爽的……。

然而激動的憤怒來得快去得也快。最近常發生這種情形。自己也不知道爲了什麼而發怒，瞬間動怒後又瞬間平息。

而且「最近常發生的情況」還不只這個。接到明美來電的一半時，他就忘記買花的事，也忘記如果沒跟和明敲詐他就沒錢花的現況，居然高高興興去接人。這種健忘的情形比起容易生氣還常發生。

這是因爲栗橋浩美逐漸沉溺在岸田明美爲他打造的幻影中，逐漸染成幻想的色彩。他自己也覺得自己是一色證券出色的業務員，是社會上的有用之士，是「精英分子」。這是一種自我中毒，就跟大多數藥物中毒的人一樣，栗橋浩美並沒有意識到自己已經陷入這種情況。

「有件事想拜託妳一下。」栗橋浩美開口。

「什麼事？」

「我突然間想到，今天是我小時候的朋友家新店開張。」

「也是開藥店嗎？」

「不是，是蕎麥麵店。」

「哇，好可愛喲。」

栗橋浩美搞不清楚蕎麥麵店有什麼可愛不可愛的，看見明美笑了，他也跟著陪笑。

「我的朋友將來會繼承那家店。他可是高中沒念就到蕎麥麵店學手藝，現在跟他爸爸兩個一起做。」

「不錯嘛。」

在明美的價値觀裡，蕎麥麵店根本毫無意義可言，但她還是說得很好聽。就像是童話故事中的公主讚美勤奮工作的麵包師傅一樣。

「我想去送新店開張的賀禮，可以嗎？可是得先回到我家附近才行……。妳肚子餓了嗎？」

「也沒那麼餓啦。可以呀，午飯不吃就陪你吧。不過晚餐可要你好好補償我，這樣你就沒話說了吧！」

「謝謝！」

自以爲是美食家，問她「肚子餓了嗎」，絕對不會回答「餓了」，這就是明美。應該說年輕女孩都是這個樣子吧！

「送什麼好呢？還是送花吧。」車子繞回練馬的方向，栗橋浩美問明美。

「對呀，送花最好。要豪華一點的。」

「蝴蝶蘭的盆花怎麼樣？」

「嗯，很棒呀。」

「可是送太貴的，那傢伙會不好意思的。這樣反而不好。」

「是嗎……。」

「就送一萬塊左右的吧，妳看呢？」

明美笑笑地聳肩說：「不要在都心買，在浩美家附近的花店，大概可以買到豪華的蝴蝶蘭吧？千萬不要在青山買。」

「我知道。」栗橋浩美笑說：「我也是覺得那樣就夠了。」

「店名叫什麼？」

「長壽庵。」

「長壽庵！」明美笑得很誇張：「古典得很可愛嘛。好吧，就送一萬塊的吧。送五千塊的也可以。上面寫著『賀長壽庵』，然後綁上緞帶，花店的人會這樣做吧？我一直都想做做看這種事呢。」

好不容易抑制住再度發作的怒氣，雙手用力抓著方向盤。爲什麼怒氣又再度發作呢？栗橋浩美自己也不知道。那是因爲岸田明美嘲笑「長壽庵」，就等於是嘲笑栗橋浩美的出身一樣，所以他會生氣，但他不知道。

可是生氣還是生氣，即便是幻想中毒，還是知道有人指著自己嘲笑。但是在栗橋浩美模糊的思考鏡子中卻反映不出來怒氣的對象，反映不出來誰在嘲笑他。

還是跟以前一樣，很順利地跟和明要到了錢。這傢伙最近似乎爲了方便栗橋浩美前來要錢，在店裡工作的時候也錢包不離身。要不然栗橋浩美就會命令他打開收銀機，所以他才會先做好準備的吧。不管怎麼樣冤大頭就是冤大頭！

剛剛趁著明美在店裡選花的時候，先打電話給和明是對的。今天進帳八萬元。聽和明說他今天領薪水。

「你還是跟女朋友在一起嗎？」和明不該多嘴。

「少囉唆，跟你沒關係！」

「你還是不要常騙人的好！」

栗橋浩美生氣地看著高井和明的臉，那張又圓又大的笨臉。和明從小就是胖子，長大以後更是油光滿面的胖子。他本人說自己胖得不難看，而且是結實的胖。胖子就是胖子，還分什麼種類嗎！

「我可不是隨便就能讓你批評的人！」

高井和明眨動他的小眼睛說：「我是擔心你。」

「誰要你擔心我！」

「騙女孩子是不好的。你應該好好找個事做，浩美。」

親切的語氣、和明說話同時伸出來拍他右肩膀的寬厚的手、忠告的口吻都讓浩美生氣，但最令他生氣的是「浩美」這句話。這個死胖子有什麼權力叫他「浩美」？

一如火山即將爆發，怒氣衝到了頭頂。栗橋浩美搖動肩膀甩開了和明的手，正準備揍他時，感覺到旁邊有人。

和明連忙回頭看，是妹妹由美子站在那裡。栗橋浩美則站直了身體。

他的怒氣立刻蒸發不見，臉上浮起了笑容。才要開口對由美子說話時，從長壽庵的廚房裡傳出「還不去外送嗎」的叫聲。因爲太大聲，讓浩美嚇了一跳，也因此可以掩飾剛剛危險的瞬間。栗橋浩美客氣地打聲招呼，拍拍和明的肩膀便離去了。

可是就在上車時，由美子追了上來。因爲感覺到背後有股刺人的視線，回頭一看，是由美子眼露兇光地瞪著他，卻又一副準備外送的樣子，顯得很不協調地站在那裡。

「喂！由美，很認眞工作嘛。」

栗橋笑臉相向，由美子卻沒有反應。一瞬間栗橋看見她的眼光左右游離，心想她是看到了什麼嗎？原來是在比對栗橋的車和坐在車上的岸田明美。這時栗橋才注意到車身的顏色和岸田明美的迷你裙是同一顏色，像血一樣的鮮紅。女人就是會注意到這種奇怪的地方。

高井由美子一副吵架的氣勢，嘴裡說些奇怪的內容。說什麼不要接近她哥哥啦、我全部都知道什麼的。栗橋浩美按照自己的想法加以解釋。由美子曾經寫過情書給我，很久以前，小時候吧，當時的我還不是什麼人物以前。由美子一聽立刻反擊，結果岸田明美一看情勢不對也跟著槓上了，認爲由美子是歇斯底里的笨蛋！

於是栗橋浩美開車離去將由美子留在那裡。後照鏡中捧著托盤準備外送的由美子身影越來越小，終於消失在轉角裡。一如亮著鬼火的靈魂。

「剛剛的女孩……。」岸田明美說：「有病哪！」

「明美說的沒錯，簡直是歇斯底里嘛。我是那個由美子的初戀情人，可是我沒理她。」

岸田明美反而一副認眞的表情看著前面。

「我再也不要到那家長壽庵了。」

「是呀，今天讓妳看到不愉快的一面了。」

「浩美以前的朋友，我不喜歡。」

「我知道。」

岸田明美沉默了一陣子後，又看著前方低聲說：「以後浩美要跟我介紹朋友，只能介紹大學和公司的朋友喔！」

栗橋浩美又開始用力抓緊方向盤。

去過長壽庵後，岸田明美始終一副臭臉，所以在青山餐廳吃的晚餐很不盡興，栗橋浩美氣得很想丟下她自己先回去。

用餐的時候，浩美想討明美的歡心，於是問她爲什麼不高興。結果明美抱怨說：「最討厭那種又髒又破的蕎麥麵店。」長壽庵是新店開張，絕對不會是又破又髒；但是在明美一流名牌的價値觀裡，不管商店街的蕎麥麵店裝潢多麼新穎，她都覺得是「窮酸破爛」的。

栗橋浩美經由岸田明美的表現，似乎也看見了自己內在的雙重人格。明美蔑視爲「窮酸破爛」的長壽庵，象徵著他的生長環境，當被她瞧不起時，自己就會激烈地憤怒。但同時還有一個自己跟明美一樣感受，可以理解她的輕蔑與厭惡感。就好像明美一方面誇耀自己家裡的有錢，又以自己在東京不過是個鄉下人家爲恥，爲了克服這種羞恥才追求栗橋浩美——正確說來，是她對栗橋浩美所存有的幻想。兩人的性格分裂是一樣的。

我們十分相似。

不同的是相對於明美用的錢，不是她自己賺來的，而是來自父母所賜；支持栗橋浩美虛榮的後盾，則是搜括自他和岸田明美所共同輕蔑的長壽庵高井和明所有。

淋上醬汁的萵苣、小黃瓜像模型一樣地閃閃發光。栗橋浩美一邊用叉子戳蔬菜沙拉，同時閉上眼睛想。我在這裡做什麼？這女人對我而言，算什麼呢？

——和平！

如果是和平，這時他會怎麼做？

如果是和平，應該不會讓自己陷入這種情況吧？和平應該會跟更聰明的女人交往吧？

和平才不會僞裝自己，讓自己的人格分裂吧？

「浩美……！」岸田明美慵懶地轉動著咖啡杯，問說：「浩美相信鬼嗎？」

栗橋浩美眨眨眼睛。在他精神恍惚之際咖啡已經送上來了，他的面前也放著一只漂亮的咖啡杯。記不得吃過什麼了，還有這女人幹嘛突然說起這個呢？

「人家是問你相信有鬼嗎？相不相信那種靈異照片呢？」明美再一次詢問。身體有些前傾，香水味飄了過來。

「突然之間在說些什麼嘛。」栗橋浩美說。

和岸田明美說話時，常會有這種天馬行空的話題。其實這都是因爲栗橋浩美習慣掉入自己的思想裡，而抓不到岸田明美說話的方向而已。

「上個禮拜跟朋友到紀州南部的飯店去。就是和代呀，高瀨和代，你記得嗎？之前一起吃過飯呀。」

栗橋浩美根本不想記住明美朋友的長相和名

字，所以不知道她在說誰。不過還是曖昧地點點頭。

「她在那家休閒飯店有過可怕的經驗。遇到鬼了，還有聽見怪聲音，看見滿屋子的東西亂飛，她還被鬼壓身呢。她很得意地跟我說她快嚇死了！」

「既然那麼可怕，爲什麼還會很得意呢？」

「那是因爲這表示她的感應力很強呀！」明美說的煞有介事。在她心中，「感應力很強」等於很高級的意思。

「和代說的話有一半以上都是騙人的！」明美兩手靠在桌上，晃動她那鮮紅的十指蔻丹說：「可是看她說得那麼高興，感覺上好像又有什麼東西耶。」

「有什麼？妳在說什麼？」

「所以……。」明美抬起眼睛看著栗橋浩美說：「所以人家才問你相不相信有鬼呢？想不想親眼看看！」

栗橋浩美伸手舉起咖啡杯，冷淡地說：「不想。」

「爲什麼？」

「那種東西根本就不存在。」

「爲什麼？」

「如果眞的有鬼，東京豈不到處都是鬼了。妳不覺得嗎？就像這家店前面的馬路，出現一兩個因爲車禍死掉的鬼也不奇怪吧。就在三個月前有過一起死亡車禍，我就有看到路邊有人供花和上香。」

明美不滿地咋舌說：「人家說的不是這個。車禍死掉太平凡了，比方說是殺人事件呀、全家自殺或因爲男女關係糾紛而被殺的女人。那種人的鬼魂出現在可能出現的地方才叫刺激呢！」

栗橋浩美直視著岸田明美的臉問：「今晚我們是要住在哪裡嗎？」

明美噗嗤一笑說：「沒有嗎？就這樣吃完飯便回家了嗎？」

「我不是那個意思。妳心裡在想要去那家鬧鬼的休閒飯店，不是嗎？」

岸田明美拄著臉頰靠在桌上，故意笑出聲音來。

「答對了！浩美眞是聰明。」

「別蠢了！」

「爲什麼？有什麼關係嘛。人家可是仔細調查過了。」

她開始翻自己的皮包。

「有很多情報耶，還說那裡是東京的最佳靈異場所！」

她拿出一些大概是雜誌類的剪報。栗橋浩美冷冷地說：「那些靈異場所，不都是妳認爲又破又髒的地方嗎？不是破產的舊工廠、就是有人自殺過的簡易旅館，妳眞的想去那種地方嗎？」

「當然我是不會去那種地方的。」明美得意地遞出那些剪報，看起來好像是什麼週刊的黑白照片。

「你看！這就是有名的鬼屋。本來是要蓋成綜合醫院和高級住宅的地方，因爲泡沫經濟沒有了，整個計畫也停了，只剩下骨架等呈廢墟狀態被棄置在那裡。」

栗橋浩美伸手接過那些剪報，果然照片裡都是冰冷的鋼筋骨架廢墟。

地點是在群馬縣赤井市東北部的赤井山中。照片的說明文字不多，一如岸田明美說過的。這個人工廢墟不知在什麼時候居然成爲年輕人號稱是「鬼屋」的約會景點，而且還產生了許多令人害怕的傳說，謠傳這裡有各式各樣的鬼魂出現。雜誌的報導還收集了幾個親眼目睹的實例。

另外一張照片的拍照時間應該是深夜，暗夜的背景下白色建築廢墟聳立，一對情侶肩靠著肩在廢墟底下拍照。明明是令人毛骨悚然的地方，情侶卻是高興得不得了的神情，一點也不覺得害怕。

「聽說這裡是最近首都圈很有名的約會地點。」明美用著不屬於她的語彙「首都圈」三個字強調：「我是沒有注意到，但是電視台也做過報導。說有女性通靈者到那裡，立刻感受到強烈的靈氣讓她幾乎站不住腳。然後就像自動書寫一樣，寫出男人的名字，嘴裡則不停道歉說：『對不起、對不起……。』事後調查發現，這個失敗的開發計畫，有一個管理階層留下遺書表示：計畫失敗造成虧損都是他的責任。他就上吊死在這個鬼屋裡！」

栗橋浩美默默地看著照片，仔細看著臉靠在一起拍照的情侶的臉。

根本就是一群笨蛋，一點知識都沒有。這種人爲什麼要活著？爲什麼大家可以平心靜氣地讓這種人活著？

大家——大家指的又是誰呢？

我就不能忍受。

岸田明美熱心地勸說：「其他還有呢。有一個女的在鬼屋被男朋友說要分手，哭著跑到馬路上被車給壓死了。她根本就沒想到男朋友會跟她分手，結果她的鬼魂就經常出現。有趣的是，她不知道自己已經死了，還以爲男朋友會來找她，所以查看著每一個到鬼屋裡的男人的臉。就算是情侶來，她也只看男人的臉。就像這樣從後面拍拍肩膀，要對方回頭……。」

栗橋浩美抬起眼睛，看見岸田明美嘴巴閉著裝成女鬼的動作。

「妳去這種地方要幹什麼？」

岸田明美盯著他看，然後慢慢地眨眨眼睛。

「妳不覺得很無聊嗎？不覺得這些都是騙人的嗎？像這種失敗的開發計畫，日本到處都有，現在都成了不良債權。這些是拖垮日本經濟的嚴重問題。因爲聽說有鬼，妳就鬧著想去看，這麼大的人了，丟不丟臉呢？」

岸田明美張大眼睛看著他，感覺上臉色好像發青。

「我看錯了妳！」栗橋浩美繼續說，臉上裝出怒氣。

一開始他是眞的很生氣。在他大聲罵說「妳去這種地方要幹什麼」的時候，眞的是在生氣。所以言語也稍微激烈了些。可是當他以這種態度面對明美，看見明美的反應時，他的怒氣立刻轉換成一種有趣的心情，他覺得愉快。因爲他知道要掌握岸田明美——讓她更屈服、更被浩美吸引、更爲浩美所控制，這是一個絕佳的機會。

「我眞是看錯妳了！」栗橋浩美重複強調這句話。周圍餐桌的客人們開始注意起這邊，這些都在他的料想之中。

「我沒想到妳是這麼不具知性、也沒愛心的女性。居然說管理階層變成鬼出現是一件好玩的事。一聽也知道那是種騙人的說法，可是如果說那是眞的，我一點也不覺得有趣。反而會認爲因爲開發計畫失敗而自殺的男人缺乏職業的抗壓性，但至少他死了還掛念自己的失職。就算是陌生人，也該替他覺得可憐。結果妳是怎麼樣？」

岸田明美的嘴唇顫抖，眼角沁出了淚水。旁邊桌的客人好奇地看著她的側臉。

「什麼看見鬼就表示感應力很強？這算什麼說法？可以拿來驕傲的嗎？被鬼壓身、看見滿屋子家具亂飛，這些事情很重要嗎？這些能成爲一個人感覺豐富、充滿愛心的證據嗎？開什麼玩笑，我看妳是頭腦有問題。」

岸田明美的眼睛開始掉淚。

「如果你那個叫和代的朋友爲這種事而自傲，妳就應該跟她說清楚，問她這種事有什麼價值？尊重生命的價值、明白人生存的意義，這些才是重要的。結果妳只爲了跟朋友比賽誰比較值得驕傲，就想去更有名的靈異場所嗎？我最討厭這種人，這種人根本就是不入流！」

栗橋浩美憤然的樣子說完話，從鼻子重重地呼出一口氣，這也是故意演出的效果。然後無聲地舉起咖啡杯，一口氣喝光。

岸田明美的淚眼婆娑，睫毛膏化成了黑色的淚水。旁邊桌的客人終於抑制不了好奇心，探著頭盯著她直看。

「我……我……。」她斷斷續續地抽噎說：「我連爸爸都沒罵過我！」

栗橋浩美本來想問：「妳所謂的爸爸是眞的爸爸，還是其他男人？」但還是沒有說出口。因爲問這種事，會有模糊焦點的危險。栗橋浩美並不想破壞他對岸田明美人性生氣的模式，所以不能提及她的男性關係。

「那眞是對不起！」栗橋浩美嚴肅地回答：「我只是基於我的信念告訴妳，我不能認同妳的想法。很抱歉對妳大聲吼叫。」

「沒關係……對不起，是我的不對。」岸田明美低頭抽泣著：「眞的很對不起。浩美說的都很正確，對不起。你討厭我了嗎？你已經不喜歡我了嗎？」

她手掩著面啜泣，栗橋浩美將咖啡杯放回托盤上，低著頭掩飾自己的笑意。

「我們爲什麼爲這種事而吵，眞是無聊。」溫柔地對明美說。

「我們沒有吵架，是我被浩美罵了。我們不是吵架。」岸田明美徹底表現出順從，睜大的眼光中充滿了拚命的哀求。

栗橋浩美感覺很滿足。

「好了，沒事了。不要再哭了。」說完，再度將視線落在剪報上說：「要不我們去這裡看看？」

從料想不到的方向進攻——這也是操控岸田明美這種女孩必要的技巧。

明美吃驚地抬起了頭，嘴巴還半張開著。

「可是你……，人家不要，爲什麼？浩美你還在生氣嗎？我已經不想去那種地方了，你不要再說要帶我去了！」

栗橋浩美笑了，他說：「我不是那個意思，我是說我們可以去看泡沫經濟留下的痕跡。我希望妳也能了解這種事，因爲一個錯誤就可能成爲一座廢墟。社會就是這麼的嚴厲，我也生存在其中。」

劇本隨他高興怎麼寫，一開始很生氣，但結果卻能達到所求（以不同的藉口）。對於被寵壞了的嬌嬌女岸田明美，這一招很有效。

果然她也開懷地大笑說：「謝謝你，浩美！」

以前沒有去過群馬縣赤井市，甚至連地名都沒聽過。利用地圖查了一下地點位置和路線，發現山對面有小山遊樂園，多少才有了一點距離感。

由於在青山的餐廳待了太久，現在要去群馬縣，一天往返是不太可能。因此在雜誌上找到當地飯店的資料，先做了電話預約。時間太急的關係，只能選擇了公路邊上的飯店，交通比較方便，自然就很難滿足岸田明美的高級需求，不過現在的她大概不敢說什麼吧。栗橋浩美以意外的形式對她說教，藉由攻擊她的弱點，倒也在金錢方面節省不少。

用行動電話進行這些安排時，岸田明美在一旁小聲地擔心問：「明天上班沒問題嗎？」

栗橋浩美這才想起他「忙碌的上班族」立場。今天是平常日，之所以能從中午就跟明美約會，是因爲他將今天設定爲上個禮拜六加班的「補休」。

沒有固定工作、不用上班、整天遊手好閒的他，這種時候最容易露出馬腳。他嚇出一身冷汗。

「沒辦法囉。明天我會打電話到公司說：『先到客戶那裡，中午以後才回去。』」他對著明美笑著說謊。

「眞的可以嗎？」

「我想騙得過去吧！」

「我沒關係的啦，今晚不需要勉強去群馬……。」

一股突如起來的怒氣讓栗橋浩美的臉發熱。

事到如今還說這些幹什麼？一開始不就是妳提出來的無聊建議嗎？配合妳還不知道感激，說這些話算什麼嘛？

正好這個時候，栗橋浩美將車停在路旁，坐在駕駛座上查看關東地區的道路地圖。他用力抓著地圖，揉皺了地圖。好不容易將怒氣集中在指尖，發出聲音說：「不然，我們不去嗎？」

岸田明美坐在他身邊，但內心卻想要逃離他似地將身子向窗邊縮。眼睛看著底下，且視線前方看著栗橋浩美緊抓地圖而顫抖的手指。

栗橋浩美再說一次，這一次的語氣更加強烈：

「我們是不是不要去了呢？」

岸田明美不敢動，只是抬起頭，微笑地看著他的眼睛。連話也不敢回答。就跟過去一樣，每次只要浩美生氣或鬧脾氣，我只要對他微微一笑，什麼問題就能解決了，可是……。

第三次，栗橋浩美的語氣明顯地充滿了怒氣：

「我說明美，我是不是現在就送妳回家呢？」

地圖因爲栗橋浩美手指的力量而捲曲。甚至是比紙張還硬的原子筆或鉛筆，還是我的手指……。

他手指的力量似乎可以折斷這些東西。

岸田明美第一次覺得栗橋浩美可怕。不，應該說是第一次對「男人」感到害怕。

對她來說，「男人」通常是容易駕馭的、溫柔的、手到擒來的、有趣的、可以利用的東西。而且也是「女人」不可或缺的。所以不在「男人」身邊的「女人」，她覺得毫無意義。將好用的「男人」留在身邊，才是「女人」人生的目的。

所以「男人」不應該可怕才對。可是現在栗橋浩美卻將可怕、恐怖的一面呈現在她眼前。

如果岸田明美以前也經驗過許多可怕的「男人」，知道「男人」的可怕是什麼，她就應該知道現在坐在她旁邊的「男人」栗橋浩美，所散發的可怕跟過去的男人性質大不相同。「男人」的可怕，不過是男人本質中的一小部分，跟她所熱愛的男人的溫柔、可靠、寵愛女人等特質是一體兩面。

但是栗橋浩美對岸田明美表現的恐怖氣氛，卻有著基本上的不同。並不是因爲他是「男人」才可怕，而是因爲明美傷了「男人」的興致，浩美才給她臉色看。

有經驗的女人，大概有所感覺，會說「好吧，今晚我想回家洗澡睡覺了。」然後回家躺在浴缸裡，再一次冷靜思考是不是該跟栗橋浩美這男人交往下去？那男人太危險了，根本是個脾氣暴躁的人。雖然很有魅力，但也有些奇怪。這是我的本能——不是「女性本能」，而是身爲一個人的本能告訴我的。

應該說是生存本能吧。

可是岸田明美過去沒有經驗過「男人」的可怕，所以無法分辨眞相，以爲栗橋浩美給她的害怕當然就是「男人」的可怕。她在聽取自己的生存本能提出警告前，已經先害怕屈服，心中只想到該如何討對方歡心，讓僵掉的局面圓滿收場。

「不要，人家不想回家。」她說：「既然飯店都已經安排好了，人家要跟浩美在一起。我們出發吧！」

她的語尾有些顫抖。栗橋浩美將視線從地圖移向她的臉，不是直接看她，而是透過照後鏡看著她的臉。

發現自己被看，岸田明美抬起了頭。兩人的視線相交。

先笑的是栗橋浩美，配合他的笑容，岸田明美也跟著笑。

這時剛好有一個女人經過車前。女人心想：好一台拉風的車子、好一對亮麗的情侶。視線自然被兩人的長相所吸引。結果她看見岸田明美的笑容時，心想：這女人怎麼一副哭喪的臉！常常會有這種人，明明在笑，看起來卻像是在哭。那個女孩長得很漂亮，可也是那種笑臉。

女人從此以後就再也沒有想起那對情侶的事。

岸田明美完全沒有意識到她帶給外人這樣的感覺，依然裝出了笑臉。栗橋浩美移開目光，在引擎發動之前，始終微笑著。在他表示「好了，妳可以不要笑了」之前，岸田明美必須像忠實的狗一樣笑著。

路上很空。出發經過兩個小時，兩人的車來到進入赤井山的綠色大道口。

開車的路上，栗橋浩美十分健談，而且不斷質問岸田明美。反覆提到在青山餐廳的對話，尤其是關於明美的朋友和代所經驗的靈異現象，鉅細靡遺地要明美說清楚。他都是用語尾上揚的疑問句逼問明美。

「妳憑什麼那麼相信和代說的話？」

「她說聽見沒有人的走廊裡傳來女人聲音？可是真的是沒有人嗎？她是怎麼確認的？」

「怎麼調查知道說那裡有過女人自殺呢？調查的資料可信度高嗎？」

「相信靈異現象跟相信靈魂存在，對妳而言都是一樣嗎？還是不同呢，妳說呀？」

「剛剛妳就很輕易地表示相信有鬼，鬼魂跟靈魂有什麼不同？」

岸田明美覺得很累，好幾次回嘴說「你可不可以閉嘴？可不可以不要再逼問我了？」本來像她這種好強的人，是無法忍受這種單向的攻擊的。

可是她卻吞下所有的苦衷，全力配合浩美。不希望獲得剛剛他的兇臉對待，那不是普通的生氣方式。浩美對我剛剛在青山提到的話題十分不高興，他生氣是應該的。可是我再也不要被那種兇臉對待了，我實在是快要害怕死了……。

談膩了靈異現象的話題，栗橋浩美開始提到泡沫經濟的後遺症。大部分的內容，岸田明美都無法理解。頭腦裡面一閃：這些話聽起來好像是寫在報紙經濟版面上的文章呀！

高中時在爸爸的要求下，明美曾幫忙做報章雜誌的剪報工作，算是在家裡打工。因爲讓公司裡的職員做常出錯，爸爸才直接交辦給她，相對地報酬也高得出奇。因此岸田明美以爲工作就是這麼一回事。

剪報的內容主要是經濟雜誌、不動產相關的新聞。不只是內容，連標題的意義她都不是很懂，而現在栗橋浩美滔滔不絕地說出當時看過的許多專業名詞，又像是電視主播們表情嚴肅所播報出來的新聞標題一樣……。

如果岸田明美更具有一點現實感的話，這時候聽栗橋浩美的演說，多少就能推論出他的眞實內在。認爲他這個男人有些虛張聲勢，其實不過只是將報章雜誌和電視上得到的資訊拿來亂掰一通。

可是岸田明美不行。她心中那副評量現在社會的天秤，根本測不出栗橋浩美內在的空虛，也看不出他除了外表拉風外其實本質很輕浮。

他們的車子在綠色大道入口先繞到了加油站。趁著栗橋浩美和加油站的人交易之際，岸田明美去了一下洗手間。廁所打掃很清潔，只是不曉得是不是油氣，洗手台的鏡子有些模糊。所以映照出自己的臉彷彿處在煙霧中的朦朧。

一個人上廁所時，岸田明美突然感覺很累。看著鏡中朦朧的臉孔，一心只想回家。而且不是回東京一個人租的房間，是回川越老家。突然間思鄉情切，很想看看爸爸媽媽的臉。

這也是本能釋放的警告。想念爸爸媽媽，代表她的內心像小孩子般脆弱。她是弱者，而且正處於危險之中，本能以這種方式通知她。栗橋浩美很危險，不能跟他，尤其是跟「現在的他」繼續在一起。

岸田明美想：還是回家吧！

這裡是加油站，應該可以打電話叫計程車吧。這樣就不用擔心怎麼回去，而可以大膽地跟浩美吵架了。旁邊還有加油站的人，如果他一氣之下要揍人，他們應該會上前阻止吧，我也可以逃跑呀。

岸田明美眞的覺得受夠了。爲什麼要忍受浩美對她這樣的威脅、苛責和虐待呢？我眞是看錯了，他竟然是這種男人。怎麼會那麼囉唆，說話那麼無聊呢？

雖然很害怕，但是在這裡的話，就可以跟他說清楚，也能逃跑得掉。我已經不想跟你交往了！

因爲還有很多男人願意對我更溫柔、願意拿我當公主一樣伺候、尊重我。

明美對著模糊的鏡子做出笑臉。趕快恢復自信吧，明美。

走出洗手間前往車子的方向。栗橋浩美靠在車子上，正在跟加油站的人說話，是個年輕女孩，身上穿著藍外套、迷你裙和長馬靴，看起來很可愛。明美立刻給她打分數——不錯，她的腿比我漂亮，不知道長得怎麼樣？

栗橋浩美一副很輕鬆的樣子，雙手插在口袋裡，笑著跟女孩聊天。女孩也熱情地運用肢體語言笑著跟他交談。

「眞要是這樣的話，那一晚我會高興得睡不著覺！」女孩說。

「說的也是，我想我一定也會很興奮吧。」

看起來兩人聊得意氣相投。明美站在栗橋浩美的身邊，他看都不看明美一眼。女孩也無視於她的存在。

「你們在聊些什麼？」明美問。

栗橋浩美一副「妳怎麼也在這裡」的表情，斜眼看著她。

「我們在談葛雷•馬丁」

浩美回答的方式，讓明美不屑於反問「誰呀」？可是她的臉上還是顯露了困惑的表情，於是女孩接著回答說：「他是現代普普藝術的泰斗，紐約的畫家。」

「是嘛。」明美硬是擠出微笑。

「聽說今年一月新開幕的赤井山美術館買了他的作品。」

「結果他本人來日本的時候，還專程到美術館拜訪呢。」

女孩用力擊掌之後，做出向上飛的姿勢。

「眞是太感動了。我在他的歡迎會上等了好久，終於跟他握到手了。」

栗橋浩美就像看著可愛的東西看著女孩的臉。女孩也一臉興奮地看著栗橋浩美。

「爲什麼會聊到這個呢？」

「因爲那張海報呀。」栗橋浩美用下巴指著貼在加油機旁邊柱子上的海報。上面的標題寫著「現代普普藝術展葛雷•馬丁的世界」。在明美的眼裡只能看見海報中央的圖畫是一片塗成一團的色塊，似乎那幅畫就是出自於那個叫葛雷•馬丁的畫家之手。

「看見那張海報能表現出關心的男人，這附近實在很少。」

「是嗎？我是葛雷•馬丁的迷。下次我應該利用美術館開的時候來。」

親切的笑臉好像在說：「如果我來，能夠約妳嗎？」女孩也一副當然願意的神情。

岸田明美感覺怒火中燒。但是怒氣不是針對栗橋浩美，而是因爲這個鄉下女孩居然這麼不要臉地敢搶別的女人的男人。

「我們趕快走吧，好冷呀。」

她挽著栗橋浩美的手臂，想將他拖離女孩身邊。一心只想到對抗女孩，居然忘記了想家和對栗橋浩美的不滿。

最後的退路也沒有了。這一瞬間決定了岸田明美的命運。接下來只有等待定時炸彈的爆發了。

5

聽見了女人的尖叫聲。

蘆原君惠驚醒了。除了聽見長年使用的床鋪發出抗議的聲響外，還能聽見的就是自己的心臟跳動。

此外還有鬧鐘的滴答聲。明天早上有練習，她將鬧鈴調到六點鐘。因爲遲到的話，肯定要吃三年級同學的衛生眼，所以千萬千萬要在六點鐘起床，而且千萬千萬不能睡眼模糊地把鬧鐘按掉，她故意將鬧鐘放在離床比較遠的位置。現在閃著螢光色的指針，顯示時間是凌晨十二點五分。

我大概是作夢了吧！

君惠發抖地喘了一口氣，兩隻手拍了一下自己的臉頰。好冷呀！縮在被子和毛毯裡面的膝蓋也在顫抖。三月一日，不對，已經過了五分鐘，所以是三月二日；多山的北關東地區還不是春天。一整個冬天肆虐的北風總算停歇了，但氣溫還是很低，早晨偶而還可以見到飄雪。

然而這手腳的冰冷，不是因爲氣溫的關係，而是因爲剛剛做的惡夢。

坐在床上，房間沒有開燈。君惠豎起耳朵傾聽家裡的動靜。

一片寂靜。爸爸和媽媽都已經睡著了。君惠有些失望地聳肩，感覺我們家怎麼這樣子呢……？

我的同學離家出走行蹤不明，可是爸爸媽媽卻還是睡得那麼安穩。眞是令人受不了！

君惠像個孩子一樣地嘟起嘴表示不滿。

嘉浦舞衣的媽媽打電話來是昨晚八點過後：「因爲舞衣還沒有回家，我擔心地到處問，不知道是不是有到府上打擾呢？」

「舞衣沒有來蘆原家。」接電話的君惠媽媽回答後，舞衣的媽媽接著問說君惠知不知道舞衣可能去的地方。君惠媽媽手持著話筒，不太耐煩地問了君惠。

君惠那時正在客廳看電視劇。舞衣的媽媽打電話來，讓她覺得「很震驚」。她對一手按著話筒的媽媽小聲表示：「我和嘉浦不是不好，但也沒有那麼熟。所以嘉浦會去哪裡？我不知道。」

君惠媽媽對舞衣的媽媽說完「我女兒不知道」，立刻就掛上了電話。

「要是讓我說的話。」媽媽不高興地批評：「養個女兒已經國中生了，居然晚上八點還不回家到處晃，這個家的家教就有問題！」

可是嘉浦舞衣就是那種人，嘉浦家就是那種家庭。所以君惠才會覺得「很震驚」。那個舞衣的媽媽，因爲舞衣超過八點還沒回家，擔心地到處打電話尋找。

君惠所知道的嘉浦舞衣，是國中三年級，而且是新學期剛升上三年級的十四歲少女，已經是夜遊的高手了。舞衣身材嬌小，體格看起來像是個小學生，但就近仔細觀察，不但染了頭髮還穿耳洞，身材該凸的地方凸、該翹的地方翹，臉蛋也有了大人樣，聲音還沙啞得頗具魅力，加上口齒不是很清晰，顯得很有女人味。

所以不管是在學校裡面還是外面，她都很受到歡迎。因爲受歡迎，再加上一點技巧，要找夜遊的對象、資金根本不成問題。根據君惠聽來的小道消息，舞衣經常越過赤井山到小山市遊玩，一個月裡也好幾次遠征到東京。當然她不是搭電車去的，而是讓高中生、大學生的男朋友騎車或開車載她去。因爲過著這種生活，上學遲到是當然的，常常連假都懶得請。這就是少女嘉浦舞衣。

「妳家裡不會罵嗎？」君惠曾經問過她。

結果舞衣一方面瞇起眼睛修剪分叉的頭髮，無所謂地回答說：「他們能罵什麼？父母自己還不都是高興做什麼就做什麼。」

君惠心想：是這樣子嗎？

可是家長不管，學校的老師也一樣嗎？但看在君惠的眼裡，學校對於舞衣的行爲似乎也不當成問題處理。君惠解釋其原因，大概是因爲舞衣的女人味吧。學校的男老師們都注意到舞衣的魅力，其中有些人應該也很有興趣，所以平常會嚴重告誡的遲到、缺席，因爲是舞衣也就被原諒了吧……。

不過這只是君惠的想法。學校方面當然還是爲嘉浦舞衣的行爲而頭痛，從一年級起就跟本人說過很多次，也做過家庭訪問加強輔導，但問題是家長們不在家，屢次請他們來學校也不理會，就算來了也是嘴巴上說好。結果行爲完全沒有改善，經過幾次後，學校也只能放棄不管了。嘉浦家認爲「現在是義務教育，適當應付的話，總能畢業的」，學校則感嘆「因爲是義務教育所以必須接受這種學生，實在是有苦說不出」。雙方都站在自己的立場講話，自然會造成嘉浦舞衣現在的這種生活。

舞衣很少會在八點以前回家。明明知道這一點的舞衣媽媽，卻到處尋找女兒的行蹤，君惠覺得十分奇怪。

從原先的震驚到現在的奇怪，君惠感覺不太對勁。

「爲什麼妳會跟她那麼熟呢？」媽媽突然想起來地問她，君惠慌忙地辯駁說：「剛剛不是說過了嗎？我跟她沒有很好呀。只是一年級的時候同班，第二學期換座位時坐在一起，所以會說說話，有時借她筆記看罷了。」

君惠就是在那個時候知道舞衣的生活狀況和玩樂情形。有時舞衣也會炫耀地自我宣傳說：「上個禮拜去了原宿，還住在飯店。對了，這是那時買的鑰匙鍊，送給妳吧！」

舞衣是個大方的女生，至少這是她的優點。對了，那時候收下的鑰匙鍊可要藏好，免得被媽媽發現了。

媽媽最愛問東問西了。

「可是她媽媽怎麼會知道妳的電話號碼呢？」

「那個只要查通訊簿就知道了呀！」

君惠沒有將自己的電話號碼告訴過舞衣，也不記得對方問過。何況舞衣本來就不怎麼喜歡結交女性朋友。

說不定舞衣的媽媽眞的是翻通訊簿一個一個聯絡同學的電話，這倒是可以理解的。只是這麼一來，是不是說嘉浦舞衣發生了什麼事？所以一向不關心的媽媽也開始緊張了。

舞衣究竟怎麼了？發生什麼事了？

現在是君惠每個禮拜最期待看的電視劇時間，

可是感覺心情受到了影響，看到一半便離開電視而去。如果她年紀大一些，懂得語彙多一點，或許就能形容現在的心情——舞衣是否發生了什麼事呢？

或許她該用「心神不寧」來形容自己的心境。

嘉浦舞衣不是君惠的朋友，只是同學。但是舞衣的生活滿足了君惠部分的好奇心，所以君惠其實在某些方面是很羨慕舞衣的。

只是這種羨慕的前提是「某些方面」，因爲她知道現在的都市女學生，如果像舞衣這樣子生活，一定會出問題的。如果長此以往，有一天一定會遇上危險——不對，不是女孩子「遇上」危險；而是女孩子「惹來」危險。

之後過了兩小時，電話又打來了。君惠已經準備好要睡覺了，聽見電話鈴響趕緊跑下樓梯。這時刻在大宮市內經營建築設計事務所的爸爸已經回家，所以由他接電話。

電話又是舞衣媽媽打來的，問說：「舞衣還沒有回家，君惠眞的不知道她去哪裡嗎？」因爲對方很慌亂的樣子，困惑的爸爸將話筒交給了媽媽。

媽媽冷靜地應對，從舞衣的媽媽口中問出了很多事。原來舞衣不是一開始就沒回家，七點左右和媽媽吵架才生氣離家出走的。也就是說之前她人在家裡。

「嘉浦先生吵架的時候在家嗎？」

對於君惠媽媽的疑問，舞衣的媽媽回答：「我在跟舞衣吵架之前不久才回到家，一回家我們就吵架了。」

沒有提到舞衣爸爸的事。既然沒說，君惠的媽媽就再問一次：「舞衣的爸爸怎麼了呢？他知道舞衣離家出走的事嗎？」

其實問這問題沒有什麼別的意思，君惠的媽媽只是想確認一下舞衣的爸爸知不知道這件事。而且如果她爸爸沒有很慌亂的話，就請他來說電話比較清楚。舞衣的媽媽因爲激動而說話較快，電話中不太好溝通。

可是不知道舞衣的媽媽是如何解讀的，突然歇斯底里地大聲說：「妳爲什麼老是問我先生的事？我先生怎麼樣了嗎？妳對我先生那麼有興趣嗎？」

蘆原君惠的媽媽說不出話來。因爲太過震驚，一手抓著話筒僵立在那裡。站在旁邊的君惠爸爸一臉驚訝地看著她。這之間話筒裡還是傳來舞衣媽媽不絕的罵聲。

「妳敢對別人丈夫拋媚眼，我是不饒妳的！聽見沒有？我早就看清楚妳心裡在想些什麼？」

君惠躲在客廳的門後面，看見爸媽彼此對望。從君惠這裡也聽得見話筒裡的聲音，雖然不太能聽取說話的內容，但可以知道對方正在生氣怒吼。

君惠的媽媽一臉蒼白，於是爸爸默默地從媽媽手上接過話筒，以面對客戶的尊重口吻說：「很抱歉，我們幫不上妳的忙，失禮了。」

然後掛上電話。

君惠的媽媽幽幽地低聲說：「她媽媽不知怎麼了，人家替她擔心離家出走的女兒，爲什麼居然說我想勾引她的丈夫？」

「頭腦大概有問題吧！」爸爸安慰媽媽說。

突然間君惠想起來了。一年級的時候，就是她剛跟舞衣坐在一起的時候。她第一次聽見舞衣提到自己夜遊的事，很驚訝地跟舞衣說：「我要是做這種事，一定會被爸爸揍的！」

結果舞衣微微一笑說：「我家爹地才不會揍我，因爲他是我的奴隸。」

「爹地很疼愛我，所以老太婆整天都很不爽！」

舞衣所謂的「老太婆」就是她媽媽。媽媽是「老太婆」，爸爸是「爹地」又是「奴隸」。而且她還說過，說的時候一邊的嘴角上揚，就像成熟女人一樣，一手放在脖子上：「我家爹地不是我眞的爹地，所以很好用呢！

很好用呢！」

君惠走向父母，心情十分不安希望能獲得他們的安慰。

「嘉浦曾經說過我的爸爸不是眞的爸爸。」君惠說：「我感覺好像很奇怪，當她說這句話的時候。」

和媽媽的吵架、舞衣的離家出走，舞衣發生什麼事了？會不會出了什麼事呢？

之後又經過幾小時，就是現在，蘆原君惠躺在自己房間的床上。在惡夢中聽到女人的尖叫，大概是嘉浦舞衣的叫聲吧。可是蘆原家睡得正安靜，之後也沒有電話進來。

說不定現在舞衣已經頭腦冷靜，並回到家了。就算是沒回家，那樣的舞衣，其實也不用擔心的。今天舞衣的媽媽會那樣慌亂地到處打聽女兒行蹤，一定是因爲吵架的關係。不過就是如此罷了，沒有必要覺得不安，應該實際一點。畢竟她只不過是不太熟的同學，不是嗎？又是別人家的事，不是嗎？

可是爲什麼，爲什麼會覺得這麼害怕呢？爲什麼會在夢中聽見尖叫聲呢？

讓蘆原君惠感到怯弱的，是一種動物性的直覺。就像力量還很微弱的小雞、小狗所擁有的一種透視能力。可怕的敵人想要使壞，躲在可怕的黑暗裡。不管外觀怎麼樣、散發的氣氛如何、家庭環境有什麼不同、嘉浦舞一和君惠一樣都是小雞，所以君惠能夠預知同樣是小雞的同伴即將遇害。

而且這預感十分地準確，因爲離家出走的嘉浦舞衣這時正在赤井山中。她在鬼屋裡，看著逐漸靠近的車前燈。心想：有救了！只要搭上那車子，就可以離開這裡。要是親切的男人開車，說不定還會給我一些錢。只要我稍微給他一點好處的話……。

可是逐漸靠近鬼屋的車子裡面，坐的是栗橋浩美和岸田明美。

6

「早知道還是回家比較好！」當黑暗的前方逐漸出現鬼屋的朦朧廢墟，岸田明美心中這麼想：「實在是不該來的。今天不知道怎麼搞的，老是遇見倒楣的事！」

夜色陰暗，看不見月亮。穿越赤井山中的綠色大道是一條新鋪設的漂亮道路。可是它的嶄新處於開發計畫半途而廢的赤井山中，就像是久病衰弱的身體裡安裝上人造血管一樣不協調。車子行駛其間，有一種脫離現實的感受，同時也讓明美越來越不安。

從看見鬼屋起，栗橋浩美突然開始沉默不語。離開加油站之後，他還故意跟明美胡扯現代藝術的話題，極力鼓吹葛雷•馬丁的畫有多棒什麼的。可是現在一如機器人開著車子，一句話也不說。

「浩美……。」岸田明美試著小聲說話：「這裡眞的感覺好陰森喔，我不想下車了。我們開車過去就好了。」

希望浩美能夠答應，趕快開過這麼陰森的地方，然後到了飯店肯跟我睡覺——明美如此想望，所以裝出最甜美的聲音請求，但是栗橋浩美連看她一眼都不看。

逐漸接近鬼屋了。雖然是車子向鬼屋靠近，但岸田明美卻覺得是鬼屋向他們靠近。興建到一半的鋼筋鐵架高約五層樓，不對，或許更高吧！慘白的顏色，好像人瘦弱的骨架，突顯在陰暗的森林、山脈和夜空中，對著明美張牙舞爪……。

沒有月亮和星星的夜晚，也沒有其他的光線，爲什麼這個建築廢墟卻能這樣清楚地浮現眼前呢？

明美心想：因爲這就是鬼。因爲它不屬於這個世界。這裡不應該被稱之爲鬼屋，根本就是陰曹地府。

「浩美，我們走吧。人家想回家。」

岸田明美這樣叫時，車子偏離了綠色大道，開往鬼屋方向的斜坡。

栗橋浩美完全被吸引住了。

感覺並不是很好。很冷，而且從離開加油站後，左右兩邊的太陽穴便開始刺痛。那是經常困擾他的偏頭痛。不管它的話會越來越激烈，擴大成鐵圈箍住整個頭的劇痛，而且還會有噁心的感覺。他很清楚頭痛的模式，手邊也有藥效很強的止痛藥。

可是當看見鬼屋出現在眼前時，他不在乎頭痛了。心情興奮得絲毫不在意這種小事。

「我知道這地方！應該知道。大概知道。以前曾經看過好幾次，這地方的景色。」開車靠近鬼屋的途中，他心中一直想著：「坐在旁邊的明美不知在說什麼，現在哪有空理她。我知道這個地方，爲什麼呢？是在哪裡見過的？」他自問自答地往鬼屋的方向前進。

停下車，雙腳踏在鬼屋的地面時，栗橋浩美感覺身體的震動。

原本漠然的念頭變成了確定：我知道這個地方。一片傾頽的水泥建地上，淒涼地豎立著鋼筋骨架。遠遠望去，在夜空的背景下宛如人類的骨架透著慘白。等到走近一看，廢墟比周圍的夜色還要陰暗，幾近全黑。而這所有的顏色，我全都看過。

鬼屋的下面到處是來這裡湊熱鬧的人們留下的垃圾殘骸，就像是剛舉行過賞花會一樣髒亂。早春的冰冷夜風攪亂了垃圾山，一會兒將垃圾吹成一堆，一會兒又將其吹散。

滿是塵埃的晚風也襲擊了栗橋浩美的臉，吹得他眼睛刺痛。一眨眼，豆大的淚珠便流下臉頰。

「我在哭！」栗橋浩美吃驚地自問：「爲什麼我會哭呢？」

想了一下，他有了答案。爲什麼對這地方有印象？爲什麼知道這場所？

這裡跟我夢中所見的地方很像！

就是那個夢。小女孩追著我，喊著要我還給她身體的惡夢。不管我如何試圖擺脫，她就是緊追在後。夢中的栗橋浩美跑得氣喘如牛、腳步凌亂、終於跌倒。然後小女孩追上來，用她小而充滿神祕力量的手扳開浩美的嘴巴，一邊用力頓足，想要將頭伸進浩美的嘴裡……。

夢中的栗橋浩美總是在哭泣，邊跑邊逃的時候、回頭張望小女孩是否追上來的時候、跌倒在地被小女孩抓住的時候、被她的手扳開嘴巴，拚命掙扎的時候……。

淚水。一如抬頭看著鬼屋流下的眼淚，在夢中不知流了多少回。

這是個鐵的廢墟，是我在夢中看見的場所。我知道這個廢墟，就是這裡。

「浩美！」岸田明美的聲音。她站在浩美背後不遠的地方。

栗橋浩美沒有回頭，閉上眼睛抬頭面對著鬼屋。

「好冷呀，我們回去吧。」

冷，的確是。耳朵都快凍僵了。

即便如此，栗橋浩美還是無法行動。他只是閉上眼睛，用力的吸氣、呼氣。這裡夢中所見的鐵的墓場。沒想到居然有這麼相似的地方存在著

這是糾纏著我的夢的場所。

已經知道夢中追著我不放的是嬰兒時期便夭折的姊姊。姊姊死後，自己才出生。我繼承了姊姊的名字。

可是姊姊不這麼認爲，她覺得我偷了她的名字，偷了她的人生，偷走她的「生命」！不，是栗橋浩美認爲姊姊是這麼想的。是他的父母只顧著沉浸在過世姊姊的回憶中，而忽視了在眼前成長的弟弟。於是造成了栗橋浩美會有這樣的想法。

如果活著的話，你姊姊一定比你乖！

爲什麼你姊姊會死掉？我明明將她養得好好的。

人家都說掛念死去孩子的歲數沒有用，可是我就是想數呀。因爲你姊姊眞的是個乖孩子呀！

媽媽每次對浩美的要求，總是用責罵的方式來拒絕。都會說：「我們家哪來的這些錢！」可是每次看見漂亮的小女孩衣服就會買回來，邊看邊嘆息……。

栗橋浩美睜開了眼睛。看見鋼筋鐵架的頂端掛著一個類似破塑膠袋的東西，一如一個小而破敗的鬼魂一樣。

我一直以來就是姊姊的替代品——而且一生下來就被決定了，儘管不完全是，卻依然被當作替代品而養大。所以我對姊姊感到害怕，始終害怕她是否還在生氣。也因此經常夢到被姊姊追的惡夢。

而夢中的舞台，就是這個廢墟，就是這個蓋到一半被廢置的鋼鐵墓場。

栗橋浩美想了一下，逐漸明白。大概是自己小的時候曾經看過類似的建築工地吧。自己的存在被否定、被否定之下仍必須存在的童年時期看見了類似的悲傷場所吧！

於是幼小的心靈中感覺：這地方和我一樣！

所以他明白：我被姊姊追趕的夢境場所，會是這樣的廢墟。這裡就是夢的原點。

但這裡是現實人生的場所。這裡沒有對我窮追不捨的小女孩。也不可能會有，因爲不是夢境。我清醒地睜開雙眼，找到了惡夢的場所。是不是表示我將從夢魘中解放呢？今晚將是我解脫的夜晚嗎？

栗橋浩美微笑了，然後慢慢地移動視線。看著鬼屋鋼架裡面的廣場——如果大樓蓋好了，這裡大概是大廳吧，突然間有什麼東西晃動吸引住他的目光。

晃動的東西是人體形狀的影子。

是個女孩子。

栗橋浩美下車逐漸走近鬼屋後，岸田明美也從車裡走了出來。雙手抱著身體，在寒風中顫抖著找尋可以遮風避寒的地方。可是因爲腳下看不清楚，地面顛簸又到處是垃圾。穿著美麗皮靴的她立刻就走不下去了，咋咋舌頭便轉頭折回車子的方向。

還是在車子裡面等吧！可是自作主張的話，會不會又被浩美罵說：「我可是爲了妳才專程來這裡的！」浩美生起氣來一樣令人覺得害怕。

車子的置物箱裡有一隻手電筒。明美取出來後點亮，一小束燈光投射在地面上。雖然不是很亮，但總比沒有要好。

她拿著手電筒，回到了鬼屋底下。栗橋浩美始終在剛剛的位置上佇立著。因爲背對著這裡，岸田明美不知道他在看什麼。雖然試著呼喚他的名字，但他沒有回頭也沒有應聲。

岸田明美覺得自己好想哭。嘴唇顫抖著，靠著手電筒的微光，繞過栗橋浩美背後，前往鬼屋的左下方。因爲那裡有一堆樹叢，好像可以遮遮風。她想假裝觀察周遭的地形，一邊等待栗橋浩美看夠了爲止。

刮起一陣夜風，一張紙片猛然貼上她穿著絲襪的小腿上。明美趕緊拿開紙片，那是一張白底紅字的小酒館廣告單。想到來這裡參觀的人們都是這種水準，明美的心情又向下掉了一層。

栗橋浩美依然站著不動。岸田明美在黑暗中、寒風裡擔心受怕，緊緊抓住唯一的依靠——手電筒。爲了尋找稍微能遮風避寒的場所而接近樹叢，在樹叢後面的地面發現了一個大洞。

那是一個直徑約兩公尺的大洞。明美逐漸走近拿手電筒燈光一照，看見裡面堆積有空瓶、空罐、塑膠袋等垃圾，似乎是一個垃圾場。

要是失足跌落到這種地方就糟了。明美正準備改變方向離開那裡時，突然有人從背後拍了她肩膀一下。

因爲過於驚嚇，她無法出聲，連大氣都不敢喘一下。好不容易吸了一口氣，但身體的肌肉依然僵硬，連眼睛都難以張開。

「討厭！不要那麼害怕嘛。」

是女孩子的聲音，就在附近。明美確實感覺到有人在那裡，黑影的個頭比她還要嬌小。

明美立刻舉起手電筒，朝向黑影照射。影子舉起手遮住了亮光。

「拜託，不要這樣嘛！我又不是鬼。」

對方搖著手。仔細一看，的確不是鬼也不是黑影，是一個國中生年紀的女孩。短褲上面搭配毛衣，一雙長統襪，腳下是厚底的長靴。

「妳在這裡幹什麼？」

岸田明美趕忙靠近，一把抓住了對方的手拉近一看，是一個貌美驚人的女生。五官端正，長得很像洋娃娃，絲毫沒有孩子氣的幼稚。一頭長髮用髮帶箍著，隨風飄動時，還傳來便宜的洗髮精香味。

「我又沒有做什麼，倒是妳來這裡做什麼？那邊是垃圾堆耶。」

她那口齒不清、語尾獨特的上揚語調，讓明美聽了很不愉快。彼此都是女生，刻意撒嬌的語氣是不管用的。

「不過是個小女生，說話的口氣不小。妳管我來這裡做什麼，我高興！」

明美故意用嘲笑的方式對待小女生。

「妳是來鬼屋瞧瞧的吧？那邊的車子，是妳的嗎？」

明美不高興地說：「才不是我的，是我男朋友的。」

「是嗎？那太好了。可不可以載我呢？看你們要去那裡，讓我跟著去好嗎？」

明美稍微恢復了成人的理智。儘管對方的臉蛋很成熟，再怎麼看也是個國中生。這麼晚了還在外面遊盪，本身就有問題，居然還說要搭便車，開什麼玩笑嘛！

女孩機靈地先發制人，聳聳肩說：「我是離家出走的少女。」

接著又說明：「身上沒有帶錢出門。因爲以前跟男朋友來過這裡，所以就搭別人的便車先來這裡。想說到了這裡再用手機叫我男朋友來接，可是他好像睡了，手機沒有開。我正在想換個比較安全的地方，結果看見你們的車來了，有救了。」

又沒人答應說要滿足她的希望。明美對於少女的一廂情願感到目瞪口呆。

「一個成熟的大人會聽了妳的說法後就答應讓妳搭便車嗎？妳還是老老實實說出姓名和住址，這樣我們就送妳回家。要不然把妳送到警察局去！」

沒想到少女把頭一抬，挑戰性地離開明美說：「那就算了！鬼屋下面的那個男人是妳的男朋友嗎？我去拜託他好了。比起妳這種歇斯底里的女人，我還比較喜歡男人呢！」

氣極了的明美還來不及回話，少女已經沿著垃圾堆邊緣朝向鬼屋走去。看來對這附近的地勢十分熟悉，輕盈的腳步在黑暗之中完全不顯得受阻。

岸田明美沒辦法也只好忍著一肚子怒氣，靠著手電筒的微光回頭尋找栗橋浩美的方向。穿過樹叢，來到視野開闊的地方時，就在前面黑暗處傳來栗橋浩美悲鳴般的叫聲。

岸田明美嚇得站住了腳。不禁懷疑黑暗處傳來的眞是栗橋浩美的叫聲嗎？她直覺地相信答案是肯定的，但理性無法附議。那個浩美會發出悲鳴的慘叫聲嗎？

正在納悶之際，明美失去了那個語氣狂妄的少女身影。一不小心向前踏出一步，小腿碰觸到了什麼東西。於是手電筒應聲掉落，在地面上滾動幾圈後，燈光也熄滅了。因爲疼痛和生氣，明美忘形地叫了出來並跌倒在地。找到手電筒後，不知是那裡摔壞了，怎麼開燈光就是不亮。這時又聽見栗橋浩美的叫聲。

「明美，是妳嗎？」

聽聲音的感覺，他所在的位置就在附近。令人驚訝的是，他的聲音有些顫抖。

「是我，我就在這裡。你看得見嗎？我就在兩棵大樹之間。腳底下很黑，妳要小心走。」

好不容易從鬼屋的方向，逐漸出現輕微的腳步聲和栗橋浩美的身影，向明美靠近。浩美走路的樣子微跛，有些狼狽。明美的右腳小腿也因爲剛剛的碰撞而疼痛，但她試圖忍著難過向浩美的方向前進。

四周十分黑暗。搞不清楚是鬼屋那邊還是樹叢裡面較黑，或許是垃圾堆的洞裡最黑，總之就是一片黑暗。這時岸田明美才發覺鬼屋這一帶完全沒有燈光，是靠著綠色大道上的路燈，才多少給予這裡一些光線。

也因此她才想起來，這裡距離綠色大道其實不遠。於是她振作起精神，心想：沒有什麼好怕的，趕快離開這裡就好了。這是現在唯一該做的事！

「浩美，我們趕快回車上吧。人家已經碰得腳到處都是青一塊紫一塊的了。」

明美邊說邊將手電筒丟在地上，向栗橋浩美的身影靠近，伸出手來摸索著他的手。

他的手異常的冰冷，像這暗夜一樣，像這闃黑一樣。

憑著綠色大道路燈的微弱光線，明美花了好幾秒鐘才發現栗橋浩美的臉是濕的。又花了好幾秒鐘，才理解到那是淚水。

浩美哭了嗎？

「你……怎麼了？」

抓著他的手，岸田明美彎下身來，輕輕將手移到他的臉頰，捧起了他的頭。

栗橋浩美開始啜泣。

「怎麼了……？浩美，振作點……。」明美安慰的話語說到一半，眼睛吃驚地張的更大。

她看著栗橋浩美的雙眼不斷冒出新的淚水，沿著臉頰滴落。一開始是明美用力抓著他的手，如今變成了浩美死命地抓著她不放。

栗橋浩美的身體靠了過來，與其說是擁抱她，不如說是尋求她的擁抱，緊緊地靠在她身上。

「又追上來了！」他語意含混地訴說：「我好害怕！」

明美張開嘴巴，不知道該說些什麼；結果只是吐出白色的水氣，不能安慰他什麼。這種不敢相信眼前所見、耳中所聽的經驗是前所未有的。

簡直就像是個孩子一樣！

目前明美的周遭並沒有年幼的小孩。她所能想像的「小孩子」是自己或朋友小時候的形象。而現在在眼前的栗橋浩美就像是小時候的自己看了恐怖電影或漫畫，要求爸爸或媽媽陪著一起上廁所的模樣。

唯一不同的是，栗橋浩美是個成熟的大人，而且是男人。甚至在不久之前，他還對明美展現自己的權威！

「我好怕……我會被抓去的。」栗橋浩美緊靠著明美。

明美不禁後退一步，甩開了他的手。

「你是怎麼了嘛？浩美。你是在作弄我嗎？搞什麼嘛，哭什麼哭呢？」

被明美甩開的栗橋浩美嚇得渾身顫抖，一雙手茫然地停在半空中，雙眼濕潤地看著明美。眼中充滿了受到傷害、求助無門的神色，嚇得明美起了一身的雞皮疙瘩。

「浩美，你的頭殼壞掉了嗎？到底是怎麼了？

不要再演戲了！不要再嚇我了！」

她聽見自己的叫聲近乎哭聲，也感覺到膝蓋的顫抖。

「我好怕呀，救救我呀！」栗橋浩美低喃著，並拚命想要靠在岸田明美身上。明美不斷退後，雙手舞動著不讓栗橋浩美的手抓住。

「救救我呀，媽媽。」栗橋浩美說，依然拚命地纏著明美：「媽媽，我什麼壞事都沒有做，所以妳不要讓我被那傢伙抓走！」

岸田明美發出尖叫：「不要！」

「媽媽……我好害怕！」

「我說不要呀！你離我遠一點，離我遠一點呀，浩美。拜託你趕快恢復正常！」

岸田明美的手臂被抓著，連她也失去理智開始尖聲哭叫了起來。使盡全身力量掙扎，好不容易才擺脫掉栗橋浩美的雙手。

明美逃開了。緊張慌亂的她，眼中看不見周遭的黑暗。只是一心想逃離栗橋浩美而拚命跑了起來。穿越樹叢、跌跌撞撞、傾身向前地跑了起來。

跑著跑著——突然腳步踏空了。

就在前面那個又深又黑、看不見底的垃圾洞。還來不及想起來，岸田明美已掉在半空中，一瞬之間自己的意志力還想跟地心引力對抗，於是兩腳不斷踩空地向下掉落。掉落到洞穴底。

栗橋浩美置身在夢中。

就在剛剛他才發現到這個鋼筋水泥的廢墟和惡夢中的場景相似，他才意識到這裡就是他被遺棄的地方。有了此發現和意識的他身在現實，因此心想必須趕緊離開這裡。這裡固然和惡夢很像，但畢竟不同，因爲這裡沒有那個小女孩。那個拚命追趕浩美，想要進入他身體的小女孩。

但是他的心回到了過去，那個爲小女孩所苦的少年時代。女孩怨恨著他，一心一意想要取代他重新復活。於是浩美必須跟小女孩搏鬥，一個人惡戰苦鬥存活至今。殘酷的是，爸爸和媽媽只顧著死去姊姊——那個小女孩，從來沒有站在他這邊爲他做過什麼。

我必須和死去的人戰鬥才能生存。我從來沒有享受過正常小孩應有的幸福——栗橋浩美心中沉重地想著，眼睛看著黑暗中的鬼屋。

就在這時，女孩出現了。

實在是太突然了。冷不防從黑暗中聽見有人說話。

「請問……。」聲音甜美。

栗橋浩美嚇了一跳。那不是明美的聲音，這裡還有誰呢？

他扭動脖子轉身過去看。這一瞬間，不僅是身體，連心思的方向也跟著轉變。

栗橋浩美看見了女孩。少女也看著栗橋浩美。浮現在遠方綠色大道微弱燈光下的兩人身影，因爲黑暗與光線的折衷而顯得虛幻曖昧。

少女——前不久才用撒嬌語氣和岸田明美說話的嘉浦舞衣，國中三年級的女生，不論是外貌、說話和思想都顯得成熟，彷彿生活中裝大人這件事比起家庭、學校都還要重要。

舞衣眼中看見的是一個長得很帥的年輕男人，雖然不知道名字，但個子很高、長相也不錯。如果不是在這種情況下相遇就好了；不過仔細想想，自己在這種地方這種時間想要搭便車，卻能夠遇到這麼帥的男人——他的確是長得不錯嘛，比起平常的相遇，說不定還要更棒！

栗橋浩美看見的是一個少女。臉蛋白皙、五官端正、像洋娃娃似的。紅色的嘴唇和一雙圓眼睛，一副欲言又止的神情對著他微笑，從張開的嘴唇中略可看見舌頭。

那不是少女，對他而言是那個小女孩。在惡夢舞台的廢墟裡，那個小女孩依然在等著他。

嘉浦舞衣往栗橋浩美的方向跑過來。

「太好了，我都快嚇死了！」

舞衣的雙手伸向前，想要擁抱栗橋浩美。年輕男人看見少女對自己做出這種動作，肯定心頭小鹿亂撞，暗自竊喜。何況我又是個美少女。

「對不起，我可不可以搭你的便車離開這裡？你一定答應吧，人家眞的是好害怕、好害怕、怕得要死了。」

興奮的聲音充滿了撒嬌的味道，舞衣衝向栗橋浩美。靠上他的身體時，舞衣的臉頰感覺到他高級上衣的滑順觸感。

下一瞬間，則是被猛然推開。

舞衣沒有站穩，整個人跌坐在地上。

她沒有想到會變成這樣，完全沒有做好準備，很結實地跌坐在地上，痛得叫不出聲音。只能呻吟地調整呼吸，抬頭看著如此過分的男人身影。

栗橋浩美開始顫抖。

他碰到了小女孩的手，小女孩的手也碰到了他。小女孩的手想要纏住他的身體、抓緊他。小女孩的頭髮有一股甜香，那香味想要扳開他的嘴進入他的身體。

黑暗、廢墟和臉色蒼白的小女孩。

還我的身體來！

「你幹什麼嘛？很痛耶。」

好不容易叫出聲的舞衣大罵，栗橋浩美轉身就跑。

垃圾堆的臭味。

岸田明美仰著倒在洞穴裡。仰望的天空看不見星星；其實說不定有星星，只是視線模糊的她沒辦法分辨清楚。

垃圾堆的洞穴裡有什麼東西？躺著的她也搞不清楚，根本也看不見。唯一可以感覺到的，是背後有什麼尖的東西刺著她。那是明美猛然在半空中滾落時，背部撞傷折斷了脊椎所致。到底是什麼呢？是鐵管嗎？還是木材呢？是誰將這種東西丟在這裡嘛！

不可思議的是，明美沒有感覺到背痛。或許是因為脊椎骨折了，但她確實聽見了清脆的聲響。現在只能覺得手腳的冰冷，還有脖子底下凹凸不平的垃圾，感覺很不舒服。

誰來救我呀！

想要張開嘴呼救，卻動不了嘴唇。

有沙沙做響的聲音傳來，是誰往這裡靠近了嗎？

原來是浩美。她的視野中出現了浩美俯視她的影像。

岸田明美想要發出聲音，眼淚卻先行迸了出來。我好害怕，我好難過。救救我，快來救我，快來救救我呀。她拚命想要呼救，但只是半張開嘴巴、吐著舌頭、口水沿著嘴角滴落，而明美卻不自知。

這樣下去我會死掉的，快來救救我呀！

栗橋浩美蹲下來看著她，摸了一下她的臉頰，立刻又將手抽回去。是因爲發現她的臉頰都是口水而縮手的。

岸田明美弄髒栗橋浩美手的口水裡帶著血。

「喂！你們到底是怎麼回事？」

明美掙扎地扭動身體，聽見了剛剛的少女。那個企圖迷惑男人的少女正逐漸走近。

「你在幹什麼……啊！」

明美看見了少女黑色的身影。少女也俯視著明美。

「糟糕了！這個人還活著嗎？她從這裡掉下去的嗎？你怎麼不救她呢？」

對呀，救救我呀！快來救我呀。岸田明美流著淚祈禱。拜託神明保佑，讓這個夜晚早點過去吧！

可是她聽不到栗橋浩美對她的鼓勵，也感覺不到栗橋浩美溫暖的手臂抱著她。

栗橋浩美對著她說：「都是妳不對！」

明美不知道他是對誰說的。

「我才不會輸給妳！」栗橋浩美繼續說。好像中了邪，又好像在說夢話。

「我要打倒妳！我要消滅妳！」

岸田明美呻吟地掙扎。她聽見踩過瓦礫和垃圾的腳步聲，還有少女激動的尖叫聲。

「住手！你在幹什麼？」

尖叫和混亂終於變成了呻吟，少女踩過垃圾堆的腳步聲逐漸微弱。明美能夠聽見的聲響只剩下夜風的低吟和激烈的喘息聲。

然後周遭恢復了寂靜，喘息聲向明美靠近。

栗橋浩美的臉孔就在眼前，鼻息直撲明美的臉頰。

浩美，救我。明美拚命想要呼救。快救我呀，你快恢復正常嘛。你是怎麼了？爲什麼？爲什麼？

對嘉浦舞衣而言，這裡的鬼屋就像是她家的庭院一樣，根本不需要燈光。甚至跟男朋友來玩時，還故意不點燈享受刺激的遊戲。

可是現在的情況不同了。

她就像是古代的弱小哺乳動物一樣，不具有光明是安全、黑暗是危險的判斷標準，只是一味地找尋明亮的場所。舞衣不算是個聰明的女孩，但生命力很旺盛，充分享受著生存的樂趣。她的本能不斷發出警訊告訴她：現在的這種情況將危及她所享受的生命。

該怎麼辦才好呢？

還是趕緊逃離這裡比較好嗎？那個男人雖然長得還算不錯，但是不行，太危險了。他推開我逃走時的眼光眞是怪異，那傢伙是不是頭腦有問題呢？

還是跟他保持距離較好吧。要不然自己一定也會遭遇危險。最好不要靠近那男人吧！

那個男人和剛剛的女人，就是他的女朋友，究竟他們兩人來這裡幹什麼？剛剛瞄到的車牌號碼，應該是練馬區的車子。居然是從東京專程開車過來，而且又是非假日的這種時間！

當然舞衣也知道鬼屋早已成爲一種觀光景點，可是人群聚集通常是在週末晚上。平常日子，這裡就像墓場一樣門可羅雀。所以舞衣今晚才會逃到這裡。

她不禁後悔：早知道離開家門就不應該先來這裡，直接跑到男朋友家就沒事了。男朋友和舞衣是同一學校的畢業生，目前就讀於當地私立高中的一年級，個性有些柔弱，但對舞衣很好。名字叫做佑介，一開始舞衣都叫他「小佑」，他說他媽媽也這樣叫他，要舞衣改口。於是舞衣問他：「不然要怎麼稱呼他呢？」他說直接叫名字「佑介」就好了。舞衣便開始直接以名字叫他。

佑介的媽媽很難纏，始終監視著佑介的行動。十分反對他和舞衣的交往，上門找他都會被趕出來。所以舞衣今晚離家出走，沒辦法直接到佑介家求救。

舞衣很喜歡鬼屋這種被遺棄的氣氛。應該說她喜歡這種沒有別人、顯得寂靜空虛的地方。因此她一個人來也不覺得害怕，打算從這裡用手機叫佑介出來，跟他借錢並商量今後該怎麼辦。平常他們就是這樣子約會的，所以她想今天晚上應該也沒有問題。舞衣只要打手機叫他，佑介就會避開賊老媽的監視出來找她……。

可是今晚偏偏佑介沒有接手機，害得舞衣得跟那兩個奇怪的情侶搞在一起。

早知道如此，就應該拜託剛剛的司機先生載我到小山市區算了！

她想起了出門後立刻搭上的小型卡車司機的臉。聽到舞衣說要去鬼屋，司機一臉驚訝地說：「反正順路，可以載妳去。不過妳去那裡幹嘛？」

「約會呀。」舞衣回答。對方則嘻皮笑臉地說：「小女孩的花樣挺多的嘛！」他將舞衣拉上駕駛座旁的位置，行駛之際，裝做不小心地用手肘碰觸舞衣的胸部。舞衣也假裝沒有感覺，他偷偷瞄了舞衣一眼又碰了一次。舞衣心想：司機老兄，大概也三十好幾了吧。年紀一大把，居然敢動我的主意，死不要臉！

到了鬼屋，舞衣下車後，他也跟著關上引擎、跳下卡車。兩腳一踏上地面，同時還寬鬆了腰帶，色瞇瞇地笑著追在舞衣後面。

簡直像個笨蛋。舞衣立刻消失在黑暗中，躲在鬼屋的陰影裡，然後忍著笑觀察司機老兄的蠢樣。沒有比想要女人的男人蠢相更可笑的了。舞衣過去不知看過多少這種男人的蠢相，每一次都讓她覺得好笑。笑著笑著，心中的恐懼也跟著煙消雲散。

舞衣想：我今晚眞是倒楣，先是色鬼司機，又是奇怪的情侶。我還是先跑再說。

可是……，猶豫之際，舞衣還是看著黑暗中那個男人逃走的方向。

那男人神情那麼奇怪，那個高傲的女人不會出事吧？如果兩個人頭腦都有問題就不關我的事，可是該不會是那個男人想對女人做什麼，所以才將她帶來這裡的吧？單純只是要來參觀鬼屋，那樣子未免太過奇怪！

如果眞的是那樣，不管他們就跑掉，是否太過分了呢？還是應該稍微確認一下，確定那個女人安全沒事再走？

可是我實在是害怕得要死。

剛剛對著那個奇怪的男人說的話，完全不是做戲，舞衣是眞的害怕。

可是……可是……那個女人。我可以丟下她不管嗎？

應該叫什麼人過來比較好吧？

不知道有沒有車子經過這裡？

呆立在原地猶豫之際，從男人消失在黑暗的方向傳來什麼東西掉落的聲音和女人短暫的尖叫。

舞衣的身體一半想逃往綠色大道的方向，一半又想衝到尖叫的出處。哪一邊比較可怕呢？是要確認一下發生什麼事，還是裝做沒看見跑掉呢？就算逃跑，會不會跑到一半就被追上了呢？

那是垃圾堆的方位，豎耳聽著尖叫的來源，舞衣做出了判斷。然後她又聽見了啜泣般的聲音。

不是女人，而是男人的哭泣聲。

不是大笑或是怒吼，他竟然是在哭泣，而且是無力的哭泣聲。

於是舞衣下了決定。如果他眞的很危險，應該就不會哭成那樣。舞衣衝出了她所熟悉的地形。

前面已經可以看見那個男人的頭，他雙膝跪坐在垃圾堆洞口的邊緣。果然哭泣的人就是他，兩隻肩膀像孩子似的上下移動。

安心的波浪清洗了舞衣身體的內側。哭泣的男人，他是和女朋友吵架了嗎？所以態度才會變得那麼奇怪。

安心之後，緊跟著是生氣。一邊靠近男人的背後，舞衣大聲罵說：「喂！你們到底是怎麼回事？」

搞什麼鬼嘛，害我想東想西，快嚇死了……。

走近一看，男人探身對著垃圾堆的洞口伸出雙手，舞衣看了一下洞裡面。

剛剛的女人就在下面。

六歲那年，她眞正的爸爸還活著的時候，他們家住在栃木市內的社區裡。那是幢五層樓高的公寓，她家在四樓，座東朝西。有一次她不小心從陽台上將生日禮物的金髮哈妮洋娃娃掉落地上。那是她最喜歡的洋娃娃，於是趕緊下樓去找，發現哈妮仰臥在雜草叢生的公寓後院。哈妮的脖子跌彎了，怎麼弄都弄不直。右手也變形了，奇怪的樣子舞衣模倣都模倣不來。

跌落在垃圾堆上的女人就跟當時的哈妮很像。

「糟糕了！這個人還活著嗎？她從這裡掉下去的嗎？你怎麼不救她呢？」

男人對著女人伸出雙手，但動作不像是要拉起她或抱起她的意思。

他淚濕的兩眼充血，臉頰潮濕，而且還在不斷抽噎中。

搞什麼嘛，這傢伙！舞衣心中罵著，同時準備衝到洞穴下面。

就在這時，她聽見：

「都是妳的錯！」背後的男人低喃著。

而且從背後一把抓住舞衣的衣領，將她拉上來。男人的力氣很大，舞衣的腳跟懸空。爲了保持平衡，雙手在半空中搖擺，看起來好像是在跳東方舞蹈一樣。

夜色更暗了，眼見黑暗的程度越來越濃。那不是因爲沒有燈光，而是嬌小的舞衣被勒緊脖子，隨著力道加強氧氣缺乏，意識也越來越模糊。但舞衣自己不知道原因何在。

我要被殺了嗎？感覺到呼吸越來越困難的同時，舞衣不禁自己問自己。我要被殺了嗎？在這裡？被一個連名字都不知道的陌生人？一個路上遇到的怪人？怎麼可能會有這麼蠢的事發生在我身上？

我就是爲了不想被殺才這麼努力活過來的。就是爲了不讓媽媽的男人，那個一點都不像眞正爸爸的男人所殺害。那傢伙偷偷對我做了些什麼，一直以來對我做了些什麼，那傢伙還威脅我說：「如果告訴別人就要殺死我。」他說：「如果我不想遭受更大的痛苦，就必須聽他的做。」我一直都忍了過來，就是因爲不想被殺死。如果要殺死我，媽媽的男人早就想做了。所以我以爲：只要能不被那傢伙所殺，能夠逃出那傢伙的身邊，我一定就能獲得安全，就能找到幸福。所以我才會在今天晚上離家出走，可是爲什麼又會被這個不認識的傢伙殺害呢？

這樣是不公平的！

現在她仰躺在垃圾堆的洞口邊緣，那個奇怪的男人騎在她身上，眼睛不斷流淚，而且嘴裡說些什麼，雙手則掐著舞衣的脖子。

「我要打倒妳！我要消滅妳！」

死前的一瞬間，嘉浦舞衣凝視著男人的眼睛。臨終前的意識，她看見了男人兩眼深處如垃圾堆洞穴般的闃黑。還有他的淚水，從眼角滴下，落入了舞衣張開的眼裡。

嘉浦舞衣覺得那是件很骯髒的事，比身體被侵犯還要不能忍受。她祈求著眼睛能閉上，就在祈求中逐漸死去。

爲什麼？爲什麼？爲什麼？

岸田明美從洞穴裡對著天空，無聲地反覆詢問。爲什麼要做這種事？爲什麼會變成這樣子，浩美？浩美，你回答我呀！

可是聽見的回應只有栗橋浩美單調的哭泣聲。

不知道經過了多少時間。也許是五分鐘，也可能是一個小時。

感覺上剛剛才聽見那個少女的尖叫聲，但另一方面，卻又覺得叫聲停止後已經經過了好幾個小時。她爲什要尖叫？浩美對她做了什麼？

還是她對浩美做了什麼？我又對浩美做了什麼嗎？

已經不再感覺疼痛，手腳也已經麻痺。分不清是否覺得寒冷。背後濕濕滑滑的，好像是在流血，但實在是搞不清楚。

看見了星星！

黑暗的夜空裡，出現小小針孔般的星光。之前都沒有發現到，天空明明是烏雲密布的。

星星的數量逐漸增加了。夜空中，白色的部分相對增多了。那是因爲明美的意識錯亂，臨終前的腦海開始翻白，但她以爲是看見了星星。

就在明美的視野滿是星星的時候，栗橋浩美的手再度撫摸她的臉頰。

這一次他沒有將手抽回去，或許是因爲明美的口水被吹乾了，也可能是因爲血塊凝結在她的臉頰上了。

他的手通過明美的臉頰來到下巴。正想不知他要幹什麼時，他的手指已扳開明美的嘴巴，然後將露在嘴角下方的舌頭塞進嘴裡，並讓明美的嘴巴闔上。

「因爲咬到舌頭的話會很痛。」他說，語氣十分鎮定。就像之前在加油站談論現代普普藝術泰斗葛雷・馬丁時的口吻一樣。

岸田明美並不知道栗橋浩美用手掐她的脖子。她已經沒有感覺。因爲她已經是在垂死狀態，栗橋浩美的手不過是最後加一把勁而已。

明美一氣絕，栗橋浩美的手便離開她的脖子。他已經停止了哭泣，但臉上還有淚痕，眼角顯得紅腫。

我殺人了。

站在兩具屍體旁邊，栗橋浩美只是呆然地垂著雙手佇立。他的腳踏在垃圾堆洞口的邊緣，背後是鬼屋，頭頂是夜空，周遭則瀰漫著死亡的空氣。

爲什麼會殺人呢？

今後該怎麼辦？

自己問自己，也問不出答案來。

栗橋浩美開始他從小就習慣的動作。每當他遇到難題找不到答案時，他總是會求救。

和平！

7

經過一個晚上，嘉浦舞衣還是沒有回家。

隔天早上到學校知道這事時，蘆原君惠一點也不吃驚。一方面級任的女老師一早就面有難色，大概是昨晚沒睡好，加上爲了安慰歇斯底里的舞衣媽媽而耗費精神吧。另一方面，在上學途中聽見了同學們討論此一話題，她多少有些聽聞。而且在教室裡，同學們三三兩兩圍成一團，也是在談論舞衣的行徑。

這裡面只有君惠一個人暗自感到不安。

舞衣已經死了，她被殺死了。

她禁不住要這麼想。

昨晚在夢中聽見女人的尖叫聲，那是舞衣的叫聲。她就是在那個時候死的。不知是誰的手讓她遭受到尖聲慘叫的痛苦而喪命。君惠對此深信不疑。

如果跟大人提起，一定會被說：「這是妳的想像、妄想！」如果跟朋友講，表面上她們會睜亮眼睛表示興趣，甚至表現出害怕、顫抖、爲嘉浦的不幸感到悲傷；可是等到君惠不在，又會批評：「蘆原根本就是討厭嘉浦，所以才會說出那種不吉利的話來！」

不管是哪一種反應，都不是君惠想要的。所以她選擇沉默。

君惠並不是特別聰明的小孩，感受度也不是特別敏感。只不過是作爲一個國中三年級的女生，算是比較懂「事理」。這事理告訴她應該默默觀察事情發展的狀況。君惠將自己的確信保管在心中，並等待事理指示她何時可以告訴別人。因爲現在說出來，這件事本身就有點缺乏眞實感。

還有一個讓君惠冷處理的理由是，她不知道爲什麼嘉浦舞衣的臨終會出現在自己的夢裡？她自己問自己：我和舞衣的交情並沒有特別好，談不上是好朋友。事實上舞衣也沒有什麼親近的朋友，她是那種有男朋友卻交不到女朋友的女生。不對，應該說她是那種認爲男朋友有必要，女朋友無所謂的人吧。

她對舞衣的生活態度沒有好感。從來沒有想像過會讓舞衣這樣子，可能是家庭生活有什麼問題。畢竟像舞衣的生活、放任舞衣這樣子的她的父母，都是超乎君惠的想像之外。

她沒有同感，也不覺得同情，甚至毫不感興趣。也許有一點好奇吧，但不覺得舞衣有什麼魅力。但是爲什麼君惠會在昨天晚上，遙遠地感應到舞衣的經驗和情感？

如果君惠眞的是「明事理」的成人，只要將此事實推算回去，就能否定「昨晚夢中聽見舞衣尖叫」的說法吧。取笑自己：不過是想太多了；或者是因爲平常就很期待身邊能發生驚天動地的刺激事件，於是拿舞衣離家出走當材料，隨便做出一個惡夢。

可是君惠還是個少女，對於自己體驗過的事實，就像忠於主人的小狗一樣。對於自己身上發生的事有所質疑，並非十幾歲的少女應有的特質，所以她才能深信不疑。她相信夢中的尖叫是眞的，絕對不是自己想太多。

於是她繼續問自己。爲什麼我會聽見舞衣的尖叫聲呢？爲什麼是「我」聽見了呢？

經過了半個月，嘉浦舞衣還是沒有回家。

君惠在學校聽說舞衣的媽媽已經向當地警察局提出失蹤人口的搜索申請。而且還聽說舞衣的媽媽再婚，舞衣和新爸爸之間處得不是很愉快。

舞衣的親生父親在舞衣很小的時候，因爲發生車禍而過世。新的爸爸是在三年前進入她家的，舞衣跟他不親，媽媽在兩人之間不好做人。

「離家出走的原因，會不會就是因爲這個呢？」君惠的媽媽皺著眉頭揣測。

「還以爲是國中生，警察會熱心幫忙尋找。但情況卻不是那樣，誰叫那孩子本來就不學好！」

實際上，不管是在住家附近還是赤井市內的鬧街，都沒有看見張貼有舞衣照片的尋人海報，也沒有人來問過舞衣的事。連舞衣的父母也沒有特別努力尋找舞衣的樣子。

嘉浦舞衣似乎被人們遺忘了。

如果是個大人，儘管是以出走的方式拋棄「家庭」，那也只是像一艘船駛離了某個港口，頂多喪失了再回到該港口的資格與權力。或許應該說是，不管他怎麼漂流，只要還有工作、繳稅、社會保險或其他無限的電波頻率連結，他就依然和「社會」這個大陸沒有脫離。

可是小孩子就不同了。他們出走放棄了家庭，就意味著失去了船籍，整個人的存在也消失了。嘉浦舞衣從此變成了一艘鬼船。

然而在她離家一個月後的新學期開學，鬼船竟然寄回來一封信。

這件事不是傳聞，而是經由正式的報告傳入同學們的耳中。級任的女老師在班會的時候，一臉安心的神情表示：「嘉浦舞衣的媽媽來過電話，說嘉浦同學昨天有寫信回家。」

教室內一陣譁然，有些人則表示不以爲然。

「大家應該都聽過許多謠言，嘉浦同學和她的新爸爸處得不是很好，有過許多煩惱。不過在信中，她表示自己很好，希望父母不要擔心，還表達了歉意。她的父母也因此比較安心了。大家可以放心了。」

有人問說：「嘉浦同學現在在哪裡呢？」

「好像是在東京吧。」

「沒有她的住址嗎？」

「聽說這次的信上沒寫，不過她有說還會寫信回來。下次應該會寫住址吧。」

一個男同學大聲罵說：「愛現鬼！她就是想要引起大家的注意。」

老師笑著搖頭說：「這樣說她，太過分了。大家要試著了解嘉浦同學的心情。難道你們聽見父母吵架，沒有想過要離家出走嗎？」

好個氣氛和諧的奇怪班會！因爲嘉浦舞衣這個「問題少女」，一時之間將教室裡的其他問題給遮掩住了。

她來信了？

蘆原君惠有些納悶。

舞衣的來信？她好好地在東京生活嗎？

那麼，我在半夜中聽見的尖叫聲是什麼？

難道眞的是我想太多了？那只是個惡夢嗎？

畢竟兩人的交情不是多好，君惠怎麼可能在夢中看見舞衣瀕死之際的情景。只要這麼想，長久以來的謎便容易解開了。

爲什麼我會做那種夢呢？

是因爲討厭舞衣嗎？還是期待發生什麼大事情，因爲討厭舞衣，所以將她牽扯在其中也無所謂嗎？

我眞的覺得嘉浦舞衣牽扯在某個事件中而死是件好玩的事嗎？

蘆原君惠變得很憂鬱，有些自暴自棄，越來越不喜歡自己了。

君惠的個性一向很開朗，她的媽媽立刻發現女兒的轉變。她一邊想起自己的少女時代，考慮是否該逼問女兒；然而君惠的憂鬱有增無減，甚至功課也受到了影響。

終於媽媽忍受不了問了君惠，這時已經距離舞衣來信有三個月以上之久，時序轉爲夏天。

「妳有什麼煩惱嗎？」

開門見山的問法，讓君惠無法立刻回答。一方面沒有信心能清楚說明自己的心情，一方面又擔心如果說明自己居然期待同學出事，是否會遭到媽媽的輕視。

「與其一個人煩惱，不妨說給誰聽會比較輕鬆。如果不能跟媽媽說，就去跟朋友談談吧。」

在媽媽的鼓勵下，君惠心想：跟朋友說，一樣會遭到輕蔑的。說不定人家會說，蘆原同學眞是個可怕的人呢！

這樣的話，還不如跟媽媽表白比較好。與其被朋友輕視，父母還是比較好說話。君惠判斷之後，決定說出心事。

媽媽聽了十分吃驚。尤其是舞衣離家出走的那個晚上，君惠竟然做了那麼可怕的惡夢！眞是個敏感的孩子。

不過身爲女孩子，比起遲鈍，還是敏感一點好些。而且知道離家出走會遭遇不幸，這樣的想法也不錯。

按照君惠媽媽的說法，舞衣這種孩子是家教失敗的典型例子。因爲爲人父母不盡責，女兒才會變成那樣。

現在想起來都還會生氣，那一晚上電話中說的事。而且舞衣的媽媽，平常總是花枝招展，身爲國中女生的媽媽，根本就是穿著太過年輕！說話方式也很粗魯、沒有禮貌，偏偏又嫁給了年紀比她輕的丈夫，更顯得態度撒嬌又黏人。感覺上她身上作爲女人的部分比當媽媽或妻子都還要多得多！

還有聽來的謠言，不知道是不是眞的。那個和舞衣處不好的新爸爸，聽說年紀很輕！還不到三十歲，與其說是舞衣的爸爸，看起來還比較像是年齡差距較大的兄妹呢。聽說他和舞衣媽媽是因公司同事而認識結婚的，不過附近的人說那男人好像沒有工作，經常在家裡閒晃。

父母跟女兒，沒有一個是好東西。怎麼可以爲了她們一家子的事，害得我女兒煩惱到成績一落千丈！

君惠的媽媽氣得差點要罵出口了，但心知不可。君惠爲了不學好的同學有了不好的想像，正處於自我厭惡的煩惱中。

想一想自己的孩子人爲什麼這麼好，心思爲何如此溫柔纖細呢！

「君惠，不是只有妳才會因爲嘉浦同學的事有不好的想像。媽媽也是一樣，老師也是，大家都有想過。」

「可是……。」

「妳一向就是想像力豐富。而且因爲擔心一個人離家出走會不會遭遇不幸，所以才會在夢中聽見嘉浦同學的尖叫聲。可是這並不表示說妳心中期待舞衣會遇到不幸呀！」

「是嗎？」

「當然是囉。」君惠的母親微笑說：「媽媽很高興聽妳這麼說，因爲妳是那種專心思考一件事的孩子。」

看起來君惠是有些安心了，但不是全部的憂鬱都煙消雲散。媽媽考慮之後，還是決定跟導師商量。結果導師認爲君惠沒有將做惡夢的事情說出來，正表示她是眞正爲舞衣擔心、希望舞衣能早日回家。因此提議她們去跟舞衣父母見面，當面表達想跟舞衣聯繫的心意。

老實說，君惠的媽媽不太想這麼做，她壓根都不想跟舞衣的媽媽見面。可是君惠聽見這個建議，顯得雀躍，媽媽沒辦法只好帶著她到嘉浦家訪問。

意外的是，舞衣的媽媽對兩人的來訪很高興。

那一天天氣很悶熱，嘉浦家客廳沒有冷氣，電風扇吹出來的盡是溫熱的風，君惠的媽媽立即一身是汗。端上來的麥茶，不知是不是玻璃杯沒洗乾淨，顯得有些混濁，根本就令人不想喝它一口。

君惠一開始還有些拘謹的樣子，一旦感受到舞衣媽媽和緩的反應，心一安便開始積極表達自己的情緒。君惠老實的態度，似乎也感動了舞衣的媽媽，她立刻起身拿出那封舞衣寄回來的信給她們看。那是一封使用有可愛動物圖案的信封信紙的書信，上面是手寫的文字。

「讓你們擔心了，對不起！」這一段話讓君惠的媽媽不由得眼眶濕潤。雖然內容一樣，從老師口中「聽見」和親眼所見的感受，畢竟還是不一樣。

舞衣的媽媽答應，如果再收到信一定會通知君惠；如果有打電話回來，會將君惠的心意轉達給舞衣知道。

「太好了！」回家路上，君惠的媽媽抱著女兒的肩膀說：「好渴呀，我們去吃個冰吧。」

君惠的表情好像放下了心中的大石頭，媽媽也覺得安心了。她完全沒有想到女兒的心中又產生了新的糾葛。

君惠又開始煩惱其他的問題。

那封信。

一邊吃著冰，君惠心中不斷咀嚼著難以拂去的疑惑。

那些字真的是舞衣寫的嗎？那封信真的是舞衣寄回來的嗎？

的確筆跡很像。可是我們小女生寫的圓形字體，不都是很像嗎？只要有範本，誰都能模倣別人寫的筆跡。而且最令人奇怪的是那個信封和信紙——動物的圖案？舞衣根本就不會用那種東西。我看過她的筆記簿，所以很清楚。舞衣從來就不會用那麼孩子氣的東西！

可是……可是……。

如果那封信是假的，是別人寫的話，這代表什麼意思呢？發生了什麼事情？

繼續想下去太恐怖了，君惠決定專心吃冰。她決定保持沉默，忍著不要告訴任何人。因爲這根本是妄想，還是忘了吧！把心遮蓋起來，不能再想下去了。決定不想了……。

這個決心確實嚴守了好長的一段時間。

8

一九九六年九月十二日。

第一次聽見在墨東區大川公園垃圾箱裡出現被切斷的人手的消息時，高井由美子正穿著長袖和服。其實正確的說法是，她正在穿上長袖和服；因爲她人在美容院的更衣室裡。

那是距離長壽庵走路五分鐘的「蒲田美容院」，她一向都是在這家店剪、燙頭髮的。成人節的時候，也是在這家店換穿和服。

這一天由美子爲了出席第一次的相親會，又在同一家店換穿長袖和服。

下一次的生日，她就是二十六歲了。周遭的人都勸她：不妨在現在先有個相親的經驗，她不好拒絕，所以才會落到這步田地。穿上成人節爸爸花大錢爲她添購的豪華和服，由美子的內心是很淒慘的。

蒲田美容院是很普通的家庭美容院。老闆娘蒲田紀子手下有兩名助手，店面不大。所以身爲常客的由美子跟蒲田紀子的交情很好，早在出席今天的相親會之前，她就已經將自己複雜的心思跟老闆娘吐露過了。

「我還是覺得沒什麼興趣。」

站在六坪大的更衣室中間，像個稻草人一樣伸開雙手，由美子表示：「雖然阿姨說只是見見面，不喜歡就拒絕。可是實際上不是那樣，現實生活沒那麼簡單吧！」

蒲田紀子以笑臉面對由美子的憂鬱：「沒什麼大不了的，幹嘛想得那麼困難。不妨想說可以在漂亮的飯店裡享受大餐，豈不是很好！」

紀子扳開腰帶的開關，發出一記清響。然後聳聳肩接著說：「說不定見到對方，發現人不錯。就算不是很棒，也許是個好人呀。」

「看照片，感覺好像很神經質。個子又小，像個村夫。」

紀子大笑說：「看照片不準啦！我家那口子，當初看照片也是很神經質，本人則是完全不一樣！」

紀子結婚不到十年，先生便過世了。之後她沒有再婚，憑著自己的手藝養大兩個女兒，是個堅強的女性。由美子看著她的臉笑說：「可是妳先生長得很帥，不是嗎？師傅是戀愛結婚的嗎？」

由美子稱呼蒲田紀子爲「師傅」。蒲田師傅一邊幫由美子調整衣領，一邊挑起眉頭說：「是呀，我們可是轟轟烈烈地戀愛。不過，我可不是看上我老公的那張臉。」

「是嗎？我不相信。」

「瞧妳這麼說話，哈！原來由美子是以貌取人？」

「才不是呢。」

「我聽妳說話，就覺得妳是外貌至上主義。也許年輕人都是這麼想的吧。不過男人，應該說所有的人都一樣，不能只看外表呀。我是說眞的。」

由美子沉默不語，眼光低垂。看見了自己身上豪華亮麗的牡丹色和服，心想：二十六歲的自己，穿得未免太過鮮豔了吧！

心情更加盪到谷底。實在是沒辦法裝出一副笑臉參加相親會，於是喃喃自語說：「我最討厭相親結婚了……。」

蒲田師傅用力拍了由美子的背一下。

「又沒有決定說要結婚！眞的要是不喜歡，拒絕之後就沒事了。看妳這樣扭扭捏捏，根本不像平常的由美子。」

蒲田美容院店裡，營業時間總是開著收音機。她們兩人聊天之際，周遭還是縈繞著輕快的說話聲和流行音樂；但現在的由美子只覺得都是刺耳的噪音。尤其最不想聽見的是，年輕女歌手謳歌喜獲戀人的心情。所以當節目告一段落，開始播報新聞時，聽見播音員單調枯燥的聲音，她感覺如釋重負。

新聞播報的內容是關於大川公園的事件。時間已經過了中午，因此由美子聽見的已不是首報消息，早已經過了好幾輪。

「討厭！又發生了怪異的案件。」額頭滴著汗珠的蒲田紀子一邊纏腰帶一邊說：「這個國家越來越不安全了。」

播音員表示：「目前還不知道被切斷的右手腕身分爲何；另外在同一公園的垃圾箱裡發現一只皮包，失主是已提出失蹤人口搜索申請的年輕女性。」

「大川公園，不就是賞櫻花的好去處嗎？那種地方也有殺死女人再加以分屍的變態男人出沒嗎？」

「犯人現在應該不可能還在大川公園裡吧。」

「話是沒錯，可是也有那種怪人，隨便將屍體丟在不認識的地方呀。」

由美子突然想起來，蒲田師傅平常最喜歡看推理劇集了。

「不過還眞是可憐呀。」確定幫由美子綁出一個文庫結後，蒲田紀子眉頭一皺地說：「一個年輕女孩子……就這麼被殺了分屍。由美，妳想想也有女孩子還來不及戀愛、相親就死掉了，所以在這難得的好日子，妳一定要擺出好臉色！」

師傅有時候會像這樣子對人說教。由美子假裝在照鏡子，沒有答話。

「好了！」

蒲田紀子站起來，退後兩三步，雙手叉在腰間，檢視由美子的裝扮。

「不錯嘛，很漂亮。腰帶會不會太緊了？」

「嗯，還好。」

「難得安排的是法國大餐，要是完全都吃不下，那就太可惜了。所以我沒幫妳綁得太緊，可是萬一和服鬆垮了就糟了！所以上下計程車、站起來坐下去、進出洗手間前後，都要記得照照鏡子檢查一下。」

這是幫忙穿上和服後必有的指示，由美子點點頭表示知道了。

打電話回家後，媽媽文子立刻來接她。文子說不打算穿和服，而是以素色的套裝赴宴，但她還沒有換裝。相親是訂在赤坂的飯店，兩點鐘開始，已經沒有太多時間可以耗了。

穿過商店街，兩人回到長壽庵。一路上認識的人，有的稱讚「由美子，今天好漂亮呀」；有的則揶揄「天下紅雨啦」！由美子應付式地笑了一下，趕緊離開現場。

「看妳不太高興的樣子……。」一手抱著裝有換下來衣物的大布包，文子跟在後面唸道：「不要想得太複雜嘛。好歹妳也要笑一個。」

帶著半撒嬌的情緒，由美子故意刁難地說：「不管爸爸在阿姨面前怎麼抬不起頭，也不能拿我當擋箭牌呀！真是叫人受不了。」

介紹由美子這次相親對象的「阿姨」，其實也不是她家的親戚，而是伸勝年輕時照顧過他的師傅朋友，年紀已經將近七十歲了。不知道他們之間有過什麼事，反正伸勝在她面前就是抬不起頭來。所以這個活力十足的老太太，照顧自己的子女、孫子還嫌不足，居然還有精力說要幫由美子的將來打點。

「像由美子這麼好的女孩子，我願意負起責任幫她找到好人家。我一定會幫她找到一門好親事，讓你們都沒有話說，等著吧。」

從由美子二十歲開始，她就開始發動攻勢。一開始高井家總是不置可否，半當作笑話聽聽就算了。過去也曾拿過幾張相親照片來過，每一次伸勝和文子就以「由美子說自己的丈夫自己會找」隨便就拒絕了。可是次數一多，越來越難打發，加上由美子的年歲增加，阿姨的攻勢益發地猛烈。

「自己要找當然很好，可是相親中認識也不錯呀。這是自古以來的傳統，你們可不要小看它呀。」

尤其是這一兩年，阿姨的語氣由商量變成了責備，終於伸勝舉白旗說：「就看在阿姨的份上，由美子妳就去相親一次看看吧！」

所以由美子今天才會如此盛裝。

「放輕鬆去參加就好，沒有人勉強妳一定要結婚呀。」文子說：「就當作是去看看相親是怎麼回事好了。如果對方人不錯，豈不是喜從天降嗎？」

可是從照片來看，相親的對象怎麼可能是「喜從天降」嘛！一個瘦弱矮小的男人，體格不是很強壯，眼鏡背後的眼睛細得像根線，而且皮膚蒼白、表情呆滯。

簡直就像根豆芽菜！

他一定有很嚴重的戀母情結。聽說是地方的公務員，會不會沒有媽媽牽著手，自己就不會到區公所上班呢？

但是由美子也很清楚，這樣子拿相親對方發火，其實原因在於自己。就是因爲知道原因才會憂鬱、才覺得悲傷難過。

我還沒有跟任何人談過眞正的戀愛！

這一點是由美子心裡的痛。

還沒戀愛就要相親，而且對方還是這種長得像小白鼠的男人！

過去也不是沒有遇到任何人。有喜歡的對象，也有人喜歡自己。可是也不知道哪裡出了問題，時間點總是沒對好，所以都沒能開花結果。感覺有好感的男人，跟他約會過兩三次後，突然間有別的女性介入，這段感情就變調了。或者由美子喜歡的男人，卻是對方的朋友來約她出去。由美子失望地拒絕後，那個由美子心儀的男性竟來電要求說：「我朋友很難過，妳可不可以跟他交往看看？」她的感情總是這種故事。

大部分的朋友都已經結婚，有了小孩。她們的戀愛期間，由美子都看見了，也參加了婚禮。每個人都很幸福、很快樂。由美子也覺得很好。

可是另一方面又會生氣地想：爲什麼她們能戀愛，自己就不行呢？於是心情盪到谷底。究竟自己有哪裡不足呢？有哪裡不行呢？

有人說她是大器晚成型的。也有人說她不懂得操控男人的心。

「妳不是有哥哥嗎？可以就近觀察妳哥哥呀。眞是奇怪，由美子怎麼不會應付男人呢？」也有人這麼說。

當時其他朋友聽見，還在一旁偷笑。由美子清楚地記得那一個場景。

那些偷笑的人的表情，一定是暗自竊語說：「誰叫由美子的哥哥是那種人，難怪由美子不懂男人囉。」

對！哥哥和明就是「那種男人」。

自從在國中時遇見柿崎老師，知道自己有視覺障礙，改變了高井和明的人生。前往柿崎老師介紹的大學研究室就診，過去被認定是遲鈍的行動開始有了改善，人也變得很有精神。

可是改善的效果有限，再怎麼好的大學研究室，能夠治療視覺障礙，也不能改變原來的個性特質。和明生性害羞、膽小、愛哭、像個笨蛋似的濫好人，從一個不怎麼像男人的少年成長到現在是二十九歲青年，由美子覺得沒有多大的改變。所以哥哥的人生一定比我更跟戀愛無緣，連身爲近親的妹妹我都爲哥哥的不開竅而緊張，相信不會有什麼活潑、充滿魅力的女性想接近哥哥的吧！

儘管愛管閒事的阿姨說「先將由美嫁出去，就輪到和明了」，那應該只是拖延時間的說法吧。不過對方說得很毒，自己想的卻又更毒。畢竟介紹給我的親事說有多好又是多好，結果對象是個白老鼠樣的男人；到時候還不知這張媒人嘴會幫哥哥提出什麼好消息來！

快要回到長壽庵時，就看見和明在店門口打掃。一發現由美子和文子回來了，他停止掃地的動作，一張大臉綻放出笑容。

「哇！眞漂亮，由美子。妳眞的很適合穿和服耶。」

一副很像小學生讚嘆的樣子，讓由美子好生不自在。

「就是說嘛，很漂亮吧。可是她卻因爲不想去相親還在不高興呢。」文子笑說。

「萬一對方一眼看上了，說要結婚，豈不是麻煩了！」和明微笑說：「我可是會寂寞的。」

一點都不了解人家的心情——由美子對哥哥總是有一種既溫柔又生氣的複雜感覺，於是轉過頭不理他。和明則以爲妹妹是要讓他看背部的腰結，才故意轉過身去。

「腰帶好漂亮呀！」他還這麼說。

就在這時，伸勝也從店裡探出頭來。

「喂！阿姨打電話來了。」

「是嗎，她怎麼說？」

「說是相親取消。」

由美子吃驚地轉過頭去，動作猛烈地髮型都快散亂了。

「這是怎麼回事？」

「對方說有急事，不能去。」

文子看著由美子的盛裝，嘆了一口氣說：「好不容易打扮得這麼漂亮……。」

由美子感到心安的同時，又有一種期待落空的失望，她討厭這樣的自己。儘管嘴裡抱怨了一大堆，內心還是有些期待。期待對方也許比照片要帥很多……。

這次沒能見到的對方，高井由美子在不久之後又在其他場合遇上了。他是哥哥涉嫌的殺人事件搜查總部裡的一名刑警。

和平說過「可以說謊」，也說過「說謊很簡單」，還說「說謊時要盡可能的簡單，盡可能表現出誠意」。

栗橋浩美是在家裡面聽見大川公園發現右手腕的消息。當時他和媽媽壽美子在客廳裡吃早飯，一邊看電視新聞。他是故意這麼做的，因爲他想要觀察壽美子在知道這件消息時的臉上表情。

栗橋浩美知道他媽媽喜歡看這類的新聞，她總是對離奇的分屍案、因感情糾紛而起的殺人事件、縱火、綁架或強暴等社會案件特別有興趣。因爲她認爲這些慘案發生在別人身上，跟自己一點關係也沒有，所以能安心地幸災樂禍。

這樣的壽美子一定對大川公園的案件很感興趣。一旦發現只找到右手腕，她一定會很失望，心想：爲什麼不是一顆頭或是切開的身體。栗橋浩美坐在這樣的母親旁邊暗自嘲笑：媽以爲是別人的事，所以才這樣暢所欲言；事實上完全不是那麼回事呀。殺死這些女人的是我，切斷她右手腕的人也是我。浩美按捺住想要說出眞相的心情。

他個人因爲太過興奮，昨晚一個晚上都沒睡好。

今天早晨想起NHK綜合電視台是從五點開始播放，立刻從床上跳起來打開電視。但是那麼早還沒有發現什麼，所以他試著鎭靜自己的心情。根據和平的預測，右手腕被發現的時間應該是在下午垃圾的回收，因此他必須耐心等待。這是當初的計畫。

然而他還是沒有辦法關上電視，就讓它繼續播放。他實在不想錯過最早被播放的那一瞬間。也可能不是在播放新聞的時間被發現，說不定會以新聞快報的方式插播；如果是在社會新聞的時段裡，還有可能會做臨時的現場轉播。如果眞的是這樣，那就應該到大川公園看看才對。混在湊熱鬧的群眾之間，看記者拿著麥克風說話，當然到時候絕對不能嘻皮笑臉，要裝出很悲傷、心痛的樣子。如果演技夠好的話，記者說不定會將麥克風湊上來訪問。我長得這麼上相，記者一定會找上我的。然後我就按捺不住怒氣地回答：「日本也變得這麼恐怖了，發生這種案件！做出這種事的人不管其立場如何，肯定是精神有問題的人，對社會毫無貢獻。憑著扭曲的復仇心，對柔弱的婦女施加暴力以滿足自我。如果抓到的話，一定是懦弱卑鄙，像個快要淹死般老鼠的男人。」我這麼一發表高論，記者一定對我另眼看待。

想像在各種場面自己說話的情形也是一件樂事。幻夢中的栗橋浩美的確很帥氣，看起來就像個知識分子，連女記者都對他表示關心，想多聽聽他的意見。

邊陶醉在想像中自己的英姿，一個早上都在收視無聊的節目。又是報導今年的秋刀魚豐收啦、秋天旅遊景點的介紹啦等浪費時間的節目，可是觀賞這些節目等待那條新聞的播出，不知不覺也產生出一些感情。就好像由上往下看，任何東西都顯得比較可愛一樣。

連什麼都不知道的父母，看起來也比平常要像好人。一時之間心中湧現對父母的愛意，這可是好幾年來從沒有的現象，栗橋浩美有種新鮮的感動。站在高處，看見的東西都會改變，好像什麼都變了，人生開始向自己靠近。和平說的果然沒錯。

可是隱瞞不說總是令人不滿足，這也是和平說的。而且很無聊。甚至一心隱瞞，還會有被發現的危險，所以乾脆不要隱藏，將我們想要讓人看見的部分公開吧！

一開始栗橋浩美不能理解這樣的建議。好不容易才隱藏妥當，有什麼必要冒險呢？我才不願意呢。

但是和平很認眞地聽取了栗橋浩美的意見，並沒有笑他是膽小鬼。所以栗橋浩美也能毫無顧忌地說出自己的心情。老實說，我眞的很害怕，希望就這樣老老實實地隱瞞不說。

聽完栗橋浩美的想法，和平笑了。跟小時候一樣，他還是那副圓臉，笑得柔和。是知識分子的笑容。他還說：「可怕的是隱藏著不說，將整個主導權交給了社會才可怕。只要將立場逆轉過來，就沒有什麼好怕的了。」

和平說的對。過去他都做對了，這一次當然也不例外。只要掌握住主導權，就什麼都不怕了。但是心情卻十分喜悅、雀躍萬分，幾乎快要坐不住了，而且很希望對別人好。

兩年前的那個事件之後，也就是在他對岸田明美動手，並埋葬了不知名的少女之後，和平勸他搬出來租房子住。栗橋浩美開始了一個人的生活。和平對他說：「爲了善後處理，也爲了實施今後的計畫，浩美需要有獨自作業的空間。」他沒有辦法說不。

從此他開始家裡和租房子的地方兩邊跑的生活，但都沒有睡在家裡過，只除了昨天晚上。因爲他想留在父母身邊，對著他們微笑。他有種想要愛護、有些可憐他那什麼都不知道、什麼都不會的垃圾父母的心情。

而且最重要的是，在今天這一瞬間，在那隻右手腕被發現、揭開整齣戲序幕的那一瞬間，他要站在什麼都不知情的父母身邊。分享他們對於大川公園所發現的右手腕所表現出來的關心、嫌惡與興趣。

他不說出「是我幹的」。明明知道所有詳情，卻要裝出不知道的神情。

爸爸最近提到自己的身子不太舒服，所以早上爬不起來。壽美子過了七點便起床，看見栗橋浩美坐在客廳看電視還嚇了一跳說：「你怎麼這麼早起？」他回答：「今天很清爽地睡醒了。」

一方面期待大川公園收垃圾的時間能提前，讓一切早點開始；另一方面又覺得這麼興奮刺激的等待時間太早結束，未免太可惜了。今天一整天都希望保持如此昂揚的情緒。

壽美子做的早餐很可口。乾硬的土司、過甜的草莓果醬、只有香味的即溶咖啡，但卻很好吃。因爲和什麼都不知道的壽美子一起用，所以好吃。因爲站在高處，所以覺得可口。

由於栗橋浩美早餐吃得高興，壽美子的心情也跟著不錯，還說要煎荷包蛋。以前要是在土司快吃完才說要煎蛋的話，一定會被浩美罵說：「笨蛋！要煎爲什麼不早點煎。」可是今天不一樣，栗橋浩美整個人高大了一圈甚至兩圈，就算是笨媽媽，他也能溫柔對待。

「好呀，我想吃荷包蛋。去煎吧！」

微笑對著壽美子說話時，電視節目有了變動，栗橋浩美緊張地回頭看電視。

時間正好是八點，是早上社會新聞的時段。一向笑容滿面的男女主播，總是會說些有的沒的開場白，例如：最近發生了這些事，秋意逐漸加深、今天早晨變涼了等沒什麼特色的話題。

但今天早上不一樣，一開始就是現場轉播的畫面，地點是大川公園。

栗橋浩美將手上的咖啡杯放在桌上，因爲手心顫抖、流汗，他害怕杯子滑落打破。

他覺得頭暈，心臟快要跳到喉嚨上來了，於是他快腳地踏著波卡舞曲的步伐。感覺到臉頰發燙，耳根充血。

沒錯！畫面上的肯定是大川公園發現右手腕的報導。栗橋浩美高興得眼眶有了淚水。現場站著一位身穿紅色洋裝的年輕女記者，就跟那天倒在洞穴裡死去的岸田明美穿的很像，長相也很相似。對於這個偶然的符合，栗橋浩美不禁笑出了聲音，眞是太高興了！

記者有些緊張，快速說話的同時常常吃螺絲，帶著一種撒嬌的語氣。栗橋浩美覺得她缺乏知性的地方跟岸田明美也很像，就益發快樂起來了。

緊張的記者，好不容易斷斷續續將發現右手腕的經過說明完畢。據說是一位帶著狗散步的高中女生發現的，狗聞到了臭味。栗橋浩美心想：的確，那隻右手腕倒是特別的臭！搬運的時候還放了許多的除臭劑，當時房間裡面也很小心地換氣過，所以還能忍受。但是棄屍的時候實在臭得不得了。

原來……是個高中女生發現的，這也是值得高興的事。不知道長得漂亮與否？性感嗎？頭腦聰明不聰明？如果是比這個記者知性的女孩，我應該會喜歡吧。說不定會想跟她見見面呢。

可是繼續聽下去，才知道當時高中女學生並非是一個人在場。栗橋浩美覺得很無趣，心想：眞是個不會說話的記者！

和女孩在一起的，是個高中男學生。記者補充說：「兩人好像是同樣年級。」聽起來似乎暗示他們是在早晨帶狗出來約會。栗橋浩美不禁咋了一下舌頭。那個高中男生不該在沒有他角色的舞台上隨便出場，我倒要見見他，看他是個什麼東西！

這時他突然發現，壽美子端著荷包蛋的盤子站在他身邊。一雙眼睛盯著電視的畫面看，混濁的目光充滿了興趣與好奇心。

「看來又發生可怕的案件了。」栗橋浩美說時，並伸手取下壽美子手上的盤子。

荷包蛋煎過頭了，蛋黃又硬又乾。大概是壽美子邊看電視邊煎的吧。

但是栗橋浩美還是不覺得生氣，他看著媽媽的臉。媽媽就像飢餓的小孩子盯著送上來的麵包一樣，目光直視著電視。沒錯，對於這種她可以隨便評論的事件、她可以從安全地方遠眺的刺激案件，壽美子的確很飢渴。

栗橋浩美心想：如果我現在跟媽媽說將那隻右手腕丟到垃圾箱的人是我，媽媽會高興嗎？她會不會因爲我做了有趣的事而雀躍三分呢？

但現實生活中，他還是用慎重、沉痛的口吻表示：「是分屍案。還是個年輕女孩被殺死了，眞是悲慘。」

壽美子總算將視線從電視畫面移向栗橋浩美的臉上。

「會被捲入這種事件，受害的一方也有問題吧！」

嘴裡咀嚼著乾硬的荷包蛋，栗橋浩美心中低語著：媽媽的反應倒是跟我預想的差不多嘛。

「看來那女孩大概也不怎麼正經吧。隨隨便便就跟陌生男人在一起的女孩，難怪會被殺死。」

「是這樣子嗎？」

「當然是。」壽美子眨眨眼睛，肯定地說。栗橋浩美很清楚，每當她用這種方式看著浩美的臉時，就表示她已經看穿了浩美的內心，或者是說她以爲看穿了浩美的想法。

「你以前交的女朋友，就是那種人。」

栗橋浩美裝傻說：「女朋友？」

「就是那個長頭髮的女孩呀。已經是兩、三年前吧，經常在我們家門口晃來晃去的。裙子短到快要看得見裡面的內褲了。」

壽美子指的是岸田明美。畢竟壽美子所能掌握到兒子女友的訊息，只到岸田明美就沒有了。所以想到的也只有明美的樣子和長相。

「是她呀！」栗橋浩美裝出笑臉來：「我已經

跟她沒有交往了。可是她也不是什麼壞女孩呀。」

「那是因爲你不會看女人！」壽美子的眼光不懷好意：「就算你不說話，還是有女孩子追在你屁股後面，所以得小心一點才好。聽見了嗎？」

「是，我知道了。」

我當然知道，媽。我比妳想像的還要清楚呀。

就算知道岸田明美在哪裡，媽媽能想像她現在在幹什麼嗎？在泥土底下，跟蛆交情好著呢。不對，她應該已經化成白骨，眼睛蝕腐的頭蓋骨正哀傷地對著天空吧。媽媽要不要也陪著她一起躺在地下呢？

栗橋浩美吃完了荷包蛋。很好吃。精采的戲幕張開時，連空氣都甜美。隨著死人的行進開始，他有種重生的感覺。

在討論計畫的時候，關於何時開始「玩弄」他們呢，他和和平的意見分歧。栗橋浩美主張當天就開始，和平則審慎地認爲觀察幾天後較好。

「可是這樣的話，很可能他們會發現不到另一個垃圾箱裡的皮包。」栗橋浩美不高興地翹起了嘴巴。

和平表示：「一旦發現了右手腕，警方一定會全力檢查所有大川公園的垃圾箱，連箱底也要翻開來搜索。這一點根本不必擔心。」

但是浩美還是覺得不滿。我們身處於安全地帶，自然不必擔心。可是打鐵不是要趁熱嗎？應該早點讓他們知道我們的存在……。

他們，他們，他們。

在和和平討論計畫時，「他們」代表一個符號。「他們」指的是負責搜索的警方，也是報導事件的媒體們，還有街頭巷尾談論這些事件的人們。「演員」的家屬也可以稱之爲「他們」。

沒錯，就是「演員」。「演員」也是一個符號，代表死者。他們都是參與和平和栗橋浩美絞盡腦汁創作之劇碼的演員們。有時會被稱爲「女演員」，和平有時也會用「角色」的字眼。爲了讓整個事件完美的演出，選角是很重要的。

這一天，一九九六年九月十二日，是値得紀念的開幕日。一開始出場的是那個右手腕的主人，其實栗橋浩美並不喜歡這項安排。因爲那是一個不怎麼出色的「女演員」，長相不是他的喜好。聲音也很難聽，就像破汽球一樣的粗嘎聒噪。

可是和平決定用她。和平說明：「我們就是在等待這樣的『女演員』出現，身上有一點特徵，卻又不容易找出其身分的女孩子。」果然那女孩的右手腕上有顆小痣。而且從她本人嘴裡聽到的是：她沒有家庭，父母沒有責任感，對她毫不關心，根本不會想打聽離家出走的她的消息，甚至覺得她不在反而是丟掉了一個大包袱。

那個女孩很愛說話。雖然她說自己是十七歲，但聽她說話的方式很幼稚，語彙也很貧乏。和平經常在她說到一半時訂正她的用詞和語法。

對，那個女孩眞的很愛說話。

一開始我們表示想聽她說自己的故事，她還一副不相信的神情。你們的目的不是我的身體嗎？難道不想跟我做嗎？奇怪了，你們這種男人我是第一次遇到。難道我沒有魅力嗎？我知道我有點胖，而且正好長了痘痘，可是我平常不是這樣的！

栗橋浩美安慰說：「沒關係的，我們平常沒有習慣用錢買女孩子。」可是不知道爲什麼，那女孩總是對著和平講話。有問題的時候也是問和平，幾乎不看我一眼。偶而才會偷偷瞄我一下。我覺得很不甘心，故意靠過去跟她說話，但是那女孩還是越過我的肩膀抬眼看著和平，那眼光好像是在詢問：這個人說的是眞的嗎？

哼！還是比不過和平。栗橋浩美心想。就算是很蹩腳的女演員，也知道哪一個才是眞正的導演，也只肯聽從指導演技的人說的話吧。

算了。我就是和平，和平就是我，我們兩是一體同心，沒有差別的。

沒錯，那個女孩就是愛說話。說到一半，她便陶醉在自己的故事中，越說越樂。過去從來沒有人想聽我說話，不管是父母還是學校的老師，他們都當我不存在。好像我是個沒有思考、沒有感覺的人一樣。

那女孩的父母在她七歲那年離婚了。雙方各自有了再婚的對象——應該說彼此都有了外遇，兩邊開始了新的生活。所以女孩成了眼中釘。

不會吧！先不管妳爸爸怎麼樣，妳媽媽應該很重視妳才對？畢竟她是十月懷胎才生下妳的呀。

這麼一問，女孩用力搖頭回答：「才不是呢。誰說當媽媽的就一定會愛她的孩子？那根本是神……神……。」

「神話嗎？還是傳說？」

「對，就是神話。我媽媽根本就是討厭我，因爲我長得像跟她離婚的老爸。尤其是眼睛一帶很像。所以她一看見我，就會想起他。媽媽的男人看見我，也會想起我老爸。我在家裡就成了他們的眼中釘。

老爸才更過分。老爸的女人是個大醋桶，一看見我就想起我是老爸和媽媽生的孩子，立刻嚴重地歇斯底里起來。你相信她居然會對我丟盤子、杯子的嗎？

我沒有地方可以去，沒有人肯關心我。我不見了也不會有人擔心。可是我不在乎，我倒是喜歡這樣的自己，所以無所謂。」

和平笑了，那女孩也跟著笑了。過去有過大笑或嘲笑，但從來沒有微笑過的女孩，因爲和平的笑臉而微笑了。

接著和平說：「妳就是我們所要找的女孩，妳該去的地方就是這裡。妳是我們的……女演員！」

於是女孩就進了垃圾箱裡。

還有一個女演員，就是那個皮包的所有人。栗橋浩美很喜歡她。那個女孩不錯，長得很可愛，叫做古川鞠子。她臉頰的顏色和觸感，很像栗橋浩美小時候，很小很小的時候愛玩的彩球。那是一個淡粉紅色的彩球，抛出去會輕輕彈跳。不過不會跑太遠，最後還是會回到他手上，從沒有離開過他身邊。栗橋浩美對她提起這件往事時，古川鞠子粉紅色的臉頰流著淚說：「我不會逃走的，你放開我的繩子……。」

那是在東中野車站前往住宅區的夜路上發生的事。那一個晚上並沒有計畫，只是她突然出現了，然後和平發現了她。之後問和平，他說是一見鍾情。在夜路上看見她一個人浮現眼前，只有她的身邊是明亮的。還沒有聽見她的聲音、跟她說過話，就知道她是我們最重要的女演員。

和平跟她說有個緊急的病人需要幫忙。我的朋友臨時肚子痛，很難過的樣子，不知道附近有沒有急救的醫院？古川鞠子是個好女孩，看了一下躺在車後面裝病的栗橋浩美，視線充滿了關心。

然後回答說：「這附近沒有急救的醫院，不過我家就在附近，不妨到我家打電話叫救護車吧？我媽媽在家裡，也可以讓病人躺下來休息。」

家就在附近，古川鞠子正打算回家。她不想登上我們的舞台，正準備回家。

這種事怎麼能夠忍受！

因爲和平頭腦比較好，立刻接受了古川鞠子的提案，還不忘記表示謝意。請問妳家在哪裡？我可以慢慢開車跟在妳後面。和平是個正經人，不會隨便就開口邀請「要不要一起坐上車呢」？因爲他知道這麼說，會引起對方的戒心。

夜路上看不見其他行人。

古川鞠子用手一指說：「我家就在那個轉角。」的確是很近的距離。然後她再度投給車內的栗橋浩美一個關心的眼神，轉過身開始走動。

和平當場抓住了她，古川鞠子沒有大叫。閉上眼睛的女演員就像洋娃娃一樣。

鞠子上了車，他們慢慢開著車子。故意放慢速度，駛過她的家門而去。栗橋浩美湧起一股勝利感，渾身興奮地顫抖。

古川鞠子很容易哭，也很容易生氣。但還是從她嘴裡套出，她的父母失和，父親已離家出走的事實。

眞是可憐，和平說。古川鞠子的眼光低垂，她對和平採取反抗的態度，或許和平不是她喜歡的類型。也可能是因爲他們相處的時間太過短暫吧。

但栗橋浩美喜歡她。鞠子是他的粉紅色彩球，他在心中如此呼喚她，感覺她就像是他的青梅竹馬一樣。

如果能夠，他不希望她出場，而他也眞的拜託過和平。雖然只有拜託過一次：「能不能讓她留在身邊久一點？」

和平回答：「劇本是不能更改的。而且在還沒有生厭之前，進行下一個故事，肯定會比較好玩的。」

他只好放棄了。可是交換條件是：古川鞠子的「玩弄」活動必須由他來執行。

和平笑出聲音來說：「「玩弄」都交給浩美做，因爲你比我還內行。交給你囉！

所以栗橋浩美很期待「玩弄」的開始。但一向愼重的和平還企圖說服他，浩美表示：「玩弄」越早進行越好。就像搧風點火一樣，動作要快。這一點我有自信。只要右手腕被發現，就必須開始。

和平微笑地說：「算了，我輸給你了。說不定就如浩美說的，要製造話題就要快。我的想法大概是過於愼重了。

看來還是浩美比較靠得住。」

「我想跟電視新聞的人說話可以嗎？」

「當然可以，還是要跟我說也可以。或者您有特定的對象嗎？」

「不，跟誰說都可以，那就跟你說好了。」

「對不起，請問您尊姓大名？」

「我不想說出自己的名字。」

「那麼您是要提供意見還是有所要求嗎？」

「哈哈哈，我沒那麼偉大，我只是要提供消息。」

「消息……。」

「嗯，今天新聞鬧得很大吧，就是大川公園的分屍案。說是屍體，其實發現的也只有個右手腕而已。」

「是的，您說的沒錯。」

「對了，還有個手提包，是女用的。那個確定是古川鞠子的所有物嗎？」

「這話是什麼意思？」

「什麼意思？何必說得那麼難聽。」栗橋浩美靠在椅背上大笑。眞是太愉快了，太高興了。

平穩地駕駛著愛車，將右手臂靠在全開的車窗上。微涼的風吹起來十分舒服。

他將車子停在栗橋藥局附近的公園邊。說是公園，其實面積很小，也沒有什麼遊樂設施，所以也沒有小朋友來。公園裡只有樹木和花叢，有一個老人牽著狗在散步。

和平交代：「開始『玩弄』的時候，要注意從哪裡打電話？挑選地點是很重要的。因爲用的是手機，所以不怕被逆探測。但也不能選擇背後有電車聲音、車站前的熱鬧嘈雜、小孩子玩鬧的聲音、商店街的叫賣聲等特定場所。這一點千萬要小心。」

栗橋浩美事前做了許多地點的測試，找了許多不錯的地點。最後還是認爲自己家附近的公園旁，這條單行道最合適。因爲是學區，很安靜，又沒有什麼車子經過。而且只要小學生放學回家後，路上根本沒有行人。樹木綠蔭可以幫他避開別人的耳目，打起電話就更安心、方便了。

「我是想告訴你們……。」對著左手上的小型手機，栗橋浩美溫柔地說：「從大川公園裡不會再發現什麼了。當然也不會有古川鞠子的屍體囉。手提包是丟在那裡沒錯，但她是埋在別的地方。所以說那隻右手腕也不是她的。」

「喂……喂……，您對這個事件很清楚嗎？」

這傢伙是報導的記者嗎？栗橋浩美心情愉悅地想著。不過這種情形下，他倒是有點遜嘛！聲音居然發抖。

「那隻右手腕是誰的呢？」

「這個就不能說了，反正警察也在調查不是嗎？」

對方慌了，栗橋浩美忍著笑意。萬一笑得太過分，對方可能會認爲我太輕浮。

「我要說的就是這些了，目前爲止的話。我要掛電話了！」

說完，他低頭看著手機裡傳出對方失望的說話聲，靠在車窗上的右手手指做了拜拜的手勢，然後按下「關機」的按鍵。

滿臉的笑容，做一次深呼吸。眞是太棒了，一切都進行得那麼完美。該回去了吧……。

當他猛然抬起頭，整個人僵住了。照後鏡上出現一張熟悉的大臉。

是高井和明，和明滿臉笑容地走了過來。

9

大川公園的分屍案，似乎有許多女性遇害。而且犯人很囂張，居然還敢打電話到電視台吹噓自己的所作所爲。

這種事前所未聞，這種犯人前所未見。還不知道他會繼續做出什麼舉動來；最可怕的是，他肯定還會做出什麼來。

整個日本都這麼認爲。大家都張開眼睛，吃驚地等著。對於和古川鞠子一樣年紀的女孩及她們的親友，都害怕得不知如何是好。

可是對大多數的人來說，這恐懼不知如何因應也是事實。不管怎麼膽怯、喊著有多害怕、氣憤警方不知在幹些什麼事、擔心社會的規範失調、解析這樣的犯人爲什麼會出現，也不能馬上就抓到兇手。這種不能當作別人家的事，卻又不知如何直接參與的案件，如果整天繃著神經因應，恐怕人們都要發瘋了。

於是這種時候人們自然有其解脫之道，方法不一而足。愛湊熱鬧的人就會徹底發揮他們的好奇心，讓自己成爲「外野」，讓事件和自己區隔開來；也有人乾脆玩起偵探遊戲，展開推理、追蹤罪犯；也有些人會「理性地」思考：那些受害的女性們——雖然大川公園的事件還沒有確定身分，很難舉出一定的事實，但他們還是認爲「會被捲入這種事件，受害的一方也有問題吧！」

更單純的做法就是「忘記」。每天都有事好忙，哪裡有閒功夫去關心跟自己毫無瓜葛的事件呢。

家裡有由美子這種年輕女孩的高井家，在剛開始的一兩天，夫妻倆也很擔心這個案件。不僅不讓由美子一個人外送，甚至要她最近盡量別出門，表現出神經質似的膽怯。可是不管恐懼如何展現在現實生活中，什麼也幫不上忙的。

尤其限制了由美子的活動，高井家的長壽庵營業就受到影響。不希望讓女兒出去外送，就必須立刻僱用新的工讀生幫忙；可是長壽庵的收入還沒有那麼寬裕，何況現在最貴的就是人事費用。如果禁止女兒晚上出門遊玩或規定回家時間，女兒一定會抗議「又不是小孩子」而不依的。

結果只能對別人的不幸表示同情，儘管心中還是有些恐懼，卻還是選擇忘記。這對熱心做生意的高井家並非難事，因爲他們跟每天在電視螢幕上大張旗鼓的社會新聞報導沒什麼緣分。

由美子敏感地察覺，自己的父母因爲有她這個女兒，所以不喜歡她聽見或追問有關大川公園的案件。因此她也不提這個話題，看見新聞報導也不多說。來店用餐的客人提起，就故意裝做沒興趣地聽過就算。

其實由美子本身跟一般人一樣，對於這個事件抱持著強烈的關心，始終注意事件的發展。以年輕女孩爲對象的變態犯罪，而且兇手的頭腦很好，又是在東京都的東部囂張，怎能教人不關心呢？她當然很想知道事件的詳細內容。

因爲不能收看電視，只能從報紙雜誌收集最新資訊。而且公開閱讀還會被罵，只能偷偷進行，必須做得很小心。

在她暗自收集資訊的同時，突然發現哥哥和明對這個事件也很有興趣。這倒是難得的現象。

和明最喜歡看職棒和電視連續劇。由美子對棒球沒有興趣，只知道他支持的是某個實力較弱的球隊。九月中旬的球季後半段，連運動新聞都不太報導跟優勝隊伍無關的消息，她看見和明連這種小新聞都很仔細查過。

至於電視劇方面，由美子也愛看。但是要跟和明聊電視劇的感受，總覺得奇怪又難爲情。畢竟哥哥是個男人，居然喜歡看電視劇，未免太丟人了吧。實際上哥哥不僅對每一段的故事展開、演員的動向很清楚，連哪個劇作家過去寫了什麼劇本、這個場景拍攝的地點、這個畫面是模倣過去曾經轟動過的哪個劇，他都瞭若指掌。哥哥是這樣事前工作十分徹底的態度在看連續劇的。

所以平常哥哥讀報紙時，都是在看影劇欄或運動版。所讀的雜誌也都是運動刊物和戲劇畫報。由美子經常在中午的休息時間，看見哥哥一邊在廚房後面的空地曬太陽，一邊翻閱雜誌。因爲太習慣這種畫面，幾乎已成爲一種固定的風景了。

「哥哥在哪裡嗎？一定是在後面看報紙吧。」這是她常常回答的話。

但是自從發生大川公園的事件以來，這樣的和明也看起了社會版。而且還特意買週刊、晚報回來看。她偷偷瞄了一下哥哥攤開的版面，標題總是「剩下的屍體何在」、「對兇手的推理」等字眼。很明顯他是想要更進一步知道大川公園事件的下情和詳細，才會買這些報章雜誌的。

不公平的是，和明閱讀這類報導，爸爸和媽媽什麼都不會說。一方面是因爲和明讀了也不會聲張，所以他們大概也不知道他在讀些什麼。本來他在家中就是比較沉默的人，不管別人說什麼，他只會在一旁笑著聽。因此這種結果也很正常。反而是和明一旦開始多話，那麼全家人肯定會擔心他是否生病了。

不管怎麼樣，和明平常的生活幾乎是和「社會」脫節。身爲蕎麥麵店的人，目前的做麵技術似乎足夠應付街上小店的生意，至於跟客人之間的應對進退就不行了，連基本的招呼客人都有問題。爸爸媽媽嘴裡沒說，但心裡都在擔心：這家店是無法交給和明一個人經營的，沒有由美子幫忙是不行的。和明很認眞地工作，就某些意義而言，他們對他比對由美子重視，就像養蠶似的，總拿他當小孩子看待。

這樣的和明居然對大川公園的事件有興趣。

過去也發生過一些大案件，許多都是跟年輕女孩有關的離奇案件，但和明從來就沒有表現出興趣。爲什麼這次不一樣呢？難道說大川公園的事件比較特別嗎？

因爲舞台是在東京嗎？可是練馬區和墨田區都是二十三區的邊緣地帶。也不是能夠眞實感受事件發生的近距離。

還是因爲這次的犯人很愛說話呢？因爲兇手愛出風頭，故意打電話給媒體嗎？而這種行爲連與世隔絕的哥哥都覺得怪異嗎？

「哥！」案發經過十天，終於由美子捺不住好奇心發問了：「哥那麼難得地讀報紙，是不是有什麼關心的事？」

那是下午的休息時間。文子說要去銀行出門了，伸勝則是累了到樓上午睡。最近連勤勞的爸爸也常常喊累，由美子內心覺得難過。畢竟爸爸也已經上了歲數。

被由美子一問，和明摺好報紙，回過頭。遲緩的動作顯然想要掩飾什麼，由美子不禁笑道：「討厭，你是不是在讀什麼不能讓人知道的東西呢？」

和明難爲情地嘿嘿一笑。由美子靠在門邊，雙手盤在胸前。

「你是在讀大川公園事件的報導吧？也難怪，一定會關心的嘛，我也是。到處都有人在提這件事。」

和明將報紙放在腿上，從白色外掛的胸口口袋掏出香菸。那是尼古丁含量最少的淡菸。就算是由美子和朋友上小酒館或卡拉OK，想要抽根菸時，也會挑選味道更強的牌子。但是和明從二十歲以後開始抽菸，始終都是買這個牌子。與其抽這種菸，還不如戒掉算了。

動作笨拙地點燃香菸，和明眨著眼睛吐出白煙。由美子覺得哥哥的小眼睛因爲煙燻顯得更加小得可憐，就像大象一樣。

「哥，你很少會對這種社會案件有興趣。不過大川公園的事件的確是很奇怪的案件。」

和明抬起那張大臉對著由美子，溫柔地說：「晚上不要出去玩，我會擔心的。」

「我知道。在這個案件還沒冷靜下來，我才不會太晚回家讓爸爸媽媽操心的。」

和明點頭稱是。

「眞是可怕，這世界上居然有這麼殘忍的人。」

「就是說嘛。」

「只要妳晚上出門，哥哥我也擔心得睡不著呀。」

由美子發出聲音大笑。

「這樣的話，哥也一起跟我出去玩不就結了。」

和明微笑地點頭。他將菸頭從嘴裡取出，丟到腳邊的咖啡空罐裡。

滋的一聲，熄滅的聲音意外地清楚。由美子心想：跟哥說話時總是這樣。感覺上跟其他人說話時，除了說話聲還有許多背景音效。就像聊天的氣氛融入周圍的空氣中一樣。但是和哥哥談話時不一樣，感覺很安靜。

「你想兇手是怎樣的人呢？」

難得跟哥兩人一起說話，她想多談一點大川公園的事件。畢竟這是目前日本最熱門的話題：「你也認爲他是個變態嗎？但是作爲一個變態，似乎又很厲害。從他打給電視台的電話聽來，頭腦相當聰明。」

和明側著一顆大頭，一副思考的樣子。平常由美子說三句話，他才能回一句話，所以也已經很習慣了。

「昨天出刊的《週刊郵報》有大川公園事件的專題。上面提到日本這種案件不多，但在美國已經有很多連續殺人事件的案例，甚至沒有注意就殺死了三十多人呢！眞是恐怖。還說日本今後也有可能變成那種狀況，這次的事件只是個開端。」

和明的眉頭稍微皺了起來。稀薄寬鬆的眉毛，說好聽一點，給人溫和的印象；說難聽一點，根本就是顯露他愚笨氣質的一項道具罷了。由美子的五官鮮明，一雙濃眉搭配大眼睛恰到好處。他們的父母都擁有漂亮的眉毛，爲什麼哥就是長得不一樣呢？

和明的頭還是側著。嘴巴張開著似乎想說些什麼，接著又改變主意取出新的香菸。

「也給我一根吧。」由美子像小孩子般伸出手。

和明知道妹妹偷偷抽菸的事，微笑地遞出一根香菸。然後先幫由美子點燃香菸，並說：「簡直就像電視劇一樣。」

由美子以爲他指的是幫她點菸的這一段像電視劇，於是笑著回說：「電視劇的話，我還希望更帥的男人爲我服務呢。」

和明眨了一下眼睛，說句「是嗎」也跟著笑了。然後將自己還沒點燃的香菸插在耳後，從凳子上起身說：「我該去洗菜了。」

「我來幫你。」

和明搖搖頭說：「妳不是要去美容院嗎？」

說的也是，今天早晨起來，頭髮實在太亂了，所以跟媽說過：「要用中午休息時間去剪頭髮。」和明注意到由美子在家裡的言行，總是記得這種小事。

「忙完相親的準備後，妳就沒去過蒲田師傅那裡了吧？去吧。」

相親被放鴿子，實在是很不願意想起的糗事。由美子將菸蒂丟到空罐裡面。

「去美容院的話，就能讀雜誌。」

「是呀，我去收集情報好了。蒲田師傅也很喜歡談論這種事。」

由美子動作迅速地脫下白色外掛，準備上樓去拿錢包。這時和明的聲音從後面追上來說：「由美子，妳要去商店街嗎？」

由美子回頭說：「不會吧……如果有事的話，我就順便幫你去。」

「沒有要去的話，就算了。」

接著又是一陣奇怪的靜默。由美子覺得和哥哥的對話，中間總是缺少什麼。中間完全空白。

「剪個漂亮髮型回來吧！」哥哥微笑地說著。

然後打開水龍頭，將雙手浸在大的洗菜桶裡。由美子感覺有些說不出來的奇怪，但沒有深思爲什麼。也沒有想過：和明本來想要說些什麼？

「妳要去商店街嗎？」這句話的背後，他其實想要接的話是：「千萬不能靠近栗橋藥局呀！」

出門前由美子又回頭看了哥哥一眼，和明默默地在洗菜。

10

一開始並沒有意識到有馬義男這個人。

有關古川鞠子家的事，因爲是從她嘴裡問出來的，栗橋浩美和和平都很清楚。而且在那個時間點，他們認爲的關鍵人物是鞠子的爸爸古川茂。

栗橋浩美和和平描繪的「出場人物」中，古川茂、鞠子父女是極具魅力的題材。有了年輕愛人而離家出走的父親和可憐的獨生女。處於父母情感糾葛的夾縫中，痛苦煩惱的女兒也到了對愛情、結婚敏感的年紀。固然心情上還是強烈地不能原諒父親，但同時對於逆境中成長的愛情，還是有著女性多愁善感的共鳴。栗橋浩美心想，如果鞠子本身與公司的上司有不正常的戀愛關係，這齣戲就更好玩了。於是他對她質問了許多，妳是不是喜歡年紀大一點的男人？喜歡像爸爸一樣的男人吧？有沒有偷偷跟公司的上司交往呢？

沒想到鞠子竟然一笑置之。既然已經落入他的手裡，沒經過他的許可就笑的「出場人物」是不及格的。當時和平不在身邊，栗橋浩美一個人決定給予鞠子懲罰。他從早上開始不讓她吃飯，也不給她上廁所。

這下子鞠子眞的受不了了。人可以忍受肚子餓，卻無法不上廁所。到了下午三點過後，鞠子實在忍不住，只好哭泣地要求：「讓我上廁所！」栗橋浩美帶她去廁所，但不准她關上門。而且事先還將衛生紙捲從架上拿走了。

古川鞠子開著門上完廁所，然後又是一副哭臉要求使用衛生紙。栗橋浩美笑著將紙捲丟給她，並說：「妳現在這個樣子要是給男朋友看到了，再多的愛情馬上也會降低溫度吧！」古川鞠子傷心了一陣子，然後小聲地自言自語說：「我還沒有男朋友。」

之後因爲這件事，栗橋浩美被和平狠狠地罵了一頓。並不是因爲他擅自主張施予懲罰，這一點和平倒是很大方。只要不影響整體的計畫，要懲罰還是褒賞都無所謂。

和平生氣的是，栗橋浩美對古川鞠子所描繪的故事過於陳腐。因爲爸爸有了年輕愛人，爲了治療心靈的創傷，於是跟年紀可以做自己爸爸的公司上司有不正常關係，這算什麼女主角嘛？太過平淡無奇，就連電視劇也不屑使用這種情節。眞是愚蠢得沒有話說。

和平強調說：「我們所描繪的願景，最重要的是要有獨創性。不能使用任何道聽塗說的片段。如果這麼做，會抹煞所有的意義！」

栗橋浩美問：「那麼古川鞠子的「獨創性」是什麼呢？」因爲內心還有不滿，所以他的嘴是翹起來的。

於是和平好笑地回答：「是古川茂，她的爸爸。」不久之後，她就會被殘酷地分屍送回家裡。一看見完全變了樣的女兒屍體，他會怨恨誰呢？兇手嗎？還是他自己？因爲他沉溺於自己的愛情，疏於照顧女兒，也不能保護女兒，所以招致如此悲慘的後果……。他會這樣自責嗎？然後下定決心一定要親手逮到兇手嗎？還是說受不了自我厭惡和罪惡感的雙重壓力，於是發瘋甚至自殺呢？

和平說：「這樣子是不是更具有戲劇效果？鞠子只要扮演不幸的女兒就夠了。反正她馬上就要被殺。興趣的焦點是放在，她死後受到衝擊的家人身上。這樣子展開的戲劇，才能讓觀眾眞正有所感受。」

栗橋浩美心想：眞的是這樣子嗎？而且他也覺得和平那麼在意古川茂和他的作爲，似乎有點老套。看來和平對於男人的外遇，思想是比較嚴格的。

「你討厭古川茂這種的男人嗎？」

一問之下，和平立刻點頭說：「沒錯。難道你不覺得他很沒有責任感嗎？對他的家庭而言。那種人受到懲罰是應該的。」

可是從大川公園的垃圾箱找到古川鞠子的手提包，案情鬧得更大以來，始終沒有看見古川茂出現在媒體上。他沒有表示意見，也不接受採訪。跟公司請了長假，和年輕愛人不知躲到哪裡去了，沒有回到自己的家。

這下連作風穩重的和平也忿忿不平說：「這麼一來，如何能整到古川茂！眞是個沒用的男人，古川茂。」

於是栗橋浩美提議：「乾脆也讓這個男人的愛人成爲『出場人物』。」但和平沒有點頭，只是說：「這個意見可以產生有趣的效果，但過於危險。」

爲了抑制內心的不滿，和平努力尋求其他手段，這時他看見了取代躲起來的古川茂作爲鞠子保護者代表，出現在眾人面前的她的祖父——有馬義男。

好個有擔當的老頭！這是和平對老人的讚美。

也許是個不錯的材料，說不定比古川茂要好用！

栗橋浩美並不太贊成。他不想牽扯老年人進來，倒不是因爲可憐他，就只是因爲不喜歡老年人。而且他始終能感受到古川茂這個男人的魅力；已經有一個成年的女兒，從小到少女、從少女到女孩、從女孩到成熟的女性，一路看著女兒成長的過程，卻還能對跟女兒一樣年紀的女人動手。浩美對這種男人沒有厭惡的感覺，反而認爲他們品嚐過浩美所不知道的其他貴重水果的滋味。浩美很想問他：「你其實是不是很想跟自己的女兒搞？想的話，我可以幫你，因爲鞠子現在就在我這裡。如果你是眞心希望的話，我就讓你跟她搞。只不過之後你要告訴我，感覺怎麼樣？我要聽聽你的感想。」

因此那一天，九月二十三日，栗橋浩美原本是想跟古川茂說話而打電話到古川家，不料接電話的人是有馬義男。

果然是很帶勁的老頭兒，和他說過話，栗橋浩美也能感受到。和平的直覺一向很正確。

有馬義男要求提出確實知道鞠子下落的證據。

果然是正確而冷靜的反應，這老頭並不笨。栗橋浩美開始高興了起來，答應對方的要求。同時頭腦裡快速轉動，思考下一步棋怎麼走。然後浮現一個絕妙的計畫，並訂好了步驟。在新宿的廣場飯店，七點鐘，我會將訊息留在櫃檯的。

接下來有得忙了。用文書處理機打出一篇短文，從古川鞠子的遺物中取出手錶。當初從她身上拿下來時就已經確認過上面刻有她的名字。沒有其他東西會比這支漂亮的女用錶更適合作爲今天交易的道具了。

和平不在，所以他必須獨自判斷一意孤行。反正先斬後奏再說吧，應該沒有問題的。

沒有問題啦。對方可是和平稱讚是「好材料」的老頭兒，故事發展將是和平希望的方向。將有馬老頭兒拉上舞台，讓他成爲重要的「出場人物之一」。

栗橋浩美將手機放進上衣口袋，站起身來準備出門。

少女沒有名字。

父母爲她取的名字，很久以前她就不用了。日高千秋，好沒意思的爛名字。取名字的人是爸爸，在她出生之前就已經先決定好了。當時爸爸只是稍微研究了一下姓名學，就斷定和「日高」這個姓最適合的筆畫數、吉利度的名字就是「千秋」。所以不管生出來的嬰兒是男是女都要用這個名字。他很有信心地認爲：只要取了這個名字，就能養出健康活潑的乖孩子。

少女知道爸爸媽媽的感情不合，也知道即便不合，兩人還是不能離開家庭的原因。爸爸是擔心人前的面子問題，媽媽則是沒有經濟能力。兩人經常吵架，爸爸總是生氣、媽媽總是哭泣，兩人都問：「爲什麼自己會選擇這樣的人生？」

當少女長大，意識到這個「自己」是不能用「其他人」來取代時，她開始感到不安。我是爲了誰而活呢？我活在世上，有誰會高興嗎？

爸爸總是忙於自己的事情；媽媽老是惋惜失去的時間，又疲於追趕現在的時間，根本無暇考慮到少女。媽媽之所以注意到少女的生活，是因爲少女是媽媽生活的「憑藉」，並非出自於母愛。

少女心想：如果我因爲車禍或生病死去，爸爸和媽媽頂多會神情悲傷地出席喪禮，然後立刻就離婚吧。因爲他們終於找到正當的理由了。

爸爸會對公司的上級和屬下這麼說：「我和太太兩個人在一起，就會想起死去的女兒。有時會責備太太不小心，所以才讓女兒死掉；有時則會自責如果多重視家庭一點就不會發生這種不幸。與其彼此互相傷害對方，不如直接分手算了。」

媽媽會對周遭的人說：「女兒過世後到現在，雖然和先生在一起，但活在回憶中實在很痛苦。我一直很自責，都因爲自己是個失職的媽媽，才會讓千秋遭遇不幸，所以我已經沒辦法和先生在一起生活了。」

爸爸和媽媽應該都能獲得同情吧，他們是悲劇中的人物。接著兩人開始了新的人生，取消掉少女作爲憑藉之後。

少女的臉蛋長得很可愛。當她悲傷含淚時，一定會有人靠近她身旁關心。被少女深情注視時，少男們絕對會羞紅臉，並以熱情的雙眸凝視回去。

在家裡得不到的愛，在外面垂手可得。只要微微一笑就好了、只要輕輕觸碰一下男生就可以了，一開始的時候。

但終於光是這樣也不能滿足的時候到來了，不論是對方還是少女自己都無法滿足。少女發現自己的身體作爲換取愛情的道具是很好用的，她自己也引以爲傲。

只要跟對方睡過一次，男孩子都會變得溫柔。她還沒有遇到睡過，反而動粗的男人。所有人都很珍惜她，不希望她離去。而且希望不只是睡一次，所以更加溫柔地對待她。至少少女是這麼認爲的。

她十分想要快樂、溫暖且柔和的時光，儘管爸爸媽媽不貧窮，金錢也不是問題。但是她需要能給她快樂、溫暖且柔和時光的對象，可以買少女想要的東西給她、少女爲讓自己更可愛，對方給錢的時候不會拒絕。

然而少女還是沒有名字。她還沒有找到自己喜歡的名字。哪一天她眞的想成爲自己時，她一定會想出一個好名字的。或者說，當她遇見一個男人讓她想成爲自己時，那個男人會幫她取個名字。少女是這麼認爲的。

那一天少女在新宿車站的東口等人。對方是電話交友中心認識的男人，電話中聊過幾次，今天是第一次見面。有點膽小，而且很老實，儘管少女多方邀約，對方都不肯答應見面。

但今天倒是聊得很開心，一問之下，原來是他找到了工作。他一直想成爲文案撰稿，一直在廣告代理店找工作。因爲始終沒有下文而經常失望，而這一次總算不是打雜、跑業務、行政事務的工作，有公司願意僱用他作爲正式的文案撰稿。

少女說要幫他慶祝，並問：「你想不想見見我呢？」老實的男人怯懦地回答：「見一下面也不錯呀。」少女高興地回覆：「我好早以前就想跟你見面了。」

兩人約好五點半在新宿車站的西口見。少女穿著制服前去，對方則是手持一枝紅玫瑰。少女笑了，感覺好像是在演電視劇。

少女的心情雀躍。過去經由交友中心認識的人，都沒有帶給她不好或可怕的經驗。她覺得很幸運，雖然她的朋友說這種幸運不會永遠持續的，少女認爲應該還好吧。因爲我是特別的，所以會有特別的好運。

文案撰稿？他眞的做得來嗎？聽起來倒是很炫。收入應該不錯吧，將來也有可能出名囉。少女的心思逐漸脫離現實，越飛越高，她想像自己是名文案撰稿人的太太，身穿高級華麗的義大利時裝，坐在有綠色陽台的豪宅裡，接受女性雜誌的專訪。身爲名文案撰稿人的太太，她即將出版自己的散文集，內容寫的是先生、自己的生活、時裝與流行、如何成爲婉約大方的美女……。是的，如果眞能這樣，那我的名字是……我的名字……。

「請問……小姐……。」

背後有人拍她的肩膀。回頭一看，一個高個子的年輕男人笑著對她說：「不好意思，嚇到妳了。我只是想跟妳說說話……。」

年輕男人不好意思地笑著。端正的五官，眼睛長得很漂亮。少女對著他的眼眸笑說：「有什麼事？」

之後不到十分鐘，日高千秋就已經跟搭訕她的男人面對面坐在一起。

他們坐在站前大樓二樓咖啡廳的靠窗位置，那裡可以看見剛剛千秋等人的地點。坐定位置、點完飲料後，千秋看著樓下，發現一個穿著牛仔褲和球鞋年輕男人，在她剛剛等人的場所徘徊。雖然看不見他的表情，但肯定是找人的樣子，眼光到處游移吧。千秋不禁笑了出來。

「怎麼了？」對面的男人表情吃驚地詢問。從上衣口袋掏出香菸的動作也停了下來。

「沒什麼，你不必在意。」千秋聳聳肩回答，並微微抬起眼睛看著對方。朋友說千秋的這種眼神有著難以形容的魅力，她自己也很有自信。

年輕男人順著千秋的視線看過去，穿著牛仔褲的男人還不死心地原地徘徊。瞇著眼睛觀察一陣子後，對面的男人回過頭看著千秋說：「妳是不是和誰約好了見面？」

千秋聳聳肩。這是她最得意的動作，讓她顯得更加可愛。

「你不必在意啦。」

以前她有個交往半年的男朋友想成爲藝人，他曾經說過：「日本人能夠像好萊塢電影和美國電視劇集中的演員做出好看的聳肩動作，大概只有一九八〇年以後出生的年輕人才做得到吧。說話的時候身體、手腳帶動作的習慣，本來就只出現在表現心理動作語言較少的英語系國家。但是一九七九年以前出生的日本人，再怎麼嚮往美國風，也不能展現眞正的美國色彩，所以說話和動作都顯得造作而土氣。然而一九八〇年以後出生的年輕人，已經不懂得『美國風』的意義，加上在美國等英語圈的文化下成長，很自然便養成了說話帶手勢、動作的習慣。」這是那個少年的論調。

千秋其實也聽不懂太難的理論，只是覺得對方很酷。所以拚命在鏡子前練習聳肩、邊說話邊碰觸對方、側著頭等動作。而且練習到自己也覺得可愛、性感、很自然的境界才出門實習。所以千秋的手勢動作已經相當有經驗了。

實際上，千秋的可愛動作似乎對對面的男人也發生了作用。他輕輕一笑，將身體越過桌子靠在千秋面前說：「我是不是害妳放男朋友的鴿子呢？」

「才不是男朋友呢，眞的。他只是個朋友。」

在被眼前的男人搭訕前，千秋對文案撰稿人的未來幻想——妄想，此時都已煙消雲散。而且遠方站著等待千秋的年輕男人，如今看在她眼裡實在不堪入目。那種人眞能成爲文案撰稿嗎？簡直是異想天開。還是眼前的男人比較棒，感覺高級許多。

「剛剛我在車站前也說過了，我不是壞人，其實是個新進的攝影師。」

對面的他說出這句話時，點的飲料正好也送上來了。他點的是冰咖啡，千秋點現搾柳橙汁。這家店頗受到年輕人和學生的喜愛，幾乎客滿的店裡面，充滿了其他情侶、團體客人的說笑聲。有一群女生穿著和千秋一樣的高中制服也在這裡，其中一個女孩也跟千秋一樣點了現搾柳橙汁。她嘴裡含著吸管，眼睛不斷瞄向這邊，看著千秋和她的男伴。千秋立即用力回瞪過去，她才將目光轉移。

「你是說要找模特兒嗎？」含著吸管，千秋依然用微微向上看的眼光注視著對方問說。

「嗯……，不過我要先聲明，千萬別期待太高。我和我的學長跟演藝圈沒有任何關聯，也不是在找時裝模特兒。」說完後喝了一口沒加奶精和糖漿的冰咖啡，一臉很酸的表情。

「不好喝嗎？」千秋睁大了眼睛問。

「簡直是泥巴水。算了，不喝了。」

他將玻璃杯放回桌上，動作顯得很成熟。在熱鬧的咖啡店裡，他的存在浮現出不同的味道。沒錯，他是個大人，有種社會人士的味道，像是個上班族卻又不顯得呆板土氣。

「我和學長要找的是，具有現代日本人長相的人們。我們一直都在找這種人當模特兒。」

「你和你的學長？」

「嗯，對了，我還沒有跟妳說清楚。我這個人不太會說話。」

他抓了一下頭皮，輕輕撥動了長髮，露出乾淨整齊的前額後，開始說明。

他和他的學長是自由的攝影師，主要拍攝新聞照片。過去曾經一起出版過攝影集，這一次打算以二十世紀末日本人的肖像爲題發行新的攝影集。配合出版也將舉行攝影展，所以目前正忙著創作。

「已經完成了八成，因爲我和學長過去一直都有創作作品。可是人物照片方面比較缺，畢竟我們偏重新聞事件的攝影。」

「也就是說你們經常追著新聞事件拍照囉？」

「沒錯。新聞照片就是那麼一回事。我的第一件工作就是雲仙普賢岳事件。」

那是什麼事件，千秋根本沒有概念，但還是做出笑臉點頭稱是。

「好厲害喲。」

「一點也不厲害。我才剛剛開始，今後還要多多努力呢。」

他說得很乾脆，然後舉起泥巴水似的咖啡喝，又是一副難喝的表情。千秋笑著看他，喜歡他說話笨拙的樣子。雖然第一次見面，很難推測他將用什麼方式與千秋接觸，但可以感到他的熱忱與親切。

蠻好的一個人嘛！

千秋做出最和善的笑容。

今天能遇到這個人，算我的運氣絕佳吧！

「那麼，你是要我當你們攝影集的模特兒嗎？」

「是的。」

「我又不是長得很漂亮，腿很粗，身高又不太夠……。」

他笑著阻止千秋說下去：「所以我剛剛不是說，我並不是星探在找新人嗎？剛剛妳站在車站前的表情很好，眼睛相當的清澈、有種可以看透所有事物的感覺、卻又帶著一點不安。還有……。」

「還有？」因爲他的言語中斷，換成千秋探出身子追問：「還有什麼呢？」

他的眼光低垂，視線移向窗外，咬著嘴唇欲言又止。終於聳了一下肩膀看著千秋說：「我說，但是妳可以不生氣嗎？」

這一瞬間，千秋決定不再相信那個希望當藝人的男朋友說過的話。眼前的男人怎麼看都像是一九八〇年以前出生的，但他聳肩、咬嘴唇的神情卻是那麼的迷人。

「看起來很寂寞，妳的表情，有一種孤獨感。而那種表情很適合我們所要追尋的現代肖像。」

千秋的臉上失去了笑容，眼睛直視著對方。這個「直視」的表情也是練習過好幾次的，至少在這個時刻，她是爲了直視對方而直視的。

對面的他賠罪說：「對不起，我還是讓妳不高興了？」

千秋默默地搖頭。

「不，我沒有生氣。反而覺得有點高興。」

「高興？」

「嗯。一直都有人說我看起來健康活潑，從來沒有人會說我寂寞孤獨。」

言外之意就是她覺得很寂寞孤獨。

這一次換對方沉默。千秋抬起頭，笑著對他說：「我願意當你的模特兒。你幫我拍照吧！」

「眞的可以嗎？」

「嗯！」

「可是我和學長都很窮，不能付妳很多費用。」

「我才不要錢呢，就算是幫你們好了。」

「那怎麼可以，一定要算清楚才行。」嚴辭之後，他的表情融化了，臉上浮現燦爛的笑容：「太好了，謝謝妳。我們一定會拍出好作品的。」

剛剛團體中的女高中生，還在看著千秋他們。這一次不是一個人，而是兩三個人的視線。每一個人的臉都顯得不甘，好像很生氣的樣子。

千秋驕傲地挺起胸膛，心中十分興奮。從來沒有免費答應幫助人過。

「那我要怎麼做？我應該怎麼幫你們呢？」

幹勁十足的千秋讓對方有些慌張。

「今天不必了，我總不能隨隨便便就將妳帶回工作室。天色已經暗了，妳的家人也會擔心吧？」

「家人？根本不必管他們。」

「這樣不好吧。」他說話的時候，一邊還在探索千秋的表情：「妳和家人處得不好嗎？」

千秋聳聳肩，而且是以最具效果的角度和表情呈現。

「我家裡根本沒有人會關心我的死活。」

突然對方冷不防教訓說：「那是妳的誤解。沒有任何父母會不擔心自己的孩子的！」

千秋嚇了一跳。從對方正經注視的眼睛裡，看見了擔心、同情和一些怒意。千秋打從心底感覺一股刺痛。

這個人怎麼了？我頭一次遇到這種人。

還是聽他的話，今天就乖乖回家吧。這樣才不會惹他生氣。

可是我還不想回家。我希望留在他身邊久一點。現在分開了，感覺距離會一下子拉大。

千秋是個誠實面對自己心情的女孩，她也相信那是一件「好事」。她不知道誠實面對自己的心情和貪婪、性急不過是隔著一層皮膚，沒有太大差別。之所以會有那一層薄薄的間隔，其實是自己對周圍社會的想像力所造成的。這一點她不知道，也沒有人告訴過她。

所以為了誠實面對自己的心情，她不惜說謊。

「家裡沒有人回去嘛！」

「什麼？」

「我家裡沒有人。爸爸和媽媽都忙著工作，傭人做好晚飯就放在冰箱裡。」

對面的他又沉默了，看起來表情很困惑。同時看起來又像是在同情千秋。

同情——如果想要讓誰成為自己的入幕之賓，最好的手段就是誘發對方這種情感。「同情」是贏得人心的踏腳石，千秋憑著少女的本能和智慧知道了此一絕技。

「要不然妳今天來工作室吧！我們先拍測試用的，到時候再找適合妳拍攝的地點。有些時候也需要妳提供意見……。」

說完後，對方又立刻補充說：「當然，回家的時候我會送妳的。」

「嗯，那樣很好。」

「那我先和學長聯絡。」

對面的他站了起來，一邊從口袋掏出手機，一邊往門口走出去。千秋看著他的背影，臉上露出滿足的笑容。

五分鐘後，他回到座位。轉著頭說：「找不到學長。」

「他在工作室嗎？」

「沒有。說是有事，到飯店去了。西口的廣場飯店。」

他站著思考，然後拍了一下膝蓋說：「乾脆留個訊息在櫃檯。可是糟糕，我得去開車子才行。」

「車子？你停在哪裡？」

「南口的停車場。」

「那你去開車，我跟你一起到廣場飯店。」

他皺著眉頭說：「可是現在這個時間路上塞車，還不如用走的比較快。」

「說的也是。」千秋表示贊同。

「沒辦法了，可不可以拜託妳呢？」

「我？」

「是的。妳可以幫我到廣場飯店的櫃檯留個訊息嗎？這之間我去開車停到西口的地下停車場。工作室在下北澤。不好意思，因爲時間很急，妳可不可以去一下就回來。」

千秋點頭說：「我知道了。」

接著他立即從口袋掏出信封說：「這是留言。」

如果有懷疑的話，這是個機會。但是日高千秋絲毫都不懷疑。

「可是你不覺得奇怪嗎？」

「奇怪什麼？」

「我還沒跟你說我的名字，你也沒告訴我你是誰。」

他笑了：「說的也是。我叫中村健二。」

「我是日高千秋。」

他拿起了桌上的帳單到櫃檯付錢。千秋則腳步輕快地走到店外的人行道上。

這時候還有一次的機會。收銀檯背後的牆上，貼有這家咖啡廳店長的照片。一個正經老實的中年男子的正面半身照，下面寫著「店長中村健二」。

可是日高千秋沒有看到收銀檯背後的牆壁。她看見的不是現實人生，而是她的夢想。不論是攝影師的對方、使用中村健二的假名、他說的話都是胡編亂扯的，千秋一點都沒有發覺。

按照指示將留言交到廣場飯店的櫃檯後，她立刻跑著回到新宿車站西口的地下停車場。

中村健二為了讓千秋容易看見他，站在車子外面靠在車身上。車子一看就像是行動派的攝影師愛用的車型，是四輪傳動的大型車。雖然是租來的，就算千秋看見車牌知道了也無所謂。拍攝新聞照片的攝影師哪裡有錢開著跑車滿街轉呢！

事實上也是如此。千秋一看見他就裝出笑臉衝上來，同時還用少女特有的身體動作掩藏視線，迅速對車子打了分數。一看見千秋瞄了一眼車牌，中村健二自己開口先招：「這是租來的，不好意思。」

並難為情地笑了：「妳們高中女生一看到，一定會覺得又土又窮酸吧。可是我和學長都很貧窮。」

爽快地說完，輕身跳上駕駛座。眼角還在確認千秋微妙的表情變化。果然如預期的，千秋心想：什麼嘛，不過是租來的車子，有一種後悔的感覺。

這種反應正是他所想要的。他就是要找這種輕薄的物質主義、拜金主義的高中女生。可是她們的內心裡又有一種願望，想要遇見跟那種價值觀對立的東西；她們對金錢不是生活一切的男人抱有憧憬。所以只要抓住這一點，就很容易打動她們的心。

「對了，在櫃檯的時候，有沒有人跟妳說話呢？」

千秋張著清澄的眼睛問說：「誰呢？」

「沒有，沒有人就好。」他微微一笑說：「我只是想知道某人是否有遵守跟我的約定。」

千秋笑了起來：「怎麼一回事嘛？」

「是好事啦，待會兒再告訴妳。」

千秋在駕駛座旁邊坐好後，中村健二便發車。車裡很乾淨，沒有垃圾，只有一張地圖隨意攤在後面。另外還有些沒開的罐裝飲料，堆在置物箱裡。

車子開往下北澤。行進一段時間後，趁著等紅綠燈的空檔，他拿起一瓶飲料要喝。感覺喉嚨有些乾了。

妳也喝吧？

千秋也許會喝，也可能不想喝。這是最初的分歧點。如果她不乖乖喝飲料，就得想其他的手段。

日高千秋選了罐裝的烏龍茶。實際上她也覺得口渴了，大概是因為車內空氣太乾燥。

她所喝的烏龍茶錫罐，其實是他們常用的道具之一。和平一向就善於做這種精細的作業，將開口部分輕輕打開細縫，將裝有安眠藥的溶液透過針筒注入飲料中。一旦喝完罐裝飲料，連大男人都會覺得昏昏欲睡。注射完後再將開口部分還原，小心翼翼做到天衣無縫。

後照鏡裡的新宿高樓大廈還未完全看不見，日高千秋已經睡著了。整個人歪著頭，睡得正香濃。身體幾乎快要滑到座位底下，而且迷你的制服短裙還翻了起來，裡面的內褲一覽無遺。

中村健二笑了出來，實在是太滑稽了。接著他便恢復成栗橋浩美。

假借咖啡廳店長的名字使用，對他來說其實很危險。只要日高千秋走出店門時，稍微抬頭看了一眼收銀檯的牆壁，他就露出馬腳了。

但是就是這樣才夠刺激。他給了日高千秋認出他的機會，這也是他測試彼此運氣的一種刺激賭局。而且這個以爲世界上所有事物都如自己夢想展開的可憐女孩，就因爲沒有在走出店門時抬頭一看，竟然落得如此下場。千秋在這場賭局裡輸了。她的守護天使沒有暗示她該移動視線，結果竟將她的性命交給了栗橋浩美！

之後就要看他和和平如何處置了。

這齣戲到此結束。他輕快地開著車，待會兒繞個路到古川家送個禮物，就可以遠離下北澤、遠離東京，到沒有人知道的地方去。那裡只有栗橋浩美和和平，那裡是他們偉大計畫的後台。

有馬老頭果然是守信用的人，沒有報警，完全遵照我的要求行事。我也是在打賭呀，但這是一場穩贏不賠的賭局。八點鐘打電話到飯店的酒吧時，記得要誇獎他兩句。就說老先生果然照我的期待做事，還是繼續作弄他呢？

根據預定，和平說他今晚會晚點到達「山莊」。如果他看見千秋，會怎麼說呢？看見栗橋浩美一個人完成這齣獨幕劇，他會有怎樣的感想？一開始可能會生氣我太冒險，行動太過於隨性；但是看見效果後，他應該會滿意吧？對了，接近「山莊」的時候，特別要小心別讓任何人看見了。還有繞到古川家的時候，也必須將車停在遠一點的地方，自己慢慢走過去。

心情很好，栗橋浩美不自覺地吹起了口哨。曲子是「Make the knife」。在進行這項計畫不久的一個晚上，他從深夜的音樂節目中聽到了某人在唱這首歌。當場就很喜歡，因爲歌中有「knife」的字眼。他不知道歌詞的意義，反正只要有「knife」這個字就好了。

實際上栗橋浩美和和平都沒有動過刀子，今後也沒有使用的打算。使用那種東西，善後起來太過麻煩了。

可是不管如何注意，進行計畫的時候還是會弄髒。於是兩人便開始互推收拾的責任，兩個人都不喜歡清潔髒東西的工作。

只要不被裝潢工人懷疑，和平總是騙說：那個用來監禁女孩的房間正在全面整修。地板下面有排水管，水泥地板的中央比較低可以排水。因此只要打開排水孔，拉個水管進來就能清洗髒東西了。

而且對被監禁的女孩來說，這樣的房間比普通房間更具效果，她們一進來就知道自己的立場如何。他喜歡看她們那一瞬間的表情。自己就像動物一樣被對待、被監禁。之前那麼親切對我的帥哥，所說的話都是謊言。當她們發現自己被騙了的那一瞬間的表情，眞是難以形容的好看！這些女人們。

栗橋浩美繼續吹著口哨。日高千秋還在睡覺。刀子沒出現在歌詞中，而是浮現在栗橋浩美心中。

她做了夢。

日高千秋做夢了。夢中的她成爲照片裡的模特兒。攝影師站在她面前，拿著一個好大的相機，跟電視機一樣大的相機。所以他的臉被遮住了看不見。千秋不是穿著制服，而是一套裙子極短的洋裝。顏色是她最喜歡的向日葵黃，她沒有穿鞋，腳指甲塗成鮮紅色。

燈光十分刺眼，千秋流了汗。於是化妝師趕緊上來幫她補妝、打粉餅。整理一下頭髮後，在她耳邊說：「很可愛，沒問題的。」千秋對著化妝師微笑，但不知爲什麼剛剛還在那裡的人已然不見了，只留下化妝品的味道停留在她的鼻尖。

攝影師擺動好大的相機，動作像是在跳舞。照理說應該是模特兒做動作的，爲什麼是攝影師在跳舞呢？

千秋覺得很好笑，攝影師捕捉她的笑容按下快門。不停地聽見「卡擦、卡擦」的快門聲。

好熱！燈光刺眼，而且很熱。光線強烈得令人無法抬起頭來。身爲模特兒的千秋想要休息，我有點累了，可不可以休息一下？可是手拿大型相機的攝影師依然舞動著，似乎沒有聽見她的要求。爲什麼會變得這麼奇怪呢？千秋想要離開照相機前。我受夠了，請停止拍照！可是千秋的右手被誰拉住了，所以她動不了。爲什麼這麼用力拉住我呢？不要那麼用力呀，我會痛的。而且怎麼會這麼熱呢？好刺眼呀！關掉燈光啦，我想要休息了。

攝影師還在狂舞。他的腳步舞動，踩得地板砰然做響。砰！砰！砰！

這時她醒了。

日高千秋抖動一下身體，便張開了眼睛。額頭和鼻子四周都是汗水。

她張開了眼睛，視線卻是模糊的。沒有辦法對準焦距，頭腦昏昏沉沉的。胃袋是空的，可是卻很想吐。

究竟這裡是哪裡呢？

大概是十二到十六坪大的房間吧。地板和牆壁都是木板，千秋突然想起去年夏天和朋友到輕井澤住的民宿。那也是個充滿木頭味道的房間。

可是千秋現在所在的這個房間，比起民宿還要煞風景、還要單調。地板上沒有鋪任何東西，也沒有裝飾品。只有牆邊擺了一張床，千秋的頭靠在床頭，一雙腳靠在床腳，斜躺在床上。床的對面是一台十四吋的小電視，放在便宜的電視櫃上。一片空白的灰色螢幕就對著千秋的方向。

從千秋的位置可以看見正對面的窗戶，上面沒有搭窗簾。窗子是普通的鋁門窗，關閉得緊緊的。模糊骯髒的玻璃外面可以看見堅固的鐵欄杆。明亮的陽光從窗口對著千秋這裡照射進來，剛剛在夢中感覺刺眼的光線，大概就是陽光的因素吧。

這裡是哪裡？

千秋用力地搖了兩三次頭。頭腦裡的空氣似乎是凝固了，感覺十分虛無。什麼都想不起來，也無法思考。我究竟在幹什麼？

她低頭看了一下自己的身體，大吃一驚。身上的制服被脫下來了，只剩下內衣褲。沒有穿襪子，一身的汗水，感覺很臭。還是先站起來再說，她收回被甩到床邊的雙腳，舉動沉重的身體，利用手肘撐起身子。牽動右手臂時，手腕感覺一股刺痛。千秋的視線落在手上，不禁張大了眼睛。

右手腕上銬著一個手銬，另一隻手銬則鎖在床腳上。所以千秋根本無法離開床頭的位置。

夢中感覺右手被拉住，原來是這個因素。做夢時扭動身體，手腕就會牽動手銬。原來是因爲手被銬住了。

她感覺從頭到腳，全身的血發出聲音在流動，好像能聽見血流的聲音。這是什麼？發生什麼事了？到底發生了什麼事呢？

千秋張開嘴想要大叫。可是除了沙啞的「啊……啊」，喊不出聲音來。但似乎回應她的叫聲，不知從哪裡傳來一聲：「砰！」千秋的身體縮了起來。

窗戶的左手邊是門。應該是進出這個房間的入口。砰然巨響就是從房門的後面傳出來的，似乎不在近處。感覺上好像是在頭頂上發出的聲響。

如果能從床腳將手銬解開，就能逃離這裡。千秋拚命想要推拉、甚至舉起床鋪。這張破床看起來像是便宜貨的鋼管結構，以千秋的力量應該還可以移動。但不管千秋使盡了吃奶的力量，床鋪就是聞風不動，連一釐米也沒有移動。千秋氣喘如牛的仔細一看，原來床腳都被螺絲鎖死了。

千秋不禁大聲哭叫，這時外面頭上又發出砰然巨響。她嚇得抱著頭窩在床上。

突然有人開門了。千秋眼裡看見打開的門縫中，踏進兩隻腳。那是一雙穿著乾淨白襪男人的腳。

千秋抬起了眼神。

「嗨！」那男人說：「妳醒了？」

那聲音喚醒了千秋的記憶。是那個感覺不錯的青年——攝影師，叫做中村健二。在新宿的咖啡廳，還有他的車。

「你……。」千秋嘴唇顫抖地發出聲音說：「你欺騙了我！你說了那些謊話把我帶到這裡！」

他笑得很詭異。兩手空空地，靠在門板上，水藍色的襯衫下面搭配白色棉質長褲。千秋熱得渾身是汗，頭髮散亂且只穿著內衣褲，爲什麼他看起來那麼清爽？而且還能夠笑得那麼高興？

「我先自我介紹。我的名字不叫中村健二，我叫做栗橋浩美。」

男人慢慢地靠近千秋，千秋靠在床邊，盡可能用屁股在地板上往後退。

「你不要靠近我！」

「我又不會對妳做什麼。」

栗橋浩美低頭看著千秋笑。

「不要太臭美了，小姐。妳一身臭汗，髒兮兮的，我連多看妳一眼都不想呀！」

千秋眼前一陣黑暗，她快要暈過去了。一如栗橋浩美所說的，她現在這個樣子就像動物蜷縮著，她覺得丟死人了。可是她是爲了誰才會落得如此下場？我是做了什麼嗎？這男人是幹什麼的？

栗橋浩美蹲下來，高度跟她的視線相當。

「妳一定在想：我什麼都沒有做，爲什麼要這樣對我吧？」他笑著說話，露出潔白的牙齒：「可是妳眞的作過很壞的事，日高千秋。」

栗橋浩美站起身來，打開床對面的電視機。畫面有些搖晃，好像是在播放電視劇。栗橋浩美轉到其他頻道，結果是新聞節目，應該說是社會新聞節目，畫面出現社會新聞的攝影棚。

「太好了，就是這個。」

栗橋浩美讓開電視，好讓千秋可以看見畫面。新聞主播正在和現場採訪的記者對話。記者所站的位置是……新宿西口的廣場飯店。

好像是什麼事件的實況轉播。可是究竟發生什麼事件了呢？

千秋的身體好像被什麼冰冷的東西壓過，起了一陣哆嗦。難道會是我嗎？我被騙了帶到這裡監禁，因爲行蹤不明，所以成了新聞事件嗎？

如果是這樣的話，大家現在正在找我囉。寒冷的哆嗦變成希望的顫抖。千秋的視線從電視畫面轉向自稱是栗橋浩美的男人，她看著這個認得臉孔但不知其底細的男人。

栗橋浩美依然一副詭異的笑容，絲毫沒有動搖的神色。而且他好像看穿了千秋的心思，用嘲諷的口吻說：「眞是遺憾，那些人並不是因爲發現妳行蹤不明而鬧成一團。妳這種不肯聽清楚別人說話的毛病一定要改改才行。剛剛我是怎麼說的？我不是說妳做了很壞的事嗎？」

電視畫面上，表情嚴肅的主播正在呼喚現場記者：「是否已經掌握了幫犯人送信的高中女生身分等訊息呢？」

記者搖頭說：「很可惜，到目前還是沒有消息。」

「這麼殘酷的手段，居然跟高中女生有關，眞是令人震驚的事件！」

「說的沒錯。不知道是共犯，還是不知情的情況下被利用？現階段還不能確定。」

「總之必須先確認古川鞠子的安危；如果還被兇手監禁的話，希望能早日救她出來。」

千秋不知道發生了什麼事？什麼是殘酷的手段？跟高中女生有關？幫兇手送信？這是怎麼一回事？古川鞠子？她是誰？千秋不禁想要大叫。需要被救出去的人是我呀！

「笨蛋！誰叫妳不讀報紙，也不看新聞。難道妳對時事都不關心嗎？」

栗橋浩美高傲地將雙手盤在胸前，不屑地側著臉看著千秋說：「日高千秋小姐，在墨田區大川公園發現一個女人右手腕的新聞，妳沒聽說嗎？一個叫古川鞠子的失蹤女性，妳也都不知道嗎？」

啞然地張開嘴巴，千秋看著男人的眼睛。他的眼睛裡已經沒有騙術和謊言，有的只是輕蔑的目光，彷彿睥睨著仇敵一樣，那視線盯著千秋的臉。栗橋浩美冷冷地說明社會新聞節目報導的事件、千秋所扮演的角色及她送到廣場飯店的訊息內容。

聽他說話的時候，千秋才想起來：對了，大川公園的事件，媽媽曾經提起過。她說：「發生這麼可怕的事件，晚上還是不要出去玩的好。男人都是很可怕的。」

當時我是怎麼回答的？千秋問自己。我是怎麼對媽媽回嘴的？

「我才不會笨到被男人殺呢！」我是這麼回答的。

千秋的眼睛泛出了淚水。嘴唇抽搐地說出結巴的話語：「我……我想回……回家。我……我要找……媽媽。」

栗橋浩美發出爆笑。

「妳想回家？妳不是說爸爸媽媽都忙於工作，家裡沒人？妳不是說佣人做好晚飯就放進冰箱嗎？」

他一邊大笑一邊走出房間，然後隨手用力關上房門。砰的一響似乎想要切斷千秋的哭聲。

之後千秋就被丟在房間好一陣子。

千秋的身邊是那台開了沒有關的電視機。因爲找不到遙控器，手又被銬著不能移動，她無法走近電視關掉開關。

不過也因此知道了現在時刻。之前手錶被取了下來，監禁她的房間裡又沒有時鐘，根本無法知道時間。

恢復意識後收看的社會新聞節目，是上午的時段。之後收看同一頻道的新聞、中午的娛樂節目、五分鐘的作菜時間、接著又是下午的社會新聞。每一個新聞節目都將廣場飯店的事件列爲頭條。

從反覆報導的事實中確認，千秋終於了解自己處境的危險。如今世人還不能確定千秋是大川公園事件的共犯，還是被利用的無辜者，但心情上已經認定她是「共犯」。一方面是因爲人們認爲一個昨天還活蹦亂跳的高中女生，做什麼驚天動地的事也很正常；而且這種情形更能增加事件的衝擊性。

換句話說，千秋現在和外面社會的安全場所，已經有了兩層的間隔。一個是——她被懷疑可能是誘拐女性、殺人與分屍的犯人的共犯；另一個是——

──社會對他的認識僅止於「謎樣的高中女生」，而非「日高千秋」的個人。何況沒人會想找尋「日高千秋」！

媽媽會來找我嗎？因為我昨天晚上沒有回家……。可是我經常外宿不歸的，所以媽媽可能認為才一個晚上沒回家，沒什麼好擔心的。說不定今天還在繼續觀察情況。

被丟在這裡，肚子好餓，喉嚨又渴。加上又是整間被太陽照射的房間，渾身都流汗了，還好上廁所的需求也相對減低。但是熬到下午三點半，實在是受不了了。

之前她喊過幾聲，希望有人過來。「放我出去！」、「有沒有人在？」可是沒有回音。同時電視的聲音還在播放，如果只是播放大川公園事件和廣場飯店送信事件那還好，經過一小時後，同一節目開始了新的單元，又是「手製西點蛋糕店介紹」、又是「配合秋色的時裝組合」等，盡是些和平快樂的畫面。這對千秋而言，眞是太痛苦了。眼前就看得見安全和和平的地方，但也只是「看得見」，千秋的現況毫無改變。電視機竟然是如此殘酷的玩具呀！

如果日高千秋稍微有一點想像力，應該會發現栗橋浩美就是算準這種效果才將電視機開著不關。就是為了讓她產生孤獨感、讓她飢渴的感受更加眞實，才丟給她這些沒有實體的「資訊」。雖然只是一種軟體，卻也可說是一種酷刑。然而就算千秋領悟了這一點，又能怎麼樣！

接近四點的時候，她終於因為想上廁所而坐立難安。因為受制於手銬不能站起來，只能坐在床上不停地跺腳。身上冷汗直流。

「拜託你呀！我要上廁所。快讓我出去。」

要從肚子裡發出大聲音，是件困難的事，尤其又是空腹。但她還是忍著痛苦不斷呼喊。突然間她才發現自己眞笨，為什麼不直接對著窗戶叫就好了？

「救命呀！誰來救我出去呀！」

她用盡全身力氣不斷地大叫。也許會有人聽見吧！也許那個男人將千秋銬在這裡後就出門了！

喉嚨開始發痛，口水也分泌不出來。生理需求越來越強烈。喉嚨乾燥，但淚水卻不停泛流。

這時聽見腳步聲從門的後方傳出。千秋坐直身體豎耳傾聽，好像是上樓梯的聲音。這裡是二樓嗎？

門開了，栗橋浩美探出頭來，一臉的不高興。

「妳很吵耶！」

看來他剛剛在睡覺。一頭睡亂的頭髮，眼睛四周有些浮腫。

千秋爬在地上企圖靠近他。手腕被銬著十分疼痛，但比起其他的痛苦，這點疼痛算不了什麼。

「拜託你，讓我上廁所！」

栗橋浩美不斷眨眼睛，然後呆然地看著電視機。社會新聞已經結束，現在是電視劇的重播。

「怎麼，已經是這個時間啦。」

「拜託你！」

他用愛睏的眼睛看著哀求的千秋。

「妳眞是沒救的笨蛋耶！」

「拜託你，我要上廁所……。」

「我們把妳當猴子一樣銬起來丟著，就是因爲這偏僻的地方，不管妳怎麼大聲喊叫，也沒有人會聽見。難道妳不知道嗎？一開始的時候還很安靜，我以爲妳已經知道了這一點。」

「我要上廁所！」

「事到如今，還喊什麼『救命呀』。沒有人會聽見的，知道嗎？」

千秋哭出聲音來，連一分鐘也已經忍受不了了。

栗橋浩美在口袋中摸索，掏出一把很小的鑰匙。他用那把鑰匙將鎖在床上的手銬解開，銬在千秋的另一隻手腕。

「廁所在走廊的盡頭。」

千秋緊張得腳步蹣跚，快步衝出了房間。

夜晚。

千秋的手又被銬在床邊。

因爲空著肚子，覺得頭暈。有時胃還會絞痛。

太陽下山後，室內的溫度開始下降，現在已經不會流汗了，但滿臉的油膩。她躺在地上，頭靠著床邊，昏昏沉沉地再也叫不出聲音。

剛才急忙上廁所的時候，弄髒了內褲。因爲手銬著，無法順利穿脫內褲。自己都可以感覺自己身上的臭味，實在很悲慘，整個人都失去了力氣。

千秋用完廁所後，栗橋浩美面無表情地靠近她，一把抓住她的脖子，將她拖回房間。所以千秋只能看到一條短廊、隔著短廊相對的房門、和接著短廊有著堅固扶欄的樓梯。

她判斷這房子的氣氛有點像是別墅。栗橋浩美所謂的「偏僻地方」，看來應該不是謊言。實際上也眞如他說的，這附近萬一有住戶和人走過的話，他們就無法像這樣關著千秋了。

可是，這是爲什麼呢？

他爲什麼要監禁千秋呢？目的何在？是爲了她的肉體嗎？

如果是這樣，只要讓他們高興，我就能脫逃了吧。

像抓住救命索一樣，千秋不斷就這一點思考。比起被威脅、被取笑，這樣子被丟著不管反而更可怕！

閉上眼睛，腦海浮現媽媽的臉。一副很擔心、快要哭出來的表情。千秋，爲什麼不聽媽媽說的話呢？就是她經常說教的那副表情。每一次看到這樣的表情，千秋就煩惱說：「爲什麼不留下錢財，趕快死去呢？」可是現在她好想見到媽媽的那張臉。

我想回家。不，我要回家，我一定能回家。

自己對自己這麼說時，房門又再度開了。

栗橋浩美走進房間裡。一副已經洗過澡的乾淨模樣，衣服也換過了。白色的襯衫搭配寬鬆的卡其褲，身上有股淡淡的薄荷香，大概是乳液的味道吧。

「好臭呀！」他擺出嫌惡的表情對著千秋說。

千秋縮著身體，看見栗橋浩美一隻手拿著毛巾，手臂上夾著一張道路圖。從封面來看，是東京都內的地圖。

發現千秋的視線，他舉起毛巾說：「這個？這個不是用來勒妳的脖子用的。」

臉上沒有笑容，一副好像在看狗大便一樣的鄙夷神情看著千秋的鼻頭說：「我讓妳回家。可是要是被妳認出這是哪裡就糟了，所以要遮住眼睛。」

千秋睜大眼睛，不禁想要站起來，但手銬因而吃進手腕裡。

「眞的？眞的要讓我回家嗎？」

「我讓妳回家，因爲妳已經沒有用處了。」

「眞的嗎？我什麼都不會說的。你的事我不會告訴任何人的。」

「妳也沒有東西可以告訴別人吧！」

他笑著靠近千秋，將手銬從床腳解開，再銬在千秋的另一隻手腕上。

「不過之前妳得照順序來。妳要先做什麼？吃飯還是洗澡？選一個順序吧。」

千秋覺得頭暈。洗澡？吃飯？有東西吃？

「我……我……。」

必須趕緊回答，可是突然被這麼一問，說不定是在耍我的。說要讓我選擇喜歡的順序，萬一選了，會不會另一個就不給我了。算了，也許兩個都只是口頭上的答應。會不會說讓我回家也是口頭上的？

「沒有回答，妳是不要囉？兩個都沒有必要嗎？」

千秋大叫：「先讓我吃東西。」

栗橋浩美留下詭異的笑聲，快步離開了房間。房門開著，千秋手上雖然有手銬，但雙腳是自由的。她可以走動，要逃的話就得趁現在。

可是她動不了。萬一跑不掉，現在好不容易對方軟化了，壞了這情況更令她不安。人家不是說要讓我回去了嗎？

可是，也許他在說謊。說不定是天大的謊言，所以現在是機會。現在是唯一的逃跑的機會……。

如果千秋能夠更冷靜的動腦筋，就應該知道現在的情況是在戲弄她。栗橋浩美明明知道能讓千秋陷入逃與不逃的掙扎，所以才故意打開門出去的。

五分鐘後，栗橋浩美回來了。手上拿著速食店的紙袋。

「快吃吧！」

紙袋裡裝有漢堡和咖啡。漢堡已經冷到發硬；咖啡的冰塊早就融化，味道淡得像水。可是千秋還是吃得狼吞虎嚥。一開始虛空的胃無法接受，好幾次想要嘔吐；吞下噁心的感覺後，連麵包屑也吃得一乾二淨。

栗橋浩美靠在門板上，滿意地看著千秋的樣子，然後說：「接下來是洗澡。」

他抓著千秋的手銬，一如帶著狗出門散步一樣。千秋從被監禁的房間來到走廊。在房門對面的走廊盡頭是高度及腰的窗戶，遺憾的是遮雨板關著，無法看見外面的情景。不過可以知道這是一間木造的休閒小屋結構。

環視左右，走廊的右手邊有樓梯，可以看見粗木頭的扶欄。栗橋浩美帶著千秋向左走，盡頭的地方沒有門，而是垂著一張布簾。裡面是有淋浴設備的洗手間。塑膠地板上，放著一個脫衣籠，裡面有新的浴巾。

「請用。」栗橋浩美拉開淋浴間的摺門，催促千秋。牆邊的置物架擺著洗髮精和沐浴乳。

「很久沒用了，上面可能會有灰塵。這種時候妳應該不會介意吧？」

當然不會介意。淋浴間裡到處都發黴了、有些地方盡是水垢、熱水也斷斷續續地，這些我都不介意。千秋脫掉骯髒的內衣褲，毫無防備地裸身站在熱水下面，腦中始終揮不去這樣的念頭：會不會現在就被侵犯呢？可是爲什麼到現在才要侵犯我呢？機會多的是，不是嗎？

可是心中一旦有這種想法，就開始不安，根本無法好好享受洗澡的滋味。她趕緊洗清頭髮上的洗髮精，打開摺門，一把抓起了大浴巾包住自己的身體。

來到洗手間，在闔上的布簾底下看見了栗橋浩美的腳尖。原來他在走廊等著，而且還哼著歌。是千秋沒聽過的歌曲。

「洗好了嗎？」他大聲問，感覺心情不錯。

「這個，給妳換上。」

拉開布簾，栗橋浩美遞上一包衣服，是千秋的制服。摺疊得很整齊，沒有一絲皺紋，還附有新的內衣褲和襪子。

「我可以收下嗎？」

「當然可以。」栗橋浩美笑說：「既然妳都已經洗乾淨了，繼續穿骯髒的內衣褲，不就可惜了嗎！」

千秋立刻擦乾身體，穿好衣物。穿上制服時，不由得熱淚盈眶。一種熟悉的感觸，似乎證明她將脫離剛剛那些難以理解的狀況。

千秋走出洗手間時，栗橋浩美還在哼著歌曲。他一邊唱歌一邊幫她銬上手銬。制服和手銬是一種新的組合，表示她還沒有眞正的自由，要想安心還嫌太早呢！千秋的心像皮球般激烈彈跳，自己也不知道心正跳向何方。安全還是危險？安心還是警戒？

「沒有吹風機，所以只能等頭髮自然吹乾囉。」他摸摸千秋的濕髮說。

「沒關係，這樣子比較不傷髮質。」

她又被帶回剛剛的房間。如果走下樓梯，可能還是不能走到外面吧？應該還很危險吧，是嗎？

「坐在床上！」

千秋遵照他的命令行事。

「我看過妳的記事簿，知道妳家的住址，但是總不能直接送妳回家。我會開車到妳家附近讓妳下去。有沒有什麼地方，晚上比較沒有人去的？最好是公園什麼的，有沒有哪裡較合適呢？」

栗橋浩美從褲子後面的口袋取出地圖，在千秋面前攤開。雖然是影印的，但很清楚的是千秋所住的三鷹市詳圖。那麼，我眞的回得了家囉？他願意讓我回家囉？

「哪裡都可以，只要讓我下車，我一個人可以走回去。」

「那可不行，我可不願意冒險，萬一讓妳下車時被別人看見。我也不願意讓妳在陌生的街頭晃盪。」

說的也是，千秋拚命開始動腦筋。要是弄不好，說不定栗橋浩美又會改變主意。

「公園的話，我家附近有一個。」

「大嗎？」

「還蠻大的。是個兒童公園，種有很多樹……。」

「地點呢？」

千秋看著地圖，立刻找到了公園的所在地，她指給栗橋浩美看：「嗯……就是這裡。」

這時千秋突然想到：「對了，那裡有一個大象形狀的溜滑梯。小時候，我媽媽經常帶我去那裡玩。」

爲什麼會想起這種事呢？大概是思念媽媽吧。自己也覺得奇怪，不禁覺得這樣的自己也很可愛。

「是嗎，不錯嘛。」栗橋浩美聲音顯得開朗：「的確不錯，正好跟我要的一樣。」

客觀來看他的反應，應該會覺得奇怪，但千秋卻十分高興，有種被稱讚的感覺。因爲被稱讚似乎就代表千秋的生命有了保障，至少千秋是這麼想的。所以她必須繼續討這個男人的歡心。

「我很喜歡那個大象的溜滑梯，還幫它取了名字，叫做皮皮涅拉。」

「好奇怪的名字。」栗橋浩美一邊確認千秋所指的兒童公園位置，嘴裡直接批評。

千秋以爲他不喜歡，立刻說明：「皮皮涅拉不是我隨便取的名字。你知不知道《杜立德醫生奇妙之旅》的童話書？杜立德醫生是個能和動物說話的醫生，其中有一隻金絲雀會唱歌劇，名字就叫做皮皮涅拉。我好喜歡那個皮皮涅拉，所以才讓喜歡的大象溜滑梯也有同樣的名字。」

「我不喜歡，這個名字太奇怪了。」

栗橋浩美用力闔上地圖，彷彿它已經沒有用處了。然後重新握緊手上的毛巾，似乎在確認它的堅固程度，並看著千秋。

千秋縮起了身子。因爲栗橋浩美的動作，彷彿接下來不是要遮她的眼睛，而是要勒她的脖子。

他笑著說：「幹嘛那麼害怕呢？」

然後走上前用毛巾套在千秋的脖子上說：「妳以爲我會勒住妳的脖子嗎？」

千秋的心和身體一樣揪得緊緊的。因爲太過緊張，脖子僵硬地感覺一絲痛楚。現在千萬不能亂說話，惹這個男人不高興就完了。看來這傢伙很愛玩遊戲，必須好好陪他才行。可是怎麼動腦筋想，就是想不出聰明的回答。

過去千秋經常轉動她那可愛的小腦袋，想著如何誘惑有錢的中年男人、想著如何分辨在電話交友中心認識的大學生說的話是眞是假、想著如何界定男人是否符合她的夢想？那時候住在這個可愛小腦袋裡的「日高千秋的知性」，總能做出正確可靠的判斷。

然而現在千秋的頭腦裡面，沒有住著任何人。好像那個人因爲害怕危險，將千秋的肉體丟在這裡，一個人逃得無影無蹤了。

千秋的雙眼滿是淚水。脖子上纏著的毛巾觸覺，比任何想像都眞實。她害怕得說不出話來。

栗橋浩美笑出聲音，然後取下千秋脖子上的毛巾。

「笨蛋！原來妳這麼膽小？既然敢到交友中心玩，我還以爲會更勇敢些呢！」

他坐在千秋旁邊，床鋪因爲他的重量而發出聲響。然後他好像有些害羞地面朝下，將手臂繞到千秋的肩膀上。

千秋嚇得身體更加縮在一起。栗橋浩美的手臂內側碰觸到她的脖子，皮膚有些汗濕，卻又顯得冰涼。

「剛剛我不是說過了嗎？會平安送妳回家的。妳要相信我說的話。」

千秋用手背拭去了淚水，嘴巴像沒有空氣的金魚一樣張合著。拚命在一片空白的腦袋殼裡尋找話語。

「你不要殺死我……。」好不容易說出話來。

她突然想起來如此哀求別人，是在國中二年級半夜打電話給拋棄她而選擇隔壁班女生的男朋友以來的第二次。那一次她懇求對方改變心意，結果對方還是沒有答應。

「沒有人會殺妳的。妳難道聽不見我說的話嗎？這個電話是不是有問題？喂……喂……？」

栗橋浩美故意跟她開玩笑，假裝千秋的耳朵是隻話筒。他的呼吸直接吹在千秋的耳際和臉頰，讓她覺得胸口難受。

「幹嘛那麼害怕呢？妳應該不會害怕男人才對？而且我又是妳喜歡的類型，不是嗎？在咖啡廳見面時，我倒是很相信這一點的。」

栗橋浩美像在情人耳畔低語一樣，對著千秋的耳朵說話。假如只取這個畫面讓不知情的人看，他們一定會解釋成：「年輕男子正在撫慰年紀小的女友。」

實際上，千秋只能感覺到栗橋浩美的態度不太正常。這個人欺騙我，將我帶到這裡。還用手銬限制我一天的行動，對我不理不睬。甚至於在言語中暗示他是誘拐其他女人，將她們殺害的兇手。最後他又重新製造出想要親近我的氣氛，一旦千秋努力配合他的需求，他又變得難以伺候。於是當千秋一哭，他又像個甜蜜的情人一樣。

爲什麼要這樣做呢？千秋嘴裡沒有說，早已經在心裡問過數十遍。你的目的何在？可是她對這個疑問也感到害怕，如果回答是「我想要殺妳」，豈不是太嚇人了！所以她換個說法：「如果你想跟我做的話，可以呀。要怎麼做，我都願意配合你。只要你不要欺負我。」

她好不容易抽搐地說完這些話，栗橋浩美只是張口大笑說：「我對妳這種小女生沒興趣！」

日高千秋無法理解栗橋浩美只是想要玩弄千秋，左右千秋的感情波動。過去千秋接觸的男人，不論是老頭子、中年人、青年、小伙子還是男學生，大家最終的目的都是少女的肉體。其中摻雜一點戀愛氣氛或是援交的性質也不錯；就算沒有，反正男人只要沾上千秋青春的肉體，就覺得夠本了。整個交易非常簡單明快。不只是千秋如此，所有在電話交友中心或路上跟搭訕的男人睡覺的女孩，要的就是這種簡單明快。用身體交換金錢，必須要乾淨明瞭，否則怎能安心交易。男人們不會強迫少女販賣市面上沒有的商品。他們經過店面來到少女私密的房間，但絕對不會要求少女打開房間裡的日記本讓他們看。

而栗橋浩美做的卻是後者，他想要進入千秋的內心世界。而且用千秋的性命爲餌，動搖她的感情，拿她當玩具耍。

千秋從來沒有爲這種事訂過價錢，甚至也沒想像過要爲這種事訂價錢。反過來說，如果她在無意義中被教會收藏在私密房中的東西價格最爲貴重，她就應該知道只有肉體是不能販賣的。

「不要欺負妳嗎？」栗橋浩美低聲重複，並抱住了千秋。

千秋像吞下一根木頭似地身體僵硬，額頭頂在他的下巴。鼻子裡充斥著汗臭味，分不清楚是他的還是自己的。

「這麼說來，妳倒是都沒問過我，我是不是大川公園案件的兇手？」

千秋默默吸著鼻子。這種事不用問也知道，在她心中早已有定見。可是千秋全身包覆在濃厚的恐怖壁壘中，她不敢將這種反應直接表現出來。

「爲什麼妳不問我這種事呢？」栗橋浩美繼續說：「是不是我將女人的右手腕切掉，丟在垃圾箱裡？是不是我將誘拐的女人皮包故意擺在公園讓人知道呢？」

他的手撫摸著千秋的頭髮。

「很多方面，妳和那兩個女人不一樣。雖然有些地方也很像，但不一樣的部分較多。」

兩個女人——栗橋浩美不自覺地說出來了。一個是古川鞠子，另一個大概是被切斷右手腕，還不知道是誰的女人吧。一整天收看社會新聞，千秋對於大川公園事件熟悉的程度，比之前還未受騙時要清楚得多。所以現階段警方和世人還在猜測那隻右手腕是古川鞠子的呢？還是另有其人？

但剛剛栗橋浩美提到「兩個人」，表示古川鞠子和那隻右手腕的主人是不同人。他殺死了她們兩人。被害者有兩人。現在全日本知道這件事的只有日高千秋一人。

不，還不只是這樣，。說不定還有其他被害人。千秋腦海裡閃過如此恐怖的推測。

「那個叫古川鞠子的人，也死了嗎？」千秋小聲地問。

栗橋浩美轉過頭低聲笑道：「爲什麼要問這種事？爲什麼用這種方式問我？爲什麼妳不問我是我殺了她嗎？」

笑的時候，他那略嫌瘦削的胸膛開始震動。

「沒錯！她被殺死了，古川鞠子。」

栗橋浩美更加用力抱住千秋，千秋甚至可以感覺到他心臟的跳動。他有些興奮。從他心臟跳動的方式，千秋搞不清楚他是期待冷靜還是希望興奮。

「她是個討厭的女人！」栗橋浩美單調的聲音繼續說明：「不像妳這麼可愛。不會哭也不會哀求，居然敢對著我說教，說我做的事是錯的！」

他從鼻子冷冷哼出一口氣，聽起來沒有在笑。

「還問我說：『做這些事有什麼意義？』罵我是人渣。她說看到自己的爸爸選擇外遇對象、放棄家庭，早就不對男人存有幻想。但是你這種人連男人都稱不上！她眞敢說話！」

言外之意是說，古川鞠子狠狠地教會了他做男人是怎麼一回事。千秋緊張得噤口不言。她這才了解原來剛剛說：隨便他怎麼辦，她都能配合，只要別殺了她，這種話對他是不管用的。

「還有一個人……，那隻右手腕的主人是誰呢？」

對於千秋小聲的詢問，栗橋浩美猛烈地回應說：「問這個，是想回去告訴妳媽媽，然後帶警察一起來抓我嗎？」

「沒有，我不會！我絕對不會那麼做的。」

千秋激動地搖頭，拚命想要掙脫栗橋浩美。可是他的手臂緊緊抱著千秋，而且越來越用力。千秋的鼻子抵在栗橋浩美堅硬的喉結下，她覺得鼻子快被壓扁了，很痛！可是他的力量毫不放鬆，似乎在享受千秋鼻子軟骨的觸感，反而一再用力。千秋無法呼吸，只好用嘴透氣，大聲地喘息。

栗橋浩美猛然放開了她。因爲太過突然，千秋順勢跌落床下。

「賤女人！」栗橋浩美不高興地怒罵：「好了，遊戲到此結束。妳可以回家了，而且將成爲世人笑話的對象，知道嗎？因爲妳幫助過我，所以一輩子都會被別人在背後指指點點。妳的人生完蛋了。妳是個賣春的高中女生，知道嗎？這樣子妳還想回家嗎？」

「我想回家。」千秋毫不猶豫地回答，因爲她不想死：「我要回家，你說過要讓我回家的吧？」

栗橋浩美俯視著千秋，拎著她站起來，就好像拎著什麼髒東西似的。

「轉過身去，我要把妳的眼睛遮起來。」

這一次毛巾遮住了眼睛，眼前一片黑暗。

栗橋浩美牽著她的手說：「來這邊，小心腳底下。」

兩人走出房門。千秋因爲興奮、害怕與希望而頭昏腦脹。眞的能離開這裡嗎？可以活著回家嗎？眞的？眞的嗎？不用被殺死嗎？

來到走廊，聽見剛剛的房門關上的聲音。千秋失去了方向感，停在半路上。栗橋浩美在她背後推著，千秋順著被推的方向前進。她記得前面應該是有樓梯，所以腳步走得很小心。

「等一下，停！」栗橋浩美在背後抓住她的肩膀說：「樓梯。」

她的記憶果然沒錯，從這裡開始要下樓梯。千秋雙手抱住身體，企圖停止顫抖。

就在這時，聽見腳底下出現別的聲音。是活潑、開朗的年輕男人聲音。

「怎麼樣？好玩嗎？」

千秋大吃一驚。因爲到目前爲止，她從來沒有想像過可能不是只有栗橋浩美一個人。

「還算不錯。」栗橋浩美越過千秋的頭頂回答：「因爲可以仔細觀察現在高中女生的臉呀。」

「看來是個長得蠻可愛的女生嘛。」腳下面的聲音說。千秋察覺另一個男人在樓梯下面。他站在樓梯下面抬頭看著千秋他們。

可是，這是爲什麼呢？

「不能讓被害人看見梯子或樓梯，因爲他們一看見就絕對不肯靠近和爬上去了。」樓下的男人繼續說。聽他的語氣，好像是在對千秋說明什麼。

「所以才要將眼睛蒙起來。」栗橋浩美說：「而且看不見的話，妳也比較不會害怕吧？」

千秋的心臟緊縮，全身冒著冷汗。爲什麼要跟我說這些？什麼叫做「比較不會害怕」？

「我可以回家吧？」爲了討栗橋浩美的歡心，千秋盡量用穩定的聲音朝他所在的方向詢問。

樓下的聲音回答：「我們發出很大的聲音作各種實驗，妳沒有聽見嗎？」

很大的聲音？難道就是那些砰然巨響嗎？

「我們將棉被包起來做投擲實驗，到時候來眞的會比較順手。」

「什麼實驗……？」

千秋又忘形地插嘴了，她努力想裝出天眞無邪的聲音，可是話說到一半就變成了尖叫。脖子上有什麼東西拉著，而且不是毛巾……。

「妳眞的認爲能平安回家嗎？」栗橋浩美邊說邊用綁貨物的繩索套在日高千秋脖子上。繩子的另一端綁在天花板上的屋樑，他們利用樓梯做了一個簡易的絞刑台。

在日高千秋還來不及放聲大叫時，栗橋浩美的雙手已將她的背部向前推。千秋雙腳踏空地垂掛在天花板下。最後感覺到的是栗橋浩美的手的溫暖、脖子上的繩索和屋樑支撐她體重時發出的聲響。

在她斷氣前的一剎那，耳朵聽見的是樓下的男人朗朗的聲音說：「浩美你眞是個壞蛋！」

看著半空中搖晃的兩條腿，和平說：「不知道警方驗她的屍，會做出怎樣的推論？」

栗橋浩美坐在樓梯頂端，想起千秋的吃相和她細心的淋浴。

「吃了食物，也洗了澡，一定會被認爲是我們的共犯。至少會跟單純的被害人分開考慮吧。眞是個好陷阱，和平。」

「她大概完全都沒想到，自己死後會被這樣子定位吧？」

「如果這女孩有這種頭腦，那就更好玩了。」

栗橋浩美眞心覺得有些遺憾。和和平兩人完成這齣大戲固然有趣，如果能再加入一個談得來的女生，那就更加刺激了。只不過他很難對和平提出這樣的建議。

「不過我們還是太過冒險了。」和平皺著眉說。

栗橋浩美笑著打發說：「不要這麼說，應該說我們的動作快如閃電，手腳乾淨俐落！」

和平看起來不像眞的生氣，但也沒有笑容。

「和平還不是計畫要利用有馬那老頭兒，還說得趕緊進行下一個步驟……。」

「我是說了，但不是這種形式。我本來是希望做得更謹慎些。」

「結果不錯不就好了嗎？」

「說不定有人目擊到浩美了。」

「在那種地方，有誰會注意到高中女生和年輕男人的組合嘛。」

「不是只有這樣。也許有馬義男會報警呀，而且警方也可能在指定的七點鐘之前就派人在大廳埋伏。萬一警方在櫃檯逮捕了日高千秋，她就有可能帶警方找到你！」

「那個膽小鬼的老頭兒才不會做那種事。目前他就沒有這樣做呀！」

「你只是就結果論事。」

「所以我說結果不錯就是好的，不是嗎？」

回過頭來想，和平說的危險果然很有可能。可是在設計作弄有馬義男的計畫時，栗橋浩美真的很有自信，絕對會成功的。這個老頭一定會遵照我的指示行事。因爲站在老頭兒的立場，鞠子在我的手上成爲人質，當然只有唯命是從囉。

另外在新宿車站搭訕日高千秋時，應該說看見她心神恍惚的等人時，他的信心更加確定。這個女孩用得上，簡直是最佳人選。怎麼時間點這麼剛好，說是天賜良機也不爲過。

「如果日高千秋不能用，我就會打電話到廣場飯店，要有馬老頭兒換個地方。我打算讓他在新宿到處轉呢。反正時間很多，最後我趁著老頭兒在外面奔走的時候，將手錶放進他家的信箱就好了。」

這意思是說，日高千秋是多餘的。不過是一個增加美味的調味品。用完就可以丟掉，所以也沒什麼不好。

和平靜靜地聽著栗橋浩美單方面的說辭，然後不改平穩的口氣表示：「小心一點是很重要的。」只一瞬間，他正面看了栗橋浩美一眼：「今後沒有我的許可，你不可以再這樣貿然行事了。因爲我們是一個團隊。」

栗橋浩美回答：「知道了。」但心中卻認爲：

和平對於我的新鮮手法，其實是有一點忌妒吧！

「我會考慮如何處理屍體，因爲我希望展現最大的演出效果。從她嘴裡問出來家裡的情況，你待會兒再告訴我。」

栗橋浩美恭敬地低頭表示：「我期待你的表現。」於是和平好像心情回轉許多。

「一起來整理吧！」栗橋浩美站起身來：「就是這點比較討厭，還必須小心處理。這傢伙搞不好還有些奇怪的病，因爲她跟很多男人都睡過。」

和平哈哈大笑說：「是嗎，難怪你沒有對她動手。」

就連栗橋浩美在這方面也是很小心的。

11

鏡子裡面的臉正在笑著。

那是一面可以照到腰部以上的大鏡子。當初來看這個房間時，房屋仲介還特別說明：「浴室採一體成型的設計比較小，顯得這個鏡子十分不協調的大，反而受到女性住戶的喜歡。」

這種說法讓他覺得弦外之音是：我們其實是想把房間租給女性，不想租給你這種人。所以栗橋浩美決定租下這房間。他跟和平報告這事時，和平還笑倒在地上說：「浩美眞的很不喜歡拐彎抹角的事呀！」

沒錯，房屋仲介的人做的就是「拐彎抹角的事」。既然不喜歡男性住戶，一開始就不應該帶他來看房間。在租屋條件上明列「只限女性」不就好了嗎！自己不這麼做，等到客人來了才裝腔作勢，根本是違反規則嘛。

栗橋浩美對著鏡子做出一個大笑臉，他的牙齒排列得很漂亮。

壽美子曾經說過：「作爲男人，你的牙齒一顆一顆的太小，感覺有點小家子氣。」當時的栗橋浩美正值多愁善感的年紀，尤其對自己的外貌好壞十分敏感的十幾歲少年。媽媽的一番話深深傷了他的心。他翻遍行業別電話簿尋找矯正齒科，打電話過去問：「拔掉小顆牙齒，換上比較像男人的假牙要多少錢？」可是每一家矯正齒科都回答：牙齒小顆並不是異常，所以沒有矯正的必要，他們不能幫客人做那方面的服務。栗橋浩美感到十分的不滿。

現在他反而十分喜歡這些小顆的牙齒，雖然壽美子曾經看不起他，批評他的牙齒「小家子氣」，但事實不然。牙齒小，笑起來的時候會有一種都會的瀟灑美感。太大太長的牙齒看起來則像是鄉巴佬或粗俗的野馬。

鏡中的栗橋浩美臉色有些憔悴。

搬運日高千秋的屍體到大象溜滑梯上面是一件大工程，花的時間比預計要久。他流了很多汗，因爲沒來得及立刻換衣服，所以感冒了。結果他是躺在這間租來房間的摺疊床上，一邊發高燒一邊收看好幾天發現千秋遺體時的新聞報導，看的時候還咳嗽不止。

說不定還不只是單純的感冒，因爲燒到四十度左右。到了第二天栗橋浩美受不住了，決定去看醫生。由於頭腦昏沉、腳步不穩，他先從七樓高的窗外尋找醫院的招牌。

還好不費工夫就發現公寓南邊，隔著兩個街角豎立一塊醫院的招牌。可以看見上面寫著「急救指定代代木」，下面的字就看不清楚了。既然是急救指定，應該就是醫院沒有錯了。

這間公寓距離初台車站走路要十分鐘。如果要回老家必須換很多車，這也是他選擇住在這裡的理由。他才不希望一班車就能回到老家，因爲這裡是栗橋浩美個人的城堡，儘管房租全部是由家裡負擔的。

醫院的全名是「代代木診所」。地點位於八幡代代木，當然就取這個名字，但其實是因爲院長姓代代木的關係。代代木院長內外科病人一手包辦，診療工作十分忙碌。所以幫栗橋浩美看病的也是他。因爲看他在診療室裡穿著白衣、脖子上掛著聽診器，栗橋浩美以爲他只是醫生；聽見護士叫他「院長」時，還嚇了一跳。當場他就對代代木院長感到蔑視。栗橋浩美認爲：一個醫院的院長不應該連感冒的病患都親自診斷，而是在更複雜且困難的病情才出現。院長應該將時間花在醫師公會、與政治家的交往等正事上。

可是因爲他發高燒，沒有力氣說出這些話。醫生看他一副臭臉，回答問診的態度也很冷漠，還以爲是生病的關係，一點也不介意。代代木院長人很親切，看病也很仔細。年紀在四十歲後半到五十歲，身材矮小、頭髮花白、感覺十分乾淨。相信他脫了白衣，身上還是有一股藥味吧！

由於有肺炎的可能性，所以照了X光，也吊了點滴。在接受診療和處置的時候，栗橋浩美固然沒有精神，但內心覺得十分生氣與失望。

本來這是他享受勝利滋味的時刻。世界看起來一切都很光輝，而且是隸屬於栗橋浩美的時刻。可是他卻發高燒，彎著背猛咳嗽，累得不能看太久的電視，也無法讀報紙。和平很擔心他，要他立刻去看醫生，還說被傳染就糟了，所以暫時不來看他，從此也沒有聯絡。和平不來公寓也就算了，連電話都不打來就太寂寞了。

日高千秋的死，造成全日本的動盪。警察在追「嫌疑犯」，媒體在找「兇手像」，社會感到恐懼，世人則吵嚷著期待下一個犧牲者的出現。而這一切都是和平和栗橋浩美做出來的！

代代木診所的診療項目有內科、外科、小兒科、眼科、牙科五種。因爲醫院不大，內科和小兒科的門診掛號在一起。候診室裡人滿爲患，從診療結束到領藥需要一個小時的時間，栗橋浩美不得不坐在抱著哭鬧小孩的年輕媽媽身邊。小孩大概也是感冒發高燒，身上包得厚厚的，通紅的臉頰像是火燒的一樣。年輕媽媽似乎整晚都沒睡覺，顯得很疲倦。不停搖動膝蓋哄著腿上哭泣的小孩，不知不覺間動作停止了，她的頭開始前後搖擺。過了一會兒又突然驚醒，繼續晃動膝蓋。這樣的動作一再重複。

候診室的盡頭有一台小電視，閃爍的畫面不是很穩定。機型比起監禁日高千秋那個房間的電視還要古老，但是大部分來看病的人還是盯著電視看。

當然裡面的節目也在報導該事件。

不知從哪裡集合來這麼多生病、需要治療、求藥的人們，這間候診室裡眼前最關心的事，依然是被殺的高中女生。栗橋浩美不禁笑了出來，又趕緊低下頭去。在這裡的老先生、老太太和年輕媽媽們，如果遇見活生生的日高千秋，一定都是對她抱持否定情感的人們。坐在右邊角落椅子上的胖男人，也許會花幾萬塊買千秋的肉體，但也不是因爲覺得她善良可愛才那麼做的吧。

這裡面大概不會有人會認爲日高千秋是規規矩矩的高中女生。或許會唾棄她是個披高中女生外皮的賣春婦；也可能覺得她可憐，鄙視她沒有什麼能力，只能出賣肉體；甚至有人會用好色的眼光看她，反正她喜歡有什麼不可以呢。但是她死了，是被殺死的，於是突然間全日本的同情都集中在她身上，她成了催人熱淚、天眞純潔的少女。至少在目前是這樣，在她的私生活還未公開前。

電視畫面上出現一個對著麥克風嗚咽的中年婦女。他以爲是千秋的媽媽，卻是她祖母。她說：「千秋長得像洋娃娃一樣可愛，是個像天使般的小孩。」栗橋浩美終於忍受不住諷刺的笑意，低聲地笑了出來。天使通常是不會無止境地誘惑男人的！

猛然他發現隔壁的年輕媽媽停止了動作；小孩的眼角堆著淚水，睡得正香甜。他以爲媽媽又打瞌睡了，抬眼一看，對方正看著栗橋浩美，而且是眼睁睁地看著。因爲栗橋浩美還在笑，所以立即將臉避開。

他可以感覺年輕媽媽的視線對著他的頭後方。

電視上千秋的同班同學正在接受採訪，大家都很會說話，邊說還邊哭泣。這群少女一定都知道千秋的生活方式，也看過她脫軌的行爲，但是在電視機前，沒有比同學的死更重要的。她們很清楚她們所被賦予的角色就是對著世人哭泣。

可是畫面上還是跟剛剛的祖母一樣，是悲傷的氣氛。年輕媽媽一定對看著電視在笑的栗橋浩美感到難以理解吧！我眞是太粗心了，栗橋浩美制止自己。看了一下四周，想要換個位置。但所有的位置都坐滿了人。沒辦法他只好閉上眼睛，這時他的名字被叫到了。他舒了一口氣，起身到窗口領藥。同時偷偷用眼角瞄了一下，剛剛那個年輕媽媽已經沒有在看他了，而是將手放在小孩的額頭上。

栗橋浩美安心了。走出候診室時，還故意通過那對母子身邊。媽媽沒有抬起頭，只是跟孩子在說話。雖然只是帶給他一瞬之間的不快，栗橋浩美還是在心中詛咒：「這小孩的高燒一個禮拜不退，使用任何抗生素都不能減輕小孩的病情，最後便病死了。」這麼一來，年輕媽媽就會忘記栗橋浩美，日高千秋和連續女性被殺事件了吧。

栗橋浩美走出自動門離開了代代木診所。古舊的門開關時發出吱吱嘎嘎的聲音，而他的心中卻只想趕緊回到自己的房間躺下。

抱著孩子坐在椅子上的年輕媽媽，轉過身回頭看著他離去的背影。

或許是藥效發作了，高燒不久便退了。但是關節痛和咳嗽依然不止。於是栗橋浩美還是整天躺著。

發病後第三天，他的體溫已恢復到三十七度，因此搭計程車回老家。事前已經打過電話，壽美子已鋪好被子等他回來。他並沒有期待母親的看護，事實上壽美子也不會做出任何的看護動作，只是因爲家裡是藥局，對病人總方便些，至少飲食方面有人照應。

儘管如此，到他能夠完全起床還是花了一個禮拜的時間，而且體重降低、臉色也很不好，嚴重的咳嗽始終不停。和平打電話來，中間他必須好幾次停下來咳嗽，光是報告近況就用了不少的時間。

閒著沒事在家裡養病之際，整天都在收看電視新聞有關日高千秋的報導，他心想：不知道有馬義男現在怎麼樣了？老頭兒沒有上電視，只有在電視上看到他的店員將上豆腐店採訪的記者趕出門的畫面。

他問和平能不能打電話給老頭兒呢？和平回

答：「如果能夠不讓對方知道你感冒的話。」

「爲什麼？」不過只是感冒而已嘛。

「最好不要讓他們認爲我們也是一般人。讓他們以爲我們是莫名其妙的怪物，我們才好辦事。浩美的咳嗽還很嚴重，不是嗎？在完全治好之前，電話還是別打。」

可是越是被說不行，心中就越是蠢蠢欲動。有馬老頭兒現在應該是捧著鞠子的手錶在哭泣吧？眞想聽聽他的哭聲。

那就趁著爸媽不在家的時候，在房間偷偷打電話吧。

有馬義男沒有哭泣，讓他有種希望落空的感覺。電話講到一半，他開始咳嗽，加上老頭兒一再要求「讓我聽聽鞠子的聲音」，他氣得切斷了電話。

不知爲什麼，這次的電話沒有被報導？或許是因爲老頭兒那裡已經有警方埋伏，他們不太肯對外公開吧。還好這樣子和平也不知道他沒有聽從忠告，只是總覺得有些不能滿足。

於是他又打電話給和平說：「利用日高千秋做出那樣的戲劇性效果，現在沉默不能說話，眞是無聊！」

「既然我感冒不方便說話，爲什麼和平你不打電話呢？」

和平笑說：「不到最後必要，電話還是由浩美來打比較好。我不像浩美那麼會說話。你自己大概沒感覺，但浩美眞的是很會說話。你的『言語』表現正好符合世人心目中的犯人形象，我是沒辦法做到的。」

被人稱讚，感覺很爽。他這才認爲：沒錯，我們兩人創造出震驚社會的連續殺人狂，這是一種創造性行爲。

當然一開始隱藏在「連續殺人狂」幻影背後的目的，是要掩飾過去殺死岸田明美、嘉浦舞衣的不變事實。但現在他感覺不只是這樣，而是一種慾望，希望觀察自己能夠將這個殺人狂的肖像做到多精緻！

「下一步要怎麼做？」

對於栗橋浩美幹勁十足的問話，和平想了一下後回答：「我覺得是該交出古川鞠子屍體的時候了。」

「什麼？要把她挖出來嗎？」

「沒錯。所以你只要安心養病，把感冒治好。出力的工作我來就可以了。」

不僅出力而且是骯髒的工作。

「我知道了。」

就這樣養病的栗橋浩美處於「待命」的狀態。既然沒有出門的氣力，就躺在家裡閱讀過期的書報雜誌、製作簡報資料、整理女孩子的錄影帶、照片和遺物，生活過得悠閒輕鬆。

感覺還真不錯。可以確認自己的戰果，好像在磨亮過去的勳章一樣。所以當他站在廁所，看見洗手間的大鏡子反映出自己的身影，不禁做出笑臉面對。一如戀愛中的女孩，找到機會就會對著鏡子或地下鐵的窗玻璃堆起笑臉一樣。他可以理解那種心情。那是一種幸福的笑容，自己臉上的幸福必須用自己的眼睛一再確認。現在的栗橋浩美也是這樣的心情，感覺幸福而且自傲。

鏡子照出人影——照出臉、身體、眼睛的顏色和眼裡的光輝。它其實只是一種物理作用，只是反映出人影，並不表示它知道影中人的想法。鏡子是無機質、無關心的，所以人才能安心在它面前表現自己，檢視自己。將喜悅、自誇的心思，毫無隱藏、不須謙卑地解放出來。如果世界上沒有了鏡子，人們就必須藉著彼此來檢視容顏，就必須靠自己來觀察自己的生存，於是人們必須比現在更加深入地檢視自己，否則就無法心安理得、無法正常生活。

栗橋浩美想著這些事，然後抬頭看了一下時鐘，時間是下午五點半。窗外已經整個暗下來了，曬在陽台上的毛巾像幽魂的碎片般無助地搖晃。他趕緊走出窗外將毛巾收進來。

這時他看見街燈下高井和明肥胖的身軀站立著，而且抬起頭望著這窗戶。

12

一九九六年十月十一日「都民生活諮商日誌」受理記錄——

編號「96——10112 8」

諮商受理人：加賀見一美

受理時刻：下午二時三十分

通話時間：十五分鐘

當事人：二十九歲　男性　未婚　自營業者

諮商內容：交友關係的煩惱

從小認識的朋友似乎跟犯罪有關係，雖然還沒有跟本人確認過，但看見了足以證明的事實。是否應該報警呢？還是先跟朋友談談比較好？

備註：該當事人不是第一次來電，過去兩年有三次來電。伊藤、折部兩位諮商人員均處理過。過去諮商的內容是：因爲個性內向，無法跟周遭的人打成一片、沒有辦法和女性交往等個人自身的問題，和這次的案子不同。

詢問當事人其朋友所牽涉的犯罪是什麼種類？因本人不願意多談，沒有回答。

職對當事人的印象：這名當事人似乎對自己擔心的事情，抱持相當大的恐懼。在這次的通話中，與其說是想聽別人的意見，不如說是希望抒發胸中的不安。當他單方面說完感受後，還未等職提出具體的建議便掛上了電話。

和伊藤、折部兩位諮商人員討論後，我們一致認爲：從過去三次的諮商內容與該當事人的通話態度推斷，其本人因爲內向的個性而煩惱不已，但絕對不會是故意亂說，企圖引起騷動的類型。因此對於他今後的諮商內容，有必要多加注意、細心處理。

一九九六年十月十六日「都民生活諮商日誌」受理記錄——

編號「96——10160 1」

諮商受理人：伊藤雄一

受理時刻：上午九時五分

通話時間：約四十分鐘
當事人：二十九歲　男性　未婚　自營業者
諮商內容：交友關係的煩惱
十一日編號「96——10128」當事人的再度諮商。給人一種等待諮商電話受理時間開始的印象。
備註：接手加賀諮商人員，由伊藤受理本案。這是第三次和該當事人通話。前兩次的內容都是：沒有辦法交女朋友、不知該如何和女性交往的煩惱。且前兩次諮商分別間隔了一年和一年半的時間。根據當時各個諮商人員受理的意見和記憶，認爲對方的智能程度相當高。
詢問上一次電話諮商以後的情況，當事人提到：有關朋友涉嫌「犯罪」一事，是他想太多了。當事人不斷強調：「朋友不可能會做那麼可怕的事。」
當事人的態度誠實、語氣明朗。但當職詢問其朋友牽涉的「犯罪」內容時，卻顧左右而言他，不置可否。再一次詢問：「你所謂他不可能做那麼可怕的事，具體而言是什麼樣的事呢？」當事人回答：「就是電視新聞報導的那種事件呀。」
對於朋友嫌疑的解除，當事人並未能提出明確的反證或反論，只是感覺上、情緒上認爲朋友無罪。當事人還自省地表示：「懷疑朋友是不好的事。」
於是當職詢問：爲什麼一開始會認爲朋友涉嫌犯罪呢？（之前當事人不願回答本問題）
當事人表示：「因爲我聽見朋友打了奇怪的電話。」
關於奇怪的電話內容沒有說明。
一九九六年十月二十一日「都民生活諮商日誌」受理記錄——
編號「96——10203」
諮商受理人：加賀見一美
受理時刻：上午九時二分
通話時間：一分鐘不到
當事人：二十九歲　男性　未婚　自營業者

諮商內容：交友關係的煩惱

備註：指定伊藤諮商人員，說明該人員休假，對方即掛斷電話。

同一日受理記錄

編號「96——102118」

諮商受理人：加賀見一美

受理時刻：下午五時四十分

通話時間：約一分鐘

當事人：二十九歲　男性　未婚　自營業者

給伊藤諮商人員的留言：「煩請告訴伊藤先生：讀了很多還是不安，希望能確認。」

職會試著問他：「我不能幫助你嗎？」當事人禮貌地拒絕說：「我不太能跟女性諮商人員交談。」

一九九六年十一月一日「都民生活諮商日誌」

諮商人員日報（摘要）

記錄：伊藤雄一

本月一開始，在諮商人員會議中提出了「有關朋友涉嫌犯罪」的男性當事人停止聯絡的議題。由於犯罪的性質、內容等完全不明瞭，且應注意是否爲惡作劇或流於想像的情形，但因爲整個過程令人擔心，因而在此與各諮商人員商討如何應對該當事人的來電。

不過該當事人之後未再打電話到都民生活諮商日誌，受理諮商的伊藤、加賀兩位既不知該當事人的身分，也無從判斷其說話內容的眞僞。

設立於警視廳墨東警署內的連續女性誘拐殺人棄屍案共同特別搜查總部，這幾天進來許多資訊。從大川公園事件案發的九月十二日起到十月三十一日止，來自電話或投書的資訊提供就有兩千多件。

電話・男性四十五歲・姓名不詳・公司職員

「是的，就是我家斜對面的公寓。那是套房式的公寓，叫做凱撒高井戶大樓。什麼？凱撒，凱是凱旋的凱，撒是撒野的撒。什麼？就是那裡的住戶嘛，我不知道叫什麼名字。長頭髮，一大早就開始喝酒鬧事。常常從他房間裡傳出女人的叫聲。嗄？每天晚上都是。眞是受不了，大家都很困擾。因爲叫聲實在很大呀！請你們去調查那傢伙，好嗎？拜託囉。」

電話•女性五十二歲•希望匿名•家庭主婦

「沒錯，我眞的很煩惱，這是一個很大的事件，我還是應該跟你們說說才行。

對，沒錯，他就是我的女婿。雖然是家醜，我還是不避諱要說出來。眞是想不透，我女兒怎麼會跟那種男人在一起。我是她母親，這樣說有點不好意思，但是我女兒從小就功課很好、人也長得漂亮，實在是水準以上的女兒。大學畢業後，她的指導教授還希望她留下來當研究人員，可是女孩子有了博士學位也不能怎麼樣，這方面我們家是比較保守啦。雖然說家裡不用她出去工作賺錢，但總是得學些當人媳婦的功夫吧，她爸爸也說該到社會學習一下，所以就在她爸爸的公司當了三個月的秘書，沒想到居然和女婿認識了。

嗄？是呀，我的女婿有問題呀。我……嗄？根據？當然有。你說有什麼證據嗎？找證據不是警方的工作嗎？所以我跟你說嘛，我女婿要學歷沒有，花起錢來比誰都厲害……。」

投書•無記名•性別不詳

「我不想殺人，有時必須殺人，請來港口阻止我！」

投書•無記名•以文書處理機打字•在難以明瞭的暗號般文章之中，只有一句話寫著——

「警察是笨蛋」

電話•女性三十八歲•姓名住址明確

「是的。應該是六月一日還是二日吧。我通常是在月初才會加班的。

我家距離古川鞠子的家大約五百公尺。是的，我和家人住在一起。我的父母。這件事我的父母也知道，所以我才決定打電話過來。

什麼？有，警方有來問過話。當時我忘記了，眞的。讀到和聽說很多消息後，我才想起來，對，沒錯。

從車站走到我家，大約要二十分鐘。我一向是騎腳踏車，剛好那一陣子腳扭傷了，不能騎車只好走路。那時應該是晚上過了十一點。

他們來問路，是兩個年輕男人。一個嘛……好像說他是盲腸炎，突然間肚子很痛，問說哪裡有急救醫院？因爲附近有中野外科醫院，我就告訴了他們。他們還很有禮貌地說了謝謝。

可是事後我一想，不禁懷疑眞的是臨時發病嗎？因爲沒有急迫的感覺。而且走在夜路上，突然有車子從後面跟上來，感覺怪怪的。好像早已經等在那裡似的。

危險？沒有，我沒有感覺。剛剛我也說過了，對方給人感覺很紳士。有點像是學校的老師。車子的顏色？我不記得了。不過是四輪傳動，現在很流行。

如果你們需要描繪犯人的合成照片，我可以幫忙。」

電話・男性六十歲・希望匿名・自營業者

「你們根本就是稅金強盜！這種犯人也抓不到，到底在幹什麼？號稱世界第一的日本警察都是飯桶！我繳稅是讓你們吃閒飯的嗎？眞是爛！」

投書・姓名住址明確・男性・教師

「身爲教師，懷疑自己的學生是很難過的事。這幾天幾乎都睡不著，幾經思考，爲了早日解決這些凶惡的案件，乃憤而提供資訊。

我懷疑的是，三年前我擔任導師的班上男同學。在學期間，他曾引起兩件傷害事件，其中一件由校方解決，另一件則交由當地警方處理。從入學開始，他的暴力行爲就受到注意，一年級下學期，他開始和幾個朋友結黨，在校園內昂首闊步。

關於這次的殘酷事件，我懷疑他的直接理由是：在學期間他的作文中，有一篇明顯提到對女性直接的暴力行爲。他寫說：『醜女人應該被關進牢籠裡殺掉』。雖然是很幼稚的文章，但在國文課裡故意寫這些，想看看老師如何反應的嗜好，其實跟這些案件的兇手有異曲同工之妙。

以下是該學生的詳細資料、現址、聯絡電話。如須與我電話聯絡，請警方當局出面。」

電話•男性•姓名年齡不詳•聲音很小、難以聽取

「我不太清楚……。我朋友……在打奇怪的電話時，我剛好經過……。之後看新聞後才發覺說，他是不是打給那個……古川鞠子的爺爺呢？

可是也許是我想太多了……。

警方也不能對行動電話做逆探測，是眞的嗎？我該怎麼辦才好？懷疑朋友……是不應該的吧。還是要確認清楚比較好嗎？」

這時受理的警察問他朋友的名字。

「不……也許是我搞錯了……我不能說。對不起。」

電話•女性•三十歲•家庭主婦

「行蹤不明的是我大學時候家教的女學生。今年應該已經過了二十歲。

是的，沒錯。右手腕上有顆小痣……。有點像是葫蘆，或者說像是花生殼般的痣。大川公園事件案發時，我從新聞上知道被切斷的右手腕上有痣，我就開始擔心了。畢竟手腕上有痣是很少見的。

她的名字叫做淺井由佳莉。現在的住址嗎？對不起，我不知道。以前的住址，我就知道。不過已經好幾年都沒收到她的賀年卡了。她的父母好像已經離婚了，在我當家教的時候，他們的家庭狀況就不是很美滿……。」

電話•男性•姓名年齡不詳

「說不定警察就是兇手？所以才能藏得住，是嗎？」

13

一九九六年十月十一日

高井由美子是從電視新聞的插播快報知道古川鞠子屍骨被發現的消息。

九月底，那個叫日高千秋的高中女生遺體被發現，雖然證實她是被殺害的，但因爲她有幫嫌犯送信，從驗屍結果也很難斷定她是完全的被犧牲者，所以引起一陣轟動。但是古川鞠子不一樣，她是眞正的被犧牲者，而且她的祖父有馬義男也被兇手們作弄，有過痛苦的經驗。

正好是中午時間，也是長壽庵一天之中最忙的時段。店裡西側櫃子上放著一台十四吋的彩色電視，當臨時快報播出時，由美子正在招呼常來店裡用餐的上班族點餐。

「我要豬排飯和蕎麥麵套餐。」

「我要炸蝦飯。」

「給我咖哩鴨肉麵。」

「你們每次都點不一樣的！」

「由美，妳記得住嗎？」

「當然記的住，我可是老手了。」

「是嗎，那我要炸蝦麵和……出來了！」

眼前的客人突然大叫。他的視線看著由美子的正後方。由美子吃驚地回頭看，剛開始她還以爲客人在惡作劇。

大喊「出來了」的上班族很孩子氣，經常會說些有的沒的嚇唬由美子。以前他還將塑膠蛇放在由美子的外掛口袋，或用小鏡子伸進由美子的裙子下方。跟他同公司的粉領族，也是長壽庵的常客告訴由美子說：「他在公司也經常玩這些惡作劇，搞得女職員都很不高興。」

「這樣不只是惡作劇，根本就是性騷擾了！」有的女職員氣憤地表示意見。

可是這一次不一樣，隨著由美子回過頭的視線，幾乎客滿的店裡的客人，有人停止筷子的動作、有人忘記用濕巾擦汗、有人的冷水杯舉在半空中就不動了，大家都盯著角落的電視看。電視畫面上出現古川鞠子的照片。

那個人的遺體找到了！

「出來了！」指的是這個意思，由美子也知道。

中午時間的蕎麥麵店，到處都一樣。八成以上進進出出的客人都是常客，所以即便不認識，長相總是熟悉的。而且上班族多半成群結隊來用餐，有些人就戲稱「長壽庵是我們公司的第二餐廳」。所以中午時間店裡的氣氛總是和樂融融。

加上臨時插播的新聞，把氣氛炒得更熱了。所有客人都融爲一體，開始交談、說話。

「終於找到了！」、「眞是可憐呀！」、「看來應該是很早以前就被殺了。」、「這一次不知道兇手又要說什麼了？」、「在哪裡發現的？」、「由美，不要看民營電視台，看ＮＨＫ啦！遙控器在哪？」

由美子一時之間也忘了工作，盯著電視直看。性急的客人用遙控器轉到ＮＨＫ頻道，畫面上出現神情緊張的新聞主播正在和現場記者對話。根據新聞報導，已化成白骨的古川鞠子，今天一早是在都內一家搬家公司的門口，被發現裝在一個紙袋裡。

而且兇手好像又打電話通知了ＨＢＳ的新聞台，內容是催促他們趕快去找該紙袋。這時又有別的客人說：「ＨＢＳ怎麼說？快轉台。」電視畫面不停變動。

ＨＢＳ是以現場轉播的畫面爲主。在採訪記者旁邊，站著接到兇手來電的內部記者，兩人重新敘述和兇手之間的對話。採訪記者手上有一張圖表，將發現紙袋前後經過按時間表列。從圖表看來，紙袋被丟在發現的場所，應是今天很早的時候。

「由美，對不起，可以給我一杯冰水嗎？」

被旁邊桌子的客人一叫，由美子才驚覺，將視線從電視畫面上收回。這樣是不行的！居然跟客人一樣，沉迷於電視之中。

「眞是不好意思。」

她立刻回到櫃檯。沉默的爸爸專心一意地在冒著水蒸氣的湯鍋前工作；媽媽則隔著櫃檯注視著電視的方向，臉上表情交織著同情與安心，還帶有一絲內疚。

自從一連串女性誘拐被殺事件發生以來，由美子從不同年齡、立場的客人口中聽到該消息，畢竟每個人都想發表自己的感想。就連外送時，收錢和撤回餐具的短暫時間，出來應對的人家也會問：「一個人外送，不害怕嗎？」或表示：「我們家有唸高中的女兒，所以很擔心。」

在看過、聽過這麼多人的表情和說話，她發現到一件事。只要家裡有和被害女性相同年紀的女兒或孫女，毫無例外的，提到這件事時，臉上都有內疚的表情。就跟由美子的媽媽一樣。

大概是因爲「眞是可憐呀」的心情，和「還好不是我家女兒、妹妹、孫女」的心情，以同樣濃度、同樣溫度摻和在一起吧。而在這混合物中，還添加了一兩滴「出現這種罪犯，總是會殺死某些人。所以被殺的人一定也有什麼地方做不對吧」的情感。可是這種心情是不能當作眞心話說出來的，所以表情中便流露出內疚的情感。

和被害人同年代，還沒成爲被殺害的對象或有可能成爲被殺害對象的女性們，固然會有強烈的不安、悲傷和憤怒，但偶而也會毫無顧忌地談論此一事件。她們笑罵兇手「變態」，也責怪被犧牲的女性行爲不檢，說不定這樣才能用「還好沒有隨隨便便跟男人跑」的理由，讓自己安心。由美子很能理解這種心情。大家都害怕，大家都很恐懼。

由美子則認爲男性的表現，不論何時都顯得客觀。看不見他們眞的很同情、慌張、生氣、感覺不舒服的樣子。當然其中也有人顯得很有興趣，但興趣的根源並不只因爲他是擁有跟被害人同樣年紀女兒的父親。

由美子突然浮現一個很根本、很樸實的疑問。爲什麼男人要殺死女人？而且是陌生女人？和自己毫無瓜葛的女人？好像只要是女人，總有一天就會被殺。好像男人殺女人是一種特別的權利……。

端著裝有冷水杯的托盤，她猛然抬起頭看見了站在廚房邊的哥哥的臉。

由美子的手一動，托盤上的冷水杯掉落地上，發出很大的聲響。

「啊，對不起！」

由美子趕緊蹲下去收拾碎片，媽媽也對著客人喊「對不起」。但是熱中於電視畫面的客人們，誰也沒有注意到這件事。

由美子聽見自己心臟的跳動聲音。收拾碎片、拿抹布擦地、洗手、重新端出冷水杯——做這些事的同時，心情逐漸穩定，但是「看見哥哥的臉而嚇一跳」的衝擊始終留在心裡。

哥！爲什麼表情那麼可怕？

高井和明平常的表情就不豐富。什麼時候看他，總是笑嘻嘻地不怎麼顯眼。除了笑臉以外，高井和明的表情貧乏得可以。或許他是爲了不讓大家討厭、不被欺負，所以用笑臉表示「我很好」，所以總是持續著笑嘻嘻的表情。

然而這個哥哥剛剛看見古川鞠子屍骨被發現的新聞畫面後，臉部表情就像靈魂出了竅一樣。由美子從來沒有看過哥哥這個樣子。每個人或多或少都有幾張假面具，但高井和明的櫃子裡不可能藏有這樣子的面具。

由美子很早就注意到和明對連續女性誘拐被殺事件的報導表現出強烈的興趣。常常沉迷於報章雜誌的閱讀，電視報導也仔細收看。這對哥哥來說是少有的行爲，但跟他聊過之後就能理解，因爲他有由美子這個妹妹。想一想也是對的，因爲有由美子，和明對於這些案件自然不能等閒視之。

可是他剛剛那副緊張的神情又是什麼意思呢？和明爲什麼會受到那麼大的刺激呢？

雖然殘酷，但是大家早已猜測到古川鞠子應該已經被殺害了。所有的日本人都認爲她不可能還活著，就算還活著被兇手監禁，所受的遭遇可能還不如被殺死乾脆！

所以儘管是一件很令人心酸的事實，她的遺體——化成白骨的屍體被發現，就某些意義而言是一種獲救。從此可以不再被兇手玩弄，從此不會有更悲慘的遭遇。她可以回到家人身邊，安然地長眠。

得知這消息的人們就跟店裡的客人一樣，他們之所以能這麼熱烈的參與，不是因爲聽見又有新的女性被殺害或誘拐，而是因爲知道已經沒有希望的古川鞠子安危的消息。這消息雖然是悲傷的，但在悲傷的底層有一份安心。得知這消息的人們都同情鞠子，爲她哀悼，也同樣對兇手感到憤怒。但聽見消息時應該不覺得受到衝擊。

哥！你是怎麼了？

「方便嗎？」

那一晚，十點以後，由美子敲了哥哥的房門。房門內側傳來電視機的聲音，好像是新聞報導。主播正在說明發現古川鞠子屍骨的經過。

和明睡眼迷濛地打開房門，由美子仔細觀查他的神情。似乎不是故意裝出想睡的樣子，應該是到剛剛爲止眞的睡著了。

「不好意思，你已經睡了嗎？可是哥你還沒洗澡吧？」

「嗯。」和明簡短地答話，卻站在門口不讓由美子進房內。

這麼說起來，由美子已經很久沒有進哥哥房間了。「方便嗎？」這樣敲門，說不定也是第一次。

而且哥哥絕不會大聲說「幹嘛？」、「有事嗎？」而是和顏悅色，一點也不驚訝地問說「怎麼了？」就像和明平常的樣子。

「我有些心事想跟你說，可以進去嗎？」

和明眨著他的小眼睛，點頭稱是、打開了房門。哥哥的房間比想像的要乾淨整齊，垃圾桶沒有堆滿垃圾，換下來的衣物也沒有丟得滿地。只有床單有些皺，那是因爲和明剛剛在睡覺吧。

「哇！哥眞是愛乾淨。」

由美子直接走到房間中央，跳著坐在床上。因爲坐得很用力，一不小心坐開了，滑到床下。連她自己也覺得好笑。

「怎麼了嘛？妳。」和明也笑了：「由美子，妳是不是喝了啤酒？」

「哪有，爲什麼問？」

「看妳的樣子像喝醉酒，又跟小孩子一樣愛玩。」

「人家本來就是小孩子嘛……。」

和明在榻榻米上盤腿而坐，眼睛環視四周。床邊有一個可口可樂圖案的金屬盒子，裡面裝有菸灰缸、香菸和打火機。和明將它拉過來，點了一根香菸，是七星的淡菸。由美子心想：以前不是抽別的牌子嗎？

「買個更漂亮的盒子裝香菸不好嗎？」由美子看著可口可樂的盒子說。

「我覺得這個正好。」

「哥，你現在一天抽幾根香菸？」

「十根左右吧。」

「是嗎？騙人，我看有一盒吧。」

「有那麼多嗎！」

「有，最近增加不少喲。」

說話的時候，由美子突然發覺：哥哥菸量的增加也是在他注意連續女性誘拐被殺事件的消息才開始的。

嘴裡沒說，但和明以「有什麼心事要說」的表情一邊看著由美子，一邊吸菸。兩人身邊的小電視正在播出新聞節目。畫面上出現發現古川鞠子屍骨的中野區坂崎搬家中心附近的地圖。

情。

和明不時看著電視畫面，由美子則注意他的表

這樣面對面，很難開口問：「看午間新聞的時候，哥的表情怎麼那麼可怕？我覺得很擔心。」而且問了又能怎樣？不過就是因爲和明的個性溫和，他很同情古川鞠子的遭遇罷了。自己又何必追究呢？眞是奇怪，自己爲什麼會這麼在意呢？

和明好像還有點想睡覺，一邊看電視還揉眼睛、打哈欠。那樣子顯得很悠閒，跟白天一副受到衝擊、說不出話來的神情，簡直是天壤之別！

由美子立即打退堂鼓，我該不會是一個人自以爲是、想太多了吧！

就算沒有這一連串的事件，對由美子個人來說，這一個月裡她也很心煩。因爲對方的因素相親取消，接著菅野阿姨又跑來家裡道歉，拚命想安慰由美子，搞得全家人仰馬翻。根據阿姨的說法，她是不想讓由美子對「地方公務員」有成見，所以必須說清楚。相親的對象其實是墨東警署的刑警，因爲大川公園的事件而變得很忙。不過對方看了照

片，很喜歡由美子。希望由美子不要因爲對方是警察就討厭人家……。阿姨囉哩八唆說了一堆，爸爸則插進來表示：「對方搞成這個狀況，現在恐怕不是談相親的時機吧。」臉上掛不住的阿姨回去，不到十天又帶了另一件相親的消息。帶來的照片和履歷資料還在由美子手上，她只是瞄了一眼，還沒有詳細考慮。對於得靠「相親」這種手段才能戀愛的自己，她有種悲慘而不完全的傷感。而且這次相親的對象，好像只有老實這一項優點。

不知被哪裡來的男人殺害，像垃圾一樣被亂丟的古川鞠子固然可憐，但是像由美子這樣看著電視或報紙報導天外飛來的橫禍，又算什麼呢？如果我的人生像古川鞠子一樣突然間中斷了，有誰會覺得困擾嗎？會產生任何影響嗎？除了父母和哥哥，其他人因爲由美子的不幸而會受到衝擊嗎？

不，不會，答案是否定的。高井由美子的人生，就像一只空罐，敲一敲只會發出虛無的空響。

像這樣整天在店裡捧著麵碗，端進端出外送的餐具，附近的人暱稱她是「長壽庵的由美」，可是在背後會不會偷偷議論「長壽庵的女兒由美年紀也不小了」、「那孩子多大年紀了」、「再下去怕沒人要了」呢？這一條路沒有可以逃跑的小徑嗎？還是哪裡有叉路？該不會叉路很多，偏偏是我自己錯過了呢？

如此迷惘的生活裡，看見家人的臉更讓她心情混亂。爲什麼他們可以忍受這種安全、毫不刺激的平淡生活呢？尤其是哥哥，一點都不焦急嗎？爲什麼毫無鬥志呢？他不是將近三十歲了嗎？哥的人生，難道打算這樣子過下去？他能滿足嗎？我眞想搥胸頓足，大叫：「我覺得好無聊呀！」

因爲她心中有這些想法，因爲她覺得缺乏變化和刺激，所以看見和明表現的反應，不免就有了誇張的解釋。也許和明表情的變化，並不具有特別的意義。

（可是……）

可是他很在意。在意也是一種事實。看電視新聞時，和明的那種表情。站在坂崎搬家中心招牌前說話的記者，嚴肅的表情誇大一百倍也比不上當時和明的樣子。那絕不是事不關己的表情；而是望著球來的方向，突然下墜的變化，讓人錯愕的表情！

「由美子，要喝啤酒嗎？」

和明的問話，讓由美子抬起了頭。原來在床鋪後面放著一個小冰箱。

「好可愛的冰箱。哥你什麼時候買的？」

「是栗橋給我的。」和明邊說邊打開小冰箱的門。裡面橫著放有幾罐啤酒和可樂。

「爲什麼要跟栗橋拿東西呢？以後不要再拿了。」

和明笑著面對突然發火的由美子。

「是嗎？妳不是老對我說，不要都是被栗橋拗嗎？所以我才跟他拗了這個冰箱。」

由美子從哥哥手上接過冰涼的啤酒罐時，故意皺了一下眉頭。

「你們兩個的做法我都不能認同。你是怎麼跟他拗的？」

「栗橋搬出去住，我不是去幫他忙嗎？那已經是很久以前的事了。」

由美子試著回想，好像記得那是……店裡整修重新開業不久的事。星期天早上，栗橋浩美突然來訪，說要搬家人手不夠，請和明去幫忙。嘴裡說是「拜託」，表情卻是「命令」。和明沒有抵抗也沒有二話，笑著出去當苦力一天才回來。

「討厭。那麼這個冰箱就是他租的房間附帶的電器囉？隨便拿回家，應該是不行的吧？」

「放心好了，栗橋已經買了一個更好的冰箱在用。雖然也是迷你的，但有冷凍庫。而且他一直都住在那裡。」

「是嗎？萬一讓房東知道，人家一定會不高興的。何況根本就是一種浪費！」

由美子嚴格判了罪後，仰頭喝了一口啤酒。然後伸手將身邊的電視關掉。

「都是報導同一件新聞，實在是煩死了。」

沒有了報導該事件的新聞節目當背景音效，由美子更難開口問說：「哥，你白天爲什麼那麼驚訝？」

「我知道妳不喜歡，我看了也很生氣。可是栗橋他……他其實也很可憐。」

和明突然冒出這麼一句。由美子不禁將拿著啤酒罐的手放在腿上，眼睜睜地看著哥哥。哥哥的眼神好像在尋找什麼看不見的東西，眼睛看著被陽光曬成茶褐色的榻榻米。

「那傢伙有許多的心事。到現在也沒有工作，因爲他有他的理由。」

平常早就噘著嘴開罵的由美子突然噤口不言，因爲哥哥表現出少見的積極態度。而且和明用「那傢伙」來稱呼栗橋浩美，也讓由美子有些驚訝。

「那傢伙心裡想的事，我想哥哥是不會懂的。因爲栗橋很聰明。從以前不就是這樣嗎？很精明，做什麼一下子就會。」

由美子就是因爲憧憬那樣的栗橋浩美，有一段時期還很瞧不起自己的哥哥。由美子又喝了一口啤酒，雖然冰涼但不夠味道。

「可是栗橋有他自己才看得見的奇怪問題纏身，所以那傢伙也很痛苦。」

「因爲痛苦就不工作嗎？」由美子小聲問：「那個人進了好的大學，上班的公司也是一流企業，不是嗎？可是工作就是做不長吧？動不動就辭職。我長大後很少跟他親近說過話，所以知道的不是很清楚。可是哥你問過他爲什麼要辭職，他不是都罵說公司的主管是笨蛋嗎？」

和明苦笑說：「嗯，我是問過。」

「我覺得那是不對的。總以爲自己很棒，周遭的人全是笨蛋。如果這麼想，那做什麼都不可能做得好吧？你說栗橋痛苦，我不知道他有什麼痛苦，他根本就是自作自受，不是嗎？」

和明喝著啤酒。邊喝邊思考由美子說的話，眼睛還不停眨著。

「在我眼裡，那個人只是金玉其外敗絮其中，哥還比他有本事……。」

由美子還沒說完，和明立刻反問說：「是嗎？我比較有本事？妳是說眞的還假的？」

由美子嚇了一跳，哥哥從來不會這樣反問，她也沒有被這樣追問過。

「我可是一點都不這麼想。」和明像是在確認書面的東西——如規定、法條之類難以改變的東西一樣：「就算栗橋無所事事、遊手好閒、盡說些大話，栗橋還是栗橋，他比我好的地方還是很多。人長得帥、頭腦好，我永遠都不能跟他一樣。」

「沒有這種事……。」

可是誰比較得女孩子喜歡呢？誰的人生比較刺激呢？誰能留在同學的記憶當中呢？

由美子嘴裡說：沒有這種事，哥哥一樣很有本事。但她知道那是謊言，所以語尾自然便降調了。

「可是我並不完全像由美子擔心的一樣，老是被栗橋使喚。妳們女孩子家或許不能理解，男生的童年玩伴就是比較特別。的確我看起來或許很像那傢伙的手下，但是……。」

眼光迷濛的和明眼睛，似乎對準某個東西鎖定焦距；但由美子看不見「某個東西」是什麼？那是存在於和明內心的東西，外界無法一窺究竟。

「可是我也有只有我才能做的事！」說時和明微笑抬起頭看著由美子的眼睛。

由美子一向看習慣哥哥無邪的笑容，那張時而顯得愚鈍、呆笨的笑臉，突然間好像一張面具。於是她又想起白天哥哥看電視新聞報導時的表情。難道那才是脫下面具後，哥哥的眞面目嗎？

「哥……哥是不是一直很注意大川公園的事件？」

話題轉變太快，和明吃驚地睜大小眼睛問：

「怎……怎麼了，突然問這個？」

「你不是老是在看新聞嗎？一個只看電視劇的人，居然會看新聞。」

「現在全日本不都是這樣嗎？」

和明笨拙地想要蒙混過去，卻騙不了由美子。這方面由美子還是比較厲害。

「今天中午電視新聞不是報導古川鞠子屍骨被發現的消息嗎？第一次聽見的時候，哥的表情好像失了魂一樣，樣子好可怕。爲什麼？爲什麼這個消息會讓你那麼震驚呢？」

和明不知所措。長年來的相處，由美子一看就知道。哥哥的腳指在動。以前在飯桌上、父母面前，和明白天在學校被欺負的事若是被由美子揭穿，他一定會難爲情地做出同樣反應。和明，又被同學欺負哭了？你是個男生，要爭氣點嘛！不過由美子妳倒是很厲害，一眼就看得出來。媽，那是因爲哥哥的臉上還有淚痕。於是和明肥胖的身體開始退縮，手腳的指頭也不安地扭動。

「爲什麼妳會注意那種地方嘛。」和明用手指擦了一下鼻頭，語意含混地說：「那麼恐怖的消息，誰聽了都會覺得害怕。哥哥還沒有壞到笑著聽那種新聞！」

「才不是好壞程度的問題，你明明知道還裝蒜！」

「我就是不知道呀。」

「那我可要說清楚了。當時我猛然以爲哥就是兇手呢！因爲你的表情實在太僵硬了……。」

由美子話說到一半便停住了，因爲和明的臉色越來越慘白。

「哥！」她低聲呼喚，嘴裡的啤酒已失去滋味，只有苦澀。

「哥！你的臉色怎麼那麼白？」

她笑了。她以爲笑了，哥哥就會跟著她笑。

「討厭，你不要嚇我！難道哥哥眞的是兇手嗎？太可怕了……。」她拍了哥哥肩膀一下，知道和明一身的的冷汗。手心還有潮濕的感覺。

「哥……你怎麼了？」

玩笑已開不成，原來曖昧模糊的不安具體成形了。光只是不安的時候還算是幸福，因爲看不見不安的原形。

和明將啤酒罐放在榻榻米上，手勢不對，啤酒罐倒了。一時之間啤酒溢出，在榻榻米上形成淚滴狀的小島。

「我也沒辦法說明清楚。」和明說話的語尾有些顫抖。因爲眼睛看著下面，由美子不知道他在看些什麼。

「只是事情不像由美子擔心的。眞的。哥哥還沒有那種勇氣，如果我夠勇敢的話。」

話說到最後，竟是自我貶抑的說法。

「勇敢的話……你想怎樣？這是怎麼回事？」

由美子的疑問，讓和明猛然驚覺說錯話了。他吃驚地抬起眼睛說：「勇敢？誰呀？我要說的是，哥哥從小到大從來都沒勇敢過。」

和明故意轉移話頭。要是平常的由美子早就由怒轉笑了，但今天不一樣。她很想知道哥哥剛剛說「我如果夠勇敢的話」的下文。說這句話時候的和明，表情跟她過去所認識的哥哥完全不一樣。

「哥，你在煩惱什麼？有什麼事下不了決心，所以很困惑嗎？」

「幹嘛呀，一副正經八百的樣子。」

「最近的哥哥眞的很怪，我很擔心。」

「該擔心的人是我。妳的相親拖延了，看妳好像不太高興的樣子。」

「我……才沒有呢。本來我就不想去相親的。」

「是嗎。不管怎麼說，由美子一定會成爲好太太，所以我覺得妳應該早點結婚比較好。」

「這種事我才不希望被你說呢！」說這話的時候，由美子突然想起：「說不定哥哥也有了喜歡的女性，可是因爲他提不起勇氣表白，所以他才會說『如果我夠勇敢的話』。」

由美子側眼看和明，嘴角故意笑得很詭異。

「幹什麼？笑得那麼奇怪。」和明身體退後。

「我知道了。原來是這麼回事。」

「這麼回事是怎麼回事？」

「哥，你想交女朋友吧？具體說來，你應該有喜歡的女孩子了吧？所以才會那麼煩惱，對不對？」

一時之間，和明視線的焦點模糊了。由美子就近觀察哥哥的眼睛，知道自己猜錯了。

可是和明笑了出來。不是害羞、虛應的笑聲，而是感覺安心的笑法。例如被人家說是可能染上肺炎，一旦照了X光才發現不過是感冒，心裡覺得「原來只是這樣」，於是安心地笑了出來。

「沒錯。我是有那樣的煩惱。如果夠勇敢的話，就會更積極點，就能找到女朋友。可是哥哥實在太笨了，只敢遠觀，所以沒用。」

和明不斷搖頭，用詼諧的語氣說話。並移動龐大的身軀，伸手打開小冰箱，拿出兩罐新啤酒。

「我不要再喝啤酒了，會喝醉的。」

「不要這麼說嘛。偶而也陪陪哥哥嘛。」

和明誇張地拉開易開罐蓋，像廣告演員一樣地仰頭喝酒。由美子直視著哥哥，心想他剛剛的回答是眞心話嗎？還是現在的態度只是害羞呢？對與不對，她其實都沒有把握。

「哥喜歡的女生，是怎樣的人呢？」

和明一聽，露出一嘴啤酒鬍子的臉，嘴巴還呆呆地半開著。他想了一下回答：「那當然是可愛的類型囉。」

「長頭髮的比較好呢？還是短頭髮？」

「長頭髮的比較好。不過適合短髮的人也很可愛。」

「當然興趣要跟你一樣囉，最好是電視劇通。」

「女生好像很少有電視劇通吧。」和明笑說：「什麼什麼通，聽起來就像是男性用語。」

他沒有看著由美子的臉，眼光落在半空中的某一點。似乎具體地浮現出誰的臉孔一樣。他在想著誰呢？在他視線的盡頭有一種壓迫感，彷彿他們現在談的不是假設的話題。

哥喜歡的人說不定我也認識吧？由美子本想開口問，但和明突然說：「眞希望我夠勇敢。」

「什麼？」

「我希望我是有勇氣的人。」

對於男女之間這種素質似乎有點特別。由美子不知如何處理新啤酒，只好在手上轉來轉去把玩。

「因爲發生離奇的案件。」和明開始加以解釋：「所以能有不讓兇手得逞的智慧和勇氣的人最好了。由美子妳也是一樣，哥哥很擔心妳呀。」

「我知道啦。爸爸和媽媽也常常囉唆這種事。」

由美子乖乖地點頭稱是，但還是忍不住噘起嘴巴說：「可是哥，不管再怎麼有勇氣和智慧的女人，也是有她敵不過的壞男人存在。那些在連續女性被殺事件中遇害的女孩，並非就是沒有勇氣和智慧。但是她們還是抵抗不了兇手。像這種時候，我就會覺得女人眞是可悲！白天的時候我也有這種感覺，爲什麼只因爲是女人，就要被無條件的殺害。這個世界，我眞的是不懂！」

一口氣說完，等待哥哥的反駁。與其說是反

駁，其實不過是在等和明像平常一樣說些「沒錯，由美子說的對」、「原來這是由美子的想法，比我還要高明嘛」的回覆。

和明慢慢地抬起頭看著由美子，臉上沒有笑容，語氣嚴肅地詢問：「既然如此，妳覺得應該怎麼做才好呢？」

「怎麼做呀……？」

「要讓女人不被殺害，應該怎麼做才好呢？」

這一次換由美子難以回答了。

「那當然……還是應該趕緊將殺害女性的男人給抓起來囉。」

和明點頭的有些慢半拍：「的確不趕快抓到是不行的，不然我們都睡不好覺。」

他似乎是喝醉了酒，打哈欠的嘴巴張得好大。

由美子趁機站起身來說：「睡前窗戶開一點，讓空氣流通一下。」

「嗯，我會的。」

和明緩緩起身，拉開窗簾、打開窗戶。

「那……哥晚安了。」

由美子經過房門時回過頭，從窗玻璃看見哥背對著自己的圓臉。那表情跟中午時一樣的嚴峻。

和明的臉明顯地扭曲著。在由美子眼裡，哥哥的臉就像是某位不知名的瘋狂畫家，以溫和的高井和明為模特兒，卻在畫布上將自己內心盤旋的憤怒與絕望揮灑而出。於是畫像說是哥哥卻又不像。

之後一段時間裡，由美子想了很多。想到哥哥蒼白的臉、他說有喜歡的女性，但不知是眞是假、他提到「有勇氣的人眞好」時的認眞口吻。

最後她推測出來的假設是：哥目前心裡眞的是有一名女性。因爲和明眞心看重對方，對於現在淒慘的案件未解決、找不到兇手的蹤影、不知什麼時候又會有下一個被犧牲者的情況下，他每天過得很不安。對古川鞠子的消息反應激烈，大概是因爲想像自己喜歡的女性萬一也遭遇同樣不幸，所以才會那麼害怕吧。

當然他之所以對這一連串的事件如此關心，是希望早日破案之故，是祈禱案情有所進展的心情。

雖然很難解釋「如果夠勇敢的話」，但根據由美子最初的想像，和明因爲不敢對喜歡的女性表白，自已覺得太過膽小，所以才忍不住說出那樣的話吧！如果更深入解釋：自己夠勇敢的話，就可以成爲刑警，親手逮捕這可恨的犯人。這樣的說法其實也是說得過去的。

不斷假設、不斷推翻自己的立論，由美子突然覺得做這種事的自己，實在有點好笑。與其追究哥哥的事，其實更應該揮趕自己頭上縈繞的蒼蠅吧！

下一次店裡的公休日，她和朋友約好出去玩。既可以調整心情，同時也想請教好友關於相親的意見，所以由美子很期待。可是在準備出門之際，由美子房間的專線電話響了，是朋友打來的。昨晚因爲長智齒，臉頰疼腫得難以忍受，朋友今天預約好牙醫治療，所以約會延到下個星期。

沒辦法由美子只好說聲「保重」，不太高興地掛上電話。朋友和由美子不一樣，可以無所事事地在家裡閒著，但零用錢卻花得比由美子多。既然每天都閒著，早點去拔智齒不就得了，何必要在今天！由美子不禁對著空氣發起脾氣。

已經換好外出的服裝，但還沒有化妝。她不知道是該一個人去逛百貨公司呢？還是換回家居服，到錄影帶店租片回家看算了。正在猶豫之際，聽見有人走下樓梯的聲音。媽媽已經去商店街買東西了，剛剛才看見爸爸在睡午覺。這腳步聲一定是哥哥的。

她偷偷瞧了一下，果不其然是和明穿著外出的襯衫走下樓梯。那件藍綠色條紋相間的漂亮襯衫，是媽媽上個禮拜買給他的新衣服。

由美子靈機一動。哥哥是要去跟那個女性見面，不知道是一對一還是團體約會呢？是要去那個女性工作的店裡還是公司呢？雖然不知道細節如何……。

這種事只要跟過去看，不就清楚了嗎！

由美子趕緊回到房間，抓了皮包就衝到走廊。放輕腳步地走下樓梯，看見和明正在門口穿鞋子。由美子趕緊將頭縮回去。

不久和明站直身子，打開大門出去。由美子跑下樓梯，盡快從鞋櫃裡取出好走的運動鞋套上，喘口氣後跑到門外。和明正好左轉前往有公車站牌的路上。

由美子開始她的跟蹤行動。

和明搭上前往練馬車站的公車。由美子在哥哥等車的時候，躲在附近人家門口。看見哥哥一上車，就趕緊衝到路面攔計程車跳上。當然計程車較早抵達練馬車站，於是她先進車站買了到池袋的車票，然後又回到公車站附近等待。正好公車開進了終點站。

由美子躲在站牌背後，看見和明跟在所有乘客後面，最後一個下車。呆滯的表情，完全沒有注意周遭的情況。至少看起來不像是跟人約好在車站附近見面。步伐也是慢慢的，不像是有急事。感覺不出來在等人的樣子。

和明走進車站，小心翼翼掏出零錢買票。由美子距離他約十公尺的距離；經過驗票口的時候，心臟跳動得十分厲害，但沒有流汗。雖然十公尺太近了，但又怕太遠會跟丟，只能祈禱和明千萬不要回頭！算了，如果他回頭，就裝出「好巧」的驚訝表情說：「哎呀！哥也出來呀？我跟小蜜約好去新宿。有沒有什麼要我幫你買的？」對，就是這樣蒙混過去吧。然後順便問：「哥，你要去哪？」

前往池袋的電車來了。和明很有禮貌地讓下車的乘客先過，然後最後一個上車。

從如此客觀的角度觀察，由美子十分驚訝哥哥圓胖的身體竟是那麼龐大！上下交通工具時，哥哥走在最後，或許就是為了不要造成別人的困擾。

由美子和和明在同一個車廂裡，只是上的車門不同。哥哥站在車廂前方的車門邊，表情跟剛剛一樣的呆板，抬頭看著車廂內的廣告。到達池袋之前，他沒有看書也沒有閉目養神，始終保持那樣的姿態。

電車緩緩駛入池袋車站裡，由美子趕緊移動，從隔壁車廂的門口下車。因為是終點站，所有乘客都必須下車。這一次和明還是最後一個下車。沒有迷惘疑惑的神色、也沒有看著手錶，而是很平靜地移步前往其他月台。由美子緊跟在後，看來和明是要改搭山手線的電車。

走下月台的樓梯，還到寬廣的車站內部，在人來人往的潮流中，由美子好幾次失去哥哥的身影。每一次她都能立刻發現再繼續跟上。只有一次因爲不小心，兩人的距離不到兩公尺，她慌忙地將自己的身體藏起來。

和明的步伐速度不變，既不急躁也沒有東張西望找尋約會的對象。終於他上山手線月台的樓梯，電車也及時趕上。

由美子跳上隔壁的車廂，差點被車門夾到。原來跟蹤這回事，並不像看電視推理劇那麼的簡單。她一時也搞不清楚搭上的山手線是外環道線還是內環道線？

透過車廂後面的車門玻璃，可以看見和明靠在隔壁車廂最後車門邊的側臉，一副想要睡覺的樣子。很難想像他有什麼目的外出，既不像是有約會，也不像是要去看意中人的面。因爲哥哥的臉上缺少一絲的緊張感。

和明旁邊的座位上，坐著一對年輕情侶。雖然聽不見說話的聲音，但從他們表情豐富的肢體語言，不難知道正熱絡地交談。男方和女方的年紀都跟由美子不相上下，或許更年輕一點也說不定。大概是大學生吧，從外表的質樸看來，應該是學生。

女方幾乎沒有化妝，中長的頭髮也沒有特別修飾，臉蛋長得很可愛。從由美子所在的位置可以清楚看見女方的臉，卻只能看見男方的後腦袋。即便是這樣，還是能清楚知道男方不斷對女朋友說的話表示贊同。

由美子心想：眞是令人羨慕！看見情侶，她很少有這種反應。大部分的情形，她總是批評：這一對不怎麼登對、男方看起來好笨、女方未免太花俏了、兩個人幹嘛靠那麼近、那種人有什麼好嘛……。其實會這樣批評人家，其內在心理或許潛藏著羨慕的心情吧。嘴裡說著「與其跟那種男人在一起，不如一個人快活」，但心中難掩暗自孤寂的悲涼吧！

現在觀察那一對情侶，能夠直接以「羨慕」重新解讀自己的心態，可見得他們表現得有多令人賞心悅目，他們是那麼的幸福愉快與健康！兩人散發的健全光芒，代表他們的組合是正確的。如果有一方的搭配是牽強的，就不可能散發出如此的光輝。蕎麥麵店固然是很平民化的生意，從小幫忙家裡做生意的由美子基於長年的經驗，至少還有看穿這一點的眼力。

她有時也會想：或許就是因爲擁有這種眼力，無意識間觀察來店的情侶——不論是夫妻、情人還是其他，所以搞得自己難以戀愛吧。結果卻被好友笑說：「不應該這麼想呀，就算是再有學問的女人或是多通曉事理的老女人，該戀愛的時候還是會談戀愛。說什麼看過太多所以不能談戀愛，根本是由美子逃避的藉口！」

電車突然晃動，由美子抬起頭看了一下和明，他的樣子完全沒變，龐大的身軀緊縮在門邊的狹小空間。連由美子站在這裡都能感受到那對情侶的談笑風生，和明卻顯得毫無興趣。難道也不會覺得吵嗎？哥，你到底在想些什麼？

和明在秋葉原車站下了山手線電車。

當知道他下車的車站時，由美子十分失望。原來他是要去電器街呀……。

和明只要想買家電，一定來秋葉原的電器街，絕對不會到自己家附近的電器行或新宿的大賣場。問他爲什麼要千里迢迢到秋葉原呢？他說的理由很好笑：「因爲秋葉原是世界知名的電器街！」

由美子的緊張感解除了，這時才發現臨出門套上的運動鞋和身上的洋裝根本不搭調。這下可好了，等確定哥哥走出車站，乾脆繼續搭山手線電車到有樂町的商店街買鞋子吧。銀座的物價雖然貴，但也沒辦法了。

可是和明沒有走出車站，而是轉向前往千葉的總武線月台。

由美子立刻收拾起精神，心想：以前搭過總武線嗎？記得高中同學有人從新小岩通車，還感嘆過總武線是色狼專車。雖然很久了，由美子始終記得這一件事。當然色狼同樣出沒在山手線、中央線、西武池袋線上，但當時同學形容的「色狼專車」實在太有趣了，尤其是講到總武線電車上色狼的惡行惡狀，讓由美子的印象深刻。

和明依然沒有表現出迷惘的神色。踏上進站的電車後，他沒有站在門邊，而是直接走到另外一邊的門邊。

由美子站在同一車廂的對面，手裡抓著吊環。車廂比山手線的空，恐怕很容易被發現。正當她想要轉移車廂時，電車抵達了兩國站，和明站著那邊的車門開了，他立即下車，由美子連忙跟著下車。

建築古老的兩國車站，上下車的乘客比池袋和秋葉原都少，和明和由美子之間可以直視。或許是因爲剛剛鬆過一口氣，也可能是由美子累了，她很想乾脆靠近哥哥跟他打招呼。沒想到和明反而腳步加快，走下樓梯後立刻靠近停在車站前的計程車，並搭上其中一台離去。

由美子嚇了一跳。和明一向很節儉，平常不會搭計程車。前往練馬車站的公車再怎麼晚來，他都能耐心等。有時出門回家太晚，搭電車到車站，卻趕不上最後一班公車時，他也寧可走路回家。

由美子也搭上計程車，還好哥哥的車被前面的紅綠燈擋住了。

「麻煩跟在那輛計程車後面！」

用手指著說明，司機倒也習以爲常，沒有表現出奇怪的神色。立刻轉動駕駛盤跟在和明的車後面。經由車窗可以看見大頭的和明坐在前面車子的後面座位。

既然連兩國車站的電車門開在哪個方向都清楚，又毫不遲疑地搭上計程車，可見得和明現在要去的地方是他以前就知道的場所，至少在今天之前他就已經來過。

由美子的心情很緊張。看來跟蹤是沒白來的。而且不知道哥哥上個禮拜的公休在幹什麼？有沒有出門呢？她想不起來了。這樣看來，哥哥的行動範圍以及外出地點以及除了栗橋浩美這樣特殊的交友關係外，還有許多是由美子不知道的。

這裡比起練馬家附近，道路寬廣許多、房屋建築也比較古老。公寓和社區都顯得土裡土氣的。因爲計程車跟得很緊，不用擔心走失。由美子一邊欣賞著同樣在東京都卻很陌生的墨田區景觀，一邊想著這裡應該會有很多的外送客人吧？不知道蕎麥麵店多不多？結論是：她並不太想住在這裡。

不久在前面可以看到一處和都市不太搭調的森林，哥哥計程車正朝著那個方向前進。看來大概是公園吧，入口有閘門。正好有一個老人牽著狗穿越閘門。

和明搭的計程車停在公園入口前的紅綠燈下。因爲正好是紅燈，由美子的車子也停了。司機開口問說：「前面的車子停了，小姐是不是也要在這裡下？」

哥哥正在付錢。一隻大腳踏在地上，接著龐大的身軀彎著出來。他看著公園的入口，並沒有注意到由美子。

「不要，請在下一個街口停車。」

號誌變成綠燈，和明離開的計程車和由美子所搭的計程車同時開動。由美子將身體往後縮，從後面車窗追尋哥哥的行蹤，他正走進公園裡。

「司機先生，停車！」

計程車猛然煞車停住，由美子趕緊付錢。

「請問一下，這裡是哪裡？」

司機一副驚訝的表情，側眼看了一下窗外確定位置，並在找錢的時候觀察由美子的臉，然後回答：「大川公園。」

由美子吃驚得說不出話來，手上找的錢掉了一張。

「小姐，錢掉了！」

不管背後計程車司機的提醒，由美子直奔公園閘門，但是已經看不見和明的身影。

「徵求線索！」

由美子在公園入口處看見一張大的看板。白底黑字，只有需要強調的文字用紅色寫出。看來寫字的人會書法，文字的勾勒很有力量。

「今年九月十二日，於本公園垃圾箱內發現被切斷的女性右手腕，同時還有六月以來行蹤不明的中野區女職員持有之手提包。目前該事件正在調查中，墨東警署徵求目擊公園內可疑行動之人物、車輛等線索。爲求早日破案，敬請民眾大力協助。」

看板的後面寫有墨東警署搜查總部的電話，因爲風吹雨打，開始有些斑駁了。說是要早日破案，九月十二日案發，已經是一個月前的事了。

由美子的視線從看板移向公園內部。紅葉的景緻還早，綠色樹葉在長期的暑熱下顯得沒有生氣，但是東京都裡能有這麼大片的綠地仍屬珍貴。

公園裡的人群之多從圍牆外很難想像。有些人坐在長椅上、有些人散步在遊園道路上、有的人牽著狗、有的人騎腳踏車。

走進公園內的遊園道路，由美子這下眞的是完全失去和明的蹤影。視野還算清晰，找一找或許能發現；但是由美子到處走過，還是看不見哥哥人在哪裡。這跟在車站或月台上不一樣，完全看不見哥哥的方位，實在是沒有辦法。

由美子累得坐在附近的長椅上，將皮包放在身邊，兩手撥弄頭髮，並將眼睛閉上。

這裡就是大川公園呀……。

是該事件開始的地方。在這公園的某個垃圾箱裡，發現了被切斷的女性右手腕。

哥……！

和明爲什麼會來這裡呢？應該不是爲了湊熱鬧才來的吧，他不是這種人。由美子還想起了那一晚上的對話。想起他聽見發現古川鞠子屍骨的消息時，一臉慘白的表情。

和明到這裡來的目的是什麼？是有什麼想看到的東西嗎？是有什麼事情想要確定嗎？

難道說……？

哥是不是對該事件知道了什麼？他跟該事件有什麼關係嗎？

不可能會有這種事的！

就在這時，從她的頭上傳來一個婦女的叫聲：

「喂！我說這位小姐呀！」

14

由美子抬起了頭。眼前有一位買完東西準備回家的太太，慌張的眼神看著她。半個身體轉向由美子所坐長椅的右手方向，也就是遊園道路和樹林的方向。

「妳的皮包被拿走了！有人把它偷走了！」

由美子立刻看了一下身邊，原來放著的皮包不見了。在她茫然發呆之際，被人拿走了。

「啊！就是那個女孩……。」

那位太太指著右手邊的遊園道路。由美子看過去，看見一位少女縮著身體、警戒的眼光看著這裡。和由美子的眼光相會，立刻心虛地轉身就跑。沒錯，她的手上拿著由美子的皮包。

「不要跑！」

由美子衝了出去。幸好穿了破舊的運動鞋，看來應該可以追得上少女。少女的樣子有點奇怪，雖然拚命逃跑，但身體搖搖晃晃，腳步十分不穩。

「慢點！別跑，妳這個小偷！」

由美子大聲叫，一把抓住了少女的右手臂。抓住的一瞬間，感覺少女的手臂都是骨頭、異常地細瘦。

被由美子用力一抓，少女搖搖晃晃地跌坐在地。害得由美子也順勢往前傾，跟著少女膝蓋向前地跌落地上。少女被由美子壓著，躺在地上動彈不得。

「妳想幹什麼嘛？」

因爲丟臉和生氣，由美子顧不得膝蓋的疼痛立刻起身。少女半坐起身，臉上十分骯髒。看來並不是剛剛的跌倒才沾上的塵土。

而且她身上很臭，穿的衣服也都是油垢。長袖襯衫和牛仔褲，運動鞋的後跟部分已經有了破洞。

少女身材瘦弱，襯衫下襬露在牛仔褲外面，可以看見扁平的肚皮。運動鞋裡是赤腳，突出的腳踝關節看起來不像是眞的。

「妳……！」

沒有吃飯嗎？由美子正要詢問時，少女低聲哭了起來。

在這人生地不熟的地方，由美子抱起抽噎哭泣少女，不知如何是好。

眞正想哭的人是我呀……！

可是她還是不能丟下少女不管，畢竟我跟哥哥都是一樣的爛好人，誰叫我們是兄妹呢。現在不是苦笑的時候，由美子雖然對自己感到生氣，還是問少女說：「妳叫什麼名字？」

好不容易將倒在地上哭泣的少女扶起來，帶著她坐在附近的長椅上。由美子坐在她身邊問：「妳家在這附近嗎？」

對於一個兩三天沒有吃飯、沒有洗澡、沒有換過衣服的少女而言，這是一個沒有意義的問話。由美子立刻受到少女激烈的反彈。

「笨蛋！我怎麼可能住在這附近！」少女惡言相向。剛剛還哭得那麼可憐，現在舌頭竟這麼鋒利。

由美子整個人呆掉，不知該怎麼接話。什麼嘛？這個女孩。

「說的倒也是，看妳這副德性……。」說的時候，慢半拍的怒氣隨即湧上心頭：「可是人家好心問妳話，妳開口就罵人『笨蛋』又算什麼？」

少女絲毫不讓步，臉頰上閃著淚光，大聲說：「說妳笨蛋就是笨蛋，怎麼樣？」

可是少女的眼睛沒有看著由美子，而是低頭俯視著腳尖，似乎覺得可恥、似乎感到膽怯。那一句「笨蛋」，說不定是少女自己對自己的責罵，所以不敢看著由美子。

由美子發現這一點後，態度變得柔和。不管怎麼說，這個女孩比我還小十歲，還是個小孩，而且身體這虛弱，又有困難。

由美子微笑說：「至少妳可以不要罵我『笨蛋』吧。妳眞是不可愛耶。」

少女用手背擦擦臉，依然頑固地不看著由美子說話：「不要跟我這麼說話，我和妳沒有那麼熟。」

這一次由美子笑了出來。少女驚訝地回過頭來看她。

「我沒有別的意思，我是很尊重妳的。」由美子邊笑邊解釋。少女沉默不語，劍拔弩張的氣氛也減低了不少。

「可能是我說話的語氣不對，讓妳誤會了。我有時就會犯這種毛病。」

少女還是義務性地加了一句：「好像笨蛋！」但語氣沒有之前的尖銳。

「妳的名字是什麼呢？告訴我吧。這樣我也比較方便跟妳說話嘛。」

問過之後，由美子補充說：「我叫高井由美子。在問別人姓名前，應該先報上自己的名字。順便跟妳報告，我今年二十六歲。」

少女抬起眼睛偷偷看著由美子的臉。那是一種很令人不愉快的做法，好像從小就被教導必須用這種視線偷看別人。少女似乎已經習以爲常了。

由美子忽然想起高中時期的同班同學，有一個因爲品行不良在二年級被退學的女孩。那個女孩也經常用少女這種「偷窺的視線」看人。而且似乎用這種眼神看人，大家都是同一個德性，不管美醜或年紀。

「妳不想說出自己的名字嗎？」

「不想。」少女很快地回答。

「哦……那我就叫妳山田花子好了。」

「不要！」

「還挑呢，不然妳自己取一個好聽的假名呀。」

少女又偷偷地看著由美子的眼睛。由美子也想看看少女的眼睛裡有些什麼。但就像意識到監視器對著自己，不良少女只好放棄偷竊行爲一樣，意識到由美子視線的少女立刻變得面無表情，意思是說：我什麼都沒有做，眼光也跟著呆滯。

「妳應該沒有吃飯吧？」由美子開口說：「我雖然沒有幫助妳的義務，而且本來就應該站起來拍拍屁股回家。可是我擔心會睡不著覺，所以決定跟妳吃一頓飯，順便幫妳買些能看的換洗衣物。妳覺得呢？」

少女頑固的表情看著地面，或許是咬著牙齒，顯得難以親近，但五官十分美麗。置於膝蓋上的雙手不斷扭動，時而玩弄著牛仔褲的綻邊，那是一種期待的慌張。這個女孩需要錢，她想要獲得幫助。

「可是我也不是有錢人，所以不能借妳太多。現在錢包裡面，包含零錢總共才兩萬多。我可以借給妳一半。」

少女突然抬起頭，以訂正錯誤的語氣問說：「借我？不是給我嗎？」

「我不喜歡陌生人給我錢，因此我想妳一定也是一樣。」由美子義正詞嚴表示：「所以我才會故意用『借』這個字眼。可是實際上是給妳，因爲我不知道妳是誰呀。我想我也要不回來吧？」

少女用力點頭說：「是的。所以我才覺得奇怪。一開始就知道拿不回來，幹嘛說要『借妳』。換個字眼其實還是騙人。大人們都是這樣隨便！」

由美子嚇了一跳。原來這女孩會說出這番歪理！

「也許說我隨便是眞的很隨便，可是有時候事情就是必須有一點曖昧的程度才能進行得更順利。這就是我們生活的世界。」

由美子心想：我這算什麼？感覺好像是這女孩的導師一樣。

「如果我是因爲有錢，所以賞給妳一些。妳聽了不會覺得討厭嗎？」

「不會呀。就賞我吧，可是妳眞的很笨耶！」

她挑釁地笑著，眼光直視著由美子。

「妳忘了嗎？我可是偷了妳的皮包，可是妳卻反過來給我錢。」

由美子故意很認眞地回答說：「於是妳一放鬆，告訴我妳的眞名是山田花子，其實是離家出走。這麼一來故事不就開始了嗎？」

意外地，女孩放聲大笑。不對，固然由美子故意說這些讓她笑，但對方的笑法還是讓她感到意外！

少女的笑一點也不快樂。這種歇斯底里的笑聲，吸引住公園裡來往遊園道路上的行人停下腳步、回過頭來看她。而且少女的笑聲並不能帶動其他人跟著笑出來，一旦停下腳步的人反而會繼續加緊腳步離開。

於是由美子又突然想起一件往事。那是一個假日來賣玩具的叔叔。他在路邊攤開草蓆，賣著一按鈕就會敲鑼打鼓的猴子或耳朵會動的兔子等玩具。小孩子們都很喜歡他的攤位。可是有一天叔叔的玩具猴子壞掉了，怎麼關開關，就是停止不了猴子敲鑼打鼓吵人的聲音。叔叔不斷努力想要關掉開關，但活動的猴子卻從他手上滑落繼續製造噪音，而且臉上是那一副固定的笑容。一開始看著覺得好笑的小孩子們，漸漸都不笑了，有些人開始向後退。由美子也是其中之一。當時年幼的由美子看見叔叔將猴子的背部打開，取出了乾電池；可是她認爲猴子的動作還是沒有停止。因爲猴子發瘋了，一旦發瘋了，不就都是那個樣子嗎？

站在眼光明亮閃爍、笑得讓由美子很不舒服的少女身旁，由美子覺得自己就跟當年賣玩具的叔叔一樣。

繼續待下去也是沒有用的，她想。於是打開皮包取出錢包，將一張沒用過的萬元大鈔放在少女腿上。

「那麼這個給妳，再見了。」

她沒有看著少女便站起身來，直接開始走動。因爲聽見背後的笑聲而回頭。

「我叫樋口惠。」少女的聲音追了上來，聲音意外的小聲。

由美子違背自己的意志，腳步停了下來。跟意志溝通過後，才慢慢轉過身去。

少女還坐在長椅上。腿上的萬元大鈔也沒動過。笑容消失的臉頰上，有兩道骯髒的淚痕。

「我的爸爸是殺人犯。」名叫樋口惠的少女說，聲調沒有抑揚頓挫。既不像告白也不像辯解，就像讀著舞台設定的說明書一樣，有種義務的味道。

「他殺了三個人，其中一個是小孩。而且現在正在接受審判，肯定是死刑吧。我是那種父親的小孩。」

由美子一開口就是最早浮現腦海的話：「爲什麼要告訴我這種事？」

樋口惠搖頭說：「沒有爲什麼。我只是想告訴妳爲什麼我會在這裡偷人家的錢，就當作是一萬塊的謝禮。」

「這不算是謝禮，是妳的……藉口。只是妳爲什麼對我態度不友善的藉口罷了。」

樋口惠笑了。並說：「是吧。」這是她第一次的順從。

由美子後退幾步，站在樋口惠身旁。重新感受到她身上的臭味。

「因爲妳爸爸出了那種事，所以妳離家出走嗎？」

「才不是呢。我才沒有那麼脆弱！」

「那妳爲什麼？」

「因爲覺得爸爸太可憐，所以我想自己能不能夠做些什麼。爸爸會那麼做，都是爲了我們家人，絕對不是因爲他想殺人。爸爸是被逼得走投無路，爸爸也是被害人呀。我想要讓大家知道這一點。」

「爸爸」這個詞從樋口惠的本體說出來，令人感覺現在的外貌是借來的。她本體是個有教養的女孩，從小到大沒有吃過什麼苦。這是由美子的感覺。

「在這公園附近住著被爸爸殺死的人的小孩。」

「小孩？」

「嗯。不過年紀沒有很小，跟我差不多。他也是高中生。」

「那妳是來找那個高中生的囉？」

「是的，我希望那傢伙能見爸爸一面。只要他跟爸爸聊過，就能知道爸爸的心情，知道爸爸會那麼做是不得已的，知道爸爸已經在反省了，因此也能原諒爸爸。這樣一來，公審對爸爸就會有利。可是那傢伙卻逃走了……，家裡的人也不告訴我他去了哪裡。太爛了！他們居然找到爸爸的律師，律師罵我，叫我不能再去找他。媽媽也這樣說我，所以我一氣之下便離家出走了。」

由美子啞然無聲，重新看著樋口惠的臉。這女孩看起來頭腦並不壞，可是她的想法是那麼的自私、充滿自我主義的破壞性，她自己卻不知道。這種不好思想的血液，究竟是從哪裡來的？

「我一直努力撐著，不見到那傢伙就不回家。可是身上沒錢眞的很難過。」

樋口惠不知由美子的想法，一個人苦笑地繼續說著：「剛剛的偷竊，不是第一次做。我也露宿在公園過。可是肚子好餓，身體也很癢。」

「不如死心，回到媽媽身邊去吧。」由美子好不容易說出口，但感覺有些心虛：「那個高中生是被害人的小孩，我想再等幾年，他也是不會見妳爸爸的。所以妳還是回家比較好。」

樋口惠抬起尖銳的表情，向由美子靠近一步問說：「為什麼？為什麼嘛？這樣根本就不公平。」

由美子退後一步說：「不公平？」

「對呀。爸爸又不是喜歡才當強盜的。」

那是妳自己的理由吧。由美子將這些話忍在嘴裡沒說，心中只想趕緊離開這裡。本來今天來到這公園就是一項錯誤。

「沒有人知道爸爸當時被逼得有多慘。沒有人想聽聽爸爸的心情。太過分了吧？就算做過壞事，不分青紅皀白就判死刑，未免太過分了吧？」

樋口惠的眼睛高吊，唯我獨尊地高談闊論，根本就忘記了眼前由美子的存在。

由美子偷偷看了一下四周，行人們都用奇怪的眼神看著這裡，然後快步通過。趁著樋口惠活在只有她自己的悲嘆和憤怒中，由美子很想逃離現場。早知道就不應該理這種女孩，我是跟蹤哥哥才來這裡的，我該擔心的人是哥哥呀！

由美子偷偷轉過身，側眼確認樋口惠現在的視線所在。樋口惠眼裡只能看見陷她爸爸於不義的「社會」，由美子趕緊往公園的閘門方向前進。經過落花凋零的波斯菊花圃，正打算跑步衝到外面時，大概樋口惠發現自己被丟了下來，由美子聽見她大聲喊說：「好過分！妳為什麼要逃？」

她沒有回答理由的義務，由美子繼續跑著。一種摸不清狀況的恐懼感突然襲上心頭。由美子的內心裡突然對「強盜的女兒」這字眼有了深刻的認識。那個奇怪的女孩是殺人犯的女兒，不應該跟她扯上關係的。

樋口惠不知喊著什麼，追在由美子後面。由美子拚命向前跑，充分發揮腳上運動鞋的威力。空著肚子、體力虛弱的樋口惠應該趕不上由美子的腳力。馬上由美子就要通過閘門跑到外面了。一出去就能攔計程車離開這裡了……。

突然樋口惠尖聲大叫：「殺人犯！妳是殺人犯！」

由美子大吃一驚，猛然地停下腳步，回頭一看。被由美子捨棄的樋口惠正倒在波斯菊花圃旁邊，兩隻手趴在地上喘息著，一臉扭曲地放聲尖叫。一看見由美子回過頭，她更變本加厲，舉起手指著由美子，對周圍的人們喊說：「各位，那個女人是殺人犯呀。看見別人有困難，居然可以不管，是個殘酷的女人！她是個沒有血沒有淚的殺人犯！」

由美子整個人呆住，不知該說些什麼。原來啞口無言就是這種情況。

就在身旁響起一陣笑聲。有兩個走在一起的女孩正經過公園閘門那邊的道路。她們穿著制服，臉上化著妝，長相很漂亮。原來在她們眼裡，由美子和樋口惠都是「奇怪的女人」。

經過的行人好奇地比對由美子和樋口惠的臉。由美子突然恢復意識，突然覺得好想哭，怎麼會這麼丟臉？怎麼會這麼倒楣？爲什麼我會遇到這種事？

「不要這樣嘛！」由美子當場站著低喃。她發不出太大的聲音說：「妳不要說這些奇怪的話嘛。」

或許是聽到了由美子的說話，還是因爲體力不行了，樋口惠停止了尖聲大叫，只聽見急促的氣喘聲。她的眼睛挑戰性地瞪著由美子看，已經不是之前偷窺的視線，而是完全的強硬。樋口惠奪走了由美子內心的平靜。由美子不知道是什麼東西這樣困擾著她，她已經完全被震住了。

這時她聽見女人的叫聲：「樋口小姐？」

由美子抬起眼睛尋找聲音的主人。從波斯菊花圃的左邊走出一位穿著淡藍色毛衣和白色棉褲、身材苗條的女性。連由美子所在位置都能看見那女性滿頭的花白頭髮，但臉部還很年輕，大約四十歲出頭。「樋口小姐？」那名女性再次叫了樋口惠一聲。聽起來不像是救助者的聲音；只不過從她的神情，可以感覺她不像是個鎮壓做亂犯人的警察，而像是迎接病人的急救人員。

樋口惠抬頭看著叫她名字的女性，突然之間臉部表情像凶器般尖銳。

「幹嘛？妳來做什麼？」

穿著藍色毛衣的女性，沒有回答樋口惠歇斯底里的質問，而是看著由美子。看來她是聽見了由美子和樋口惠之間的爭執，或許應該說是樋口惠造成的騷動。

「妳們認識嗎？」那名女性問。由美子立刻用力搖頭。

「是嗎……。」藍色毛衣的女性看著表情扭曲的樋口惠。樋口惠一副瞧不起人的樣子，翹起下巴、冷哼一聲後，轉過頭去。

「附近的人通知我說，妳又在公園裡鬧事了。」藍色毛衣的女性說，語氣十分溫和。不知是不是努力裝出來的平穩，總之說話的方式很緩慢。

「我就是擔心妳會造成不認識人的困擾，所以前來看看。沒想到還是遲了一步。」

她投給由美子一個抱歉的眼神，然後又俯視著樋口惠，繼續說話：「本來妳要做什麼，跟我們沒什麼關係。可是現實情況我們又無法制止妳的騷擾，所以也很困擾。」

樋口惠極力反擊說：「都怪妳將眞一藏了起來，不是嗎？都怪眞一跑去躲了起來。」

藍色毛衣的女性臉上難掩一絲不快神色。

「眞一是我的兒子，妳沒有資格直接叫他的名字！」

「那種人渣，叫他名字算對他客氣了！」

藍色毛衣的女性立即反擊說：「人渣應該是妳父親吧。做出那麼可怕的惡行，還想逃罪，甚至指使妳做這種事！」

樋口惠跳了起來，直接攻擊藍色毛衣的女性。

「爸爸沒有指使我，爸爸不是人渣。妳給我道歉！妳跟我爸爸道歉！」

可是這個激烈的動作，已經到達樋口惠肉體的極限。樋口惠伸出手想要抓住藍色毛衣女性的胸口，因爲對方閃開撲了空，樋口惠整個人搖搖晃晃倒在藍色毛衣女性的手臂上。原本就很不健康的土黃色臉，眼看像張白紙一樣地逐漸灰白。

樋口惠失去了意志。藍色毛衣的女性像抱起大型垃圾袋一樣，抱起樋口惠骨瘦如柴的身體。然後以那樣的姿勢對由美子說：「對不起，是不是這個人對妳做了不好的事？這個人我會交給警方處理的，請妳不要介意，可以離開這裡了。」

可是由美子身上就是有爛好人的血液，還沒來得及考慮，嘴唇已經活動說：「可是妳一個人搬不動這個女孩吧？」

「放心吧，我可以的。」

看起來她就是搬不動的樣子。藍色毛衣的女性雖然很高，但相當瘦削，而且她的臉色像剛生完病一樣的沒有血色。

嘆口氣後，由美子上前說：「我來幫妳。我們要將她搬到哪裡去呢？」

藍色毛衣的女性自我介紹是石井良江。

由美子幫她將昏迷的樋口惠運到距離大川公園約十分鐘步程的石井家。雖然樋口惠很瘦，不是太重，但石井良江已經累得氣喘如牛，一大半的路上都是由美子背著樋口惠在走。

石井家建好才四、五年，是棟漂亮的兩層樓建築。打開大門將樋口惠搬進屋裡時，石井良江的表情有種難以言喻的困惑。由美子問說要讓樋口惠睡在哪裡？她先是說「客廳」，接著又連忙改口說「二樓好了……」，卻又遲疑「可是要上二樓太累了……」，好像很難決定。由美子感覺，對石井良江而言，讓樋口惠走進這個家門其實是件很不願意的事情，可是不讓她進去又很有罪惡感。

結果樋口惠躺在客廳旁邊的一間小房間。地板上鋪有地毯，頭底下墊著抱枕，身上則蓋條毛毯。一臉慘白的樋口惠在搬運途中逐漸恢復成土黃的臉色。鼻息也穩定許多，看起來不像是昏迷，倒像是熟睡。

安頓好後，良江客氣地對由美子道謝。於是由美子說出在大川公園發生的事。良江頷首傾聽後，也說出過去的往事。這時高井由美子才理解有關石井家、樋口惠和那個被樋口惠直接叫成「眞一」的塚田眞一之間的事件。

「原來是這麼一回事……？我現在懂了。」

石井夫婦擔心養子身心，自然會保護養子，不肯答應樋口惠瘋狂的要求。樋口惠根本沒有要求塚田眞一做任何事的權利。

「現在我和我先生總算能和眞一聯絡上，一開始他一句話也沒說就離家出走了。」

良江疲倦得雙肩都鬆垮了下來，低頭看著客廳的茶几。

「因爲當時那孩子還不敢跟我們說明被樋口惠逼迫的事……，所以只能默不吭聲地離家出走。」

「難道不能強制樋口惠不要做那種事嗎？」

良江眼睛閉著搖頭說：「我們也拜託過對方的律師好幾次，對方律師也責備過她好幾次；但是那女孩根本不聽任何人說的話！」

「是嗎……。所以她才會離家出走，不讓任何人阻止她纏著眞一！」

「結果活得像是個遊民！」良江不屑地說。

「眞是不好意思。我之前都不知道佐和市一家三口被殺事件。」由美子說：「因爲我不太讀報紙的。」

石井良江第一次浮現微笑：「能夠遇見不知道那件事的人，我們也覺得鬆了口氣。」

良江站起來表示：「來杯咖啡吧？」由美子雖極力推辭，但良江還是手腳俐落地走進廚房開始準備。由美子心想：她大概還不想讓我回去吧？

「請問妳打算怎麼樣呢？」

「什麼怎麼樣？」

「要讓樋口惠在這裡住下來嗎？你們沒有義務這麼做吧。是要通知警察呢？還是聯絡對方的家人或是律師呢？如果要跟對方說明剛剛發生了什麼事，我可以幫忙。我可以做證。因爲樋口惠和石井女士，妳們都是當事人，加上樋口惠還不知會亂說什麼，所以有個證人比較好吧？」

「說的也是……。」

石井良江將水壺放在瓦斯爐上，那是一間收拾得很乾淨的豪華對面式系統廚房。看著藍白色火焰，良江幽幽地說：「乾脆就報警處理吧。」

「也許這樣比較省事，就打一一〇處理吧？」

「不用。我打電話給比較清楚這件事的警察好了。」

良江一邊擦乾手一邊走出廚房。

「小眞他……我是說眞一跟大川公園的事件有些關聯，不對，說關聯太誇張了。」

由美子點頭說：「我知道。大川公園的事件，我有看電視新聞的報導。聽說第一發現者是高中生，原來就是眞一呀？」

「是的……，這孩子爲什麼接二連三遇見不好的事呢？」

良江故意眨眨眼睛，由美子心想：她是爲了掩飾流淚吧。

「那個事件的搜查總部裡，有一位刑警也知道佐和市的事件。他很關心眞一，我有他的名片，所以想打給他。」

可惜不巧的是，名片上的人不在搜查總部。電話轉了好幾次，最後轉到少年課，並決定從附近的派出所派警察去了解情況。

巡警不到五分鐘便來了。由美子從客廳的窗口對外望了一下，看見巡警將腳踏車停在石井家門口。她不高興地想：騎腳踏車來，到時候怎麼將樋口惠帶走？公家人員都是這麼辦事的！

巡警年紀五十多歲，算是老經驗了。石井良江依序說明事情經過時，他還不時看著由美子。感覺不是很舒服。由美子也積極地說明自己的立場，並明快地回答對方的詢問。

可是有一個問題，她卻詞窮不知如何應對。

「那麼高井小姐，請問妳爲什麼會來大川公園呢？大老遠從練馬搭電車過來。」

由美子說不出話來。總不能回答：她是跟蹤哥哥才來到大川公園的，這樣一來和明會受到奇妙的懷疑。而且由美子比誰都對哥哥爲什麼會來大川公園都感到疑問。

正當詞窮之際，巡警有點嘲諷的口吻說：「妳也是來湊熱鬧的嗎？」

因爲這句話，石井良江也看著由美子。或許是多慮，她感覺那視線帶著刺。

「常常就是有這種人呀。」由美子還沒回答什麼，巡警便繼續說話了：「畢竟這是件驚人的大事件。尤其是女孩子最愛到現場來看呀，太太。」

最後一句話是對著石井良江說的。石井良江看著巡警的眼睛，冷淡地回應：「是嗎？」

「我才不是呢。我不是來湊熱鬧的。」終於由美子小聲地說話了。

「我本來和朋友約好到銀座買東西，卻被放鴿子。一氣之下……就搭上山手線亂轉。心想反正是自己一個人，乾脆搭乘沒有坐過的電車，到沒有去過的地方下車。於是在兩國車站下車，沿著國技館走，就看見一座公園。然後就坐在公園的長椅上休息，就是這樣子而已。」

「原來如此，原來是被男朋友甩了。」巡警又嘲笑她。看來這傢伙十分瞧不起由美子嘛。

「請問我們現在要怎麼做呢？」石井良江回到了原來的話題：「我們家是不能收容樋口惠小姐的。就算能，我的心情也是不能接受的。現在她這個樣子，我沒辦法……，所以能否請警方保護她呢？」

巡警面有難色地表示：「可是……說要保護，她又不是喝醉酒，總不能關進監牢裡吧！」

「可是那孩子離家出走，我不是都說過了嗎？請你們聯絡她的監護人，把她帶回家嘛。」

「我說這位太太，警察是不能只聽妳說的一面之詞，何況妳說的事很難令人相信。與其要警方出動，何不太太妳主動打電話給對方家長，要他們來接人呢？這樣比較快，也比較妥當。」

石井良江臉色一變說：「我才不希望妥當地解決。」

巡警吃驚地猛眨眼睛。石井良江語尾顫抖地一吐爲快：「誰說妥當地解決？因爲這孩子和她那不負責任、自私的母親，你知道眞一到目前爲止受了多少苦？要我打電話給這孩子的母親，我寧可去死也不願意！」

「哎呀，太太呀……。」巡警立刻站起來，表現出遇到外行人的態度：「不要太過激動嘛。對方是未成年少女，不過是個小孩子。」

石井良江不能接受巡警的說法。對於他如此的神經大條，氣得說不出話來，只能嗚咽。

由美子聽了更是義憤填膺。石井良江的憤怒和悲傷，在巡警所代表「社會」面前，居然用一句「不要太過激動」給打發了。這就是現實生活，簡直教人難以忍受！

憤怒使得由美子開始行動。她抬起頭正面看著巡警說：「既然如此，就由我帶這孩子回家。就算是帶給這孩子父親的律師也可以，我負責送到。」

巡警不爲她的氣勢所壓倒：「妳很有魄力，不過妳……。」

「我的名字叫高井由美子。」

「我說高井小姐、由美子小姐，我不知道妳是什麼人，自然不能將人交給妳。妳又不是當事人，不是嗎？」

「有關被偷皮包一案，我就是當事人。」由美子繼續努力：「那可是一件竊盜未遂案！我當場逮捕了這個現行犯的女孩。爲了不讓這孩子繼續犯同樣的錯，將她送回監護人那裡，一點也不奇怪吧。誰叫警方不肯處理呢！」

「警方可不是什麼都不處理呀。」巡警大聲反駁，並且語氣中有明顯的邀功味道：「如果要當作強盜偷竊案處理，當然也可以。只不過妳會有很多手續要處理。這樣一來她就不能回家，家裡也會擔心的。因爲是否眞的有發生竊盜搶劫，還必須到公園尋求證人、完成調查報告等。我是爲了妳的方便，才建議事情不要鬧大。再說那孩子說的是眞是假，還不是很一定呢。」

「你是說我在說謊嗎？」

「我只是說也有這種可能性。」

「我何必要說謊……？」

由美子憤怒地想要反問時，背後聽見說話的聲音：「算了，我自己一個人回家就好了吧！」

石井良江、由美子和巡警同時吃驚地回頭看。還一臉土黃色的樋口惠一隻手扶著門，斜靠在門邊站著。

「我才不願意接受這種家庭的照顧呢！我要離

開這裡。」

石井良江冷不防地站起來反問：「妳說這種家庭是什麼意思？」

「這種家庭就是這種家庭，又怎麼樣了？阿姨妳開口閉口就是眞一，偏偏妳又不是她的母親，只不過是沒關係的陌生人，不是嗎？只不過多事領養了他，不是嗎？妳有什麼權利責備爸爸所做的事。既然妳和塚田家沒有關係，我也可以不甩妳呀！」

石井良江的臉色越來越蒼白，由美子幾乎可以看見她身體中的血液開始逆流。

「責備的權利……我沒有……妳說什麼？」

「沒錯，你們沒有血緣關係。妳之所以會收養眞一，還不就是貪圖保險金嗎？這是我媽說的。」

良江經過由美子身旁，快如閃電地靠近樋口惠。舉起右手，用全身的力量給了樋口惠一巴掌。

「給我滾出去！」良江說。低沉壓抑的聲音充滿了怒氣，一如在她身體內部，支撐人格的堅硬岩盤下，沸騰的岩漿正在流動。

可是那已經是她的極限。良江身體搖晃，蒼白的臉更加發白，當場便倒了下來。因爲情緒的過度激烈與疲倦的交相刺激，她的身體無法承受。

由美子趕緊向前抱住她，扶她坐在最近的椅子上。

「妳還好嗎？」

「不好意思……我……。」

良江動手想要抓住椅子的扶手站起來，但是渾身使不出力量。由美子彎身向前說：「沒關係，妳就這樣休息吧。這個人我會送她回到家的。見了他家人，把事情說明清楚。」

「妳呀……。」巡警還想要說什麼話，卻被由美子手肘頂了回去。

「警察你閃邊！你不是不相信石井女士說的話嗎？根本沒心要幫她嘛，所以算了，請你不用管。」

傳出來一陣笑聲。樋口惠不知什麼時候已經退到房門口，笑聲是她發出來的。一副看熱鬧的表情。由美子氣得臉頰發熱。

大概是看穿了這一點，樋口惠逃了出去，前往大門的方向。

「那我先走了！」說完，由美子伸出手用力握了石井良江的右手一下。然後轉身去追樋口惠。一出大門便追上了她。

「妳家在哪裡？」

樋口惠走得很慢，腳步不很穩定。空腹和疲倦的情況依然沒有改變，自然會有這種結果。

「不管是搭電車還是計程車，都需要用錢吧？我跟妳一起回家，所以告訴我妳家住址！」

眼前來到車水馬龍的大馬路。樋口惠背對著她，冷冷吐出一句話：「滾一邊去，笨蛋！」

「是呀，我是笨蛋。所以才會想要送妳回家。」

樋口惠又罵：「騷貨！」

由美子固然生氣，卻還是笑說：「騷貨？妳也知道這古老的罵人話？可是醜八怪是妳吧。早晚妳就會變騷貨，不是嗎？就算妳先回了家，之後還是會爲了找塚田眞一而到處亂跑吧？可是那需要錢，而妳偷錢的技術又爛，最後只能出賣肉體，那還比較實際呢。妳可以到澀谷或池袋試試，那裡有很多男人等著，很容易就能賣春的。那種女人才叫做騷貨，就是賣淫的意思呀！」

樋口惠停下腳步，但沒有回頭。

「可是妳能說賣淫是爲了幫爸爸嗎？算了，妳反正什麼都能做嘛。可是我今天不送妳回家就是不甘願。因爲這樣下去不管妳，不知道妳又會做出什麼事來？說不定又去搶人家的皮包，而且對象不是像我跑這麼快的女人，是老年人或小孩子。妳也可能傷害到對方。與其讓我做這種擔心，晚上睡不著覺，那我還願意拖著妳回家，儘管妳會大哭大叫地鬧事！快說，妳家在哪裡？」

由美子大步走向樋口惠，抓住她的肩膀讓她回頭，然後一把提起她的衣領。這是她第一次做這種事，沒想到做得還很順手！

樋口惠在哭泣。由美子抓住她的衣領，就近觀察。她的身體依然發臭，或許是哭泣的關係，味道比之前還要濃烈。

「妳好臭喲！」由美子說。

兩人在大川公園前搭計程車。樋口惠一坐在司機後面的位置，司機在開車前便打開窗戶。

樋口惠說他們家現在住在江戶川區的一之江。雖然是租的房子，但房租和生活費由媽媽的娘家支援。

「妳有兄弟姊妹嗎？」

樋口惠老實地回答由美子的質問：「沒有，我是獨生女。」

「那妳現在是媽媽兩個人過日子囉？所以就更不應該做出像今天的這種事讓媽媽操心呀！」

樋口惠沉默了一陣子，然後開口說：「反正媽媽幾乎是個病人，什麼也不能做。」

「是最近才這樣的嗎？還是因爲爸爸出了那種事就長病不起呢？」

「一直都是這樣。整天哭，也不吃飯，有一段時間還住進了精神科醫院。所以現在完全無法料理家事和做飯，租的房子跟豬窩一樣髒亂。」

司機從後照鏡看著她們，臉上開始皺眉。大概是因爲惡臭吧！在被說之前，由美子先開口表明：

「對不起，這孩子生病了，沒辦法洗澡。」

司機什麼都沒有說，但是車開得有些粗暴。由美子從皮包拿出面紙交給樋口惠說：「擦一下鼻子！然後打開那邊的車窗。」

過去的尖嘴利舌似乎都是騙人的，樋口惠乖乖地照做。由美子心想：大概她劍拔弩張攻擊周遭人們的力氣已經消耗殆盡了。一旦哭過之後，就整個人放鬆了。

「我本來是個千金小姐。」樋口惠江面紙捏成團握在手中。

「爸爸曾經是洗衣公司的老闆，跟飯店、大公司簽約，是千葉數一數二的大企業，所以我們家很有錢。我上的高中也是私立的名校。」

由美子笑了。不是嘲笑或諷刺的笑，而是眞心覺得好笑。

「身爲千金小姐，居然也知道騷貨這種罵人的話。現在的千金小姐眞不是蓋的！」

樋口惠沒有笑。也許現在是她最正經的時候，之前不過只是激動罷了。

「以前讀的是好學校，但是自從爸爸出事就被退學了。」

「是學校方面通知妳退學的嗎？」

樋口惠搖搖頭，動作就像十幾歲的小姑娘，惹人憐惜。

「學校沒有說得很清楚。只是因爲父親犯罪就要女兒退學，難道不是侵犯人權嗎？我本人什麼都沒有做呀。所以學校故意做得很迂迴……連朋友都開始疏遠我……。」

計程車前面逐漸看到巨大的車站大樓和西武百貨。

「對不起，我是第一次來，不知道該怎麼走？」

由美子不安地表示後，樋口惠抬頭看著窗外立刻說：「這裡是錦系町……司機先生請往左轉。」

司機還沒聽指示就已經打亮方向燈。然後冷淡地問：「走新大橋路嗎？」

「對，沒錯。」

樋口惠和司機對話時的語氣不太一樣，恢復了從前「千金小姐」的可愛聲音。

「西武裡面的外商，跟我家有簽約。」樋口惠指著百貨公司說。

「外商？好厲害呀。」

「嗯。所以我們家很有錢。佐和市的家很大，連客房都有專用的廁所和浴室。」

由美子沒有將心裡的話說出口：也許很有錢，但不過就是暴發戶嘛。她想讓樋口惠繼續自由說話。

「爸爸的公司經營出現問題，甚至到了很危急的時候，他都沒有告訴我和媽媽。出事是在十月，我們還計畫新年要到澳洲旅行。我很期待跟海豚在港灣一起游泳，還有坐噴射快艇！」

高井由美子是做生意人家的女兒，很清楚生意好壞會影響商人家庭內的空氣。上班族的人家，就算爸爸被貶職、薪水少三成，只要沒聽見媽媽抱怨經濟狀況出問題，孩子們根本不會感覺生活的變化。但是做生意人家的小孩不同，店面經營的狀況，直接表現在爸媽的笑臉大小、聲音的明朗度、動作的大小、甚至動筷子、穿脫拖鞋時的行爲上。

這就是做生意人家小孩的宿命，必須眼觀四面、耳聽八方地生活。

可是樋口惠現在卻說：爸爸因爲事業危機，必須靠強盜殺人來籌錢，而且還拚命不讓太太女兒知道實情。由美子無法相信，也不能理解她們母女的心理狀態，居然沒有注意到父親的狀況和公司經營出現危機，只關心爸爸提議的海外旅行計畫。這是一個什麼家庭？怎麼感覺會如此遲鈍？如果樋口惠如此的沒有神經，就是造成她對塚田眞一自私自利做法的根源；那麼對她說教，也無法制止她奇怪的言行舉止。至少不是由美子和良江所能應付的，至於那個巡警就更別說了。

「我眞的是很期待，澳洲的旅行。」

樋口惠完全沒有注意到由美子內心的想法，還是用興奮的語氣說話。對她而言，沉溺於回想之中是件愉快的事。

「如果爸爸恢復自由，我們一定會去澳洲。我們全家要痛痛快快地玩！」

由美子的話哽在喉嚨。妳的父親殺了三個人，而且三個人之中還包含毫無抵抗能力的小女孩。妳爸爸想要平反，恢復自由之身是不可能的，絕對不可能！所以不要再幻想了，趕快認清楚現實吧……。

可是側眼所看見樋口惠的表情，是那樣的明亮、充滿無窮的希望。與其說由美子被她打動了，不如說是被她嚇傻了。這個女孩活在跟現實社會不同的世界中，那裡的法律、倫理、常識都跟我們不一樣。希望計程車趕緊到達，到達後將這女孩放出去，我實在是不能忍受了！

樋口惠以爲由美子的沉默是一種許可，於是繼續說下去。偶而還要告訴司機怎麼走，但還是不停地訴說自己的想法。其內容都是：樋口家是多麼和樂的家庭；她爸爸有多優秀、多麼會經營事業，深受屬下的愛戴，在地方上也是有頭有臉的存在。仔細想想，大概太久沒有人聽她這麼說了，長期壓抑的心事能一口氣吐出，樋口惠自己也制止不了。

樋口秀幸並不是一個人犯下強盜殺人的罪行，還有兩名共犯。兩個人都是他洗衣公司的員工。換言之，就是老闆做案，夥計幫忙。聽石井良江說：目前還不知道兩名員工是主動幫忙，還是迫於老闆無言的壓力下成爲共犯？因爲很想知道答案，由美子忍不住阻止樋口惠的饒舌。

「妳爸爸是個好老闆吧？」

樋口惠眼睛一亮，她說：「當然。」

「所以他的屬下也肯幫他犯下強盜殺人的罪行囉？就是老闆做的話，我們也跟著做的意思。」

由美子做好樋口惠可能生氣的心理準備。這也難怪，誰叫她的語氣帶著諷刺。

然而樋口惠沒有生氣。就像感動於帥哥議員候選人的演講，拚命衝到前面想要握手的女性選民一樣，她濕潤的眼睛看著由美子，並執起由美子的手說：「沒錯，爸爸就是那麼有人望。兩人都毫無猶豫地跟著爸爸，現在都還強調：是他們自己頭昏了才那麼做，根本不怪爸爸。」

由美子輕輕甩開樋口惠的手，連忙將眼光避開。

「這條路沒錯吧？直走就可以嗎？」

計程車來到一個小十字路口。右手邊可以看見古舊建築的灰色社區相連，左手邊則是商家林立。

「對吧，應該是這附近。」樋口惠說的好像事不關己。

「可是到之前可不可以先停車？還有借我錢吧。」

她伸出右手。由美子臨時被來這麼一手，完全沒有反應。

「幹什麼？」

「我要買吃的。那裡不是有便利商店嗎？我的肚子很餓耶。」

的確右邊的街角有一家便利商店。

「那我跟妳一起去。買的東西也由我來選。」

「不要！我要買我喜歡的。」

「妳到底知不知道自己的立場？居然還敢說話這麼任性。」

司機打開車門，由美子先下車，樋口惠溫吞吞地隨後。

「動作快點，這樣對司機先生很不好！」

由美子心想：不能錯失這個機會，得好好看著她。另一方面又想：樋口惠肚子餓得沒力氣，應該不會做得太極端吧。

「妳很囉唆耶！」

由美子以爲樋口惠只是滿嘴抱怨，不料她竟將由美子往行人道上推。因爲兩手很用力，由美子被推開了。由美子毫無防備，所以不能怎樣。身體閃躲之際跌倒在水泥地上。不巧的是，剛好有腳踏車經過，由美子一心只想躲開。雖然沒有撞上，但腦中一片空白，連尖叫都叫不出聲音來。

「小姐，還好吧？」

司機打開車門衝了出來。騎腳踏車的人則是回頭看了由美子一眼便揚長而去。

現在不管這些，最重要的是樋口惠，她跑去哪兒了？

「那孩子跑往哪裡去了？」

「從街角轉過去不見了……。」

由美子朝著司機手指的方向衝過去。因爲剛剛撞車跌倒的衝擊，眼前還冒著金星。還好頭沒有碰到，但是腰撞到了，所以手腳不太靈活。眼前看見目的所在的街角，但沒有樋口惠的身影。

一邊按著腰痛的位置，由美子到處尋找，但是徒勞無功。這裡是住宅區，有許多巷道可以逃脫。

就算這裡不是樋口惠現在的住址——她媽媽住的地方，也應該是她很熟的地理區域。這一點對由美子而言，實在是太不利了。

由美子十分失望，緊跟著又很生氣。差一點她就要懊惱得哭了出來。

「怎麼辦呢？小姐。」

付給司機到這裡的車錢。看著計程車開走，她覺得更悲慘。這錢花得實在是太冤枉！

必須跟石井女士報告一聲，跟她道歉。可是不知道電話號碼，她更想哭了。

結果在便利商店問查號台，找尋石井家的電話號碼。還好有登錄。打過去，電話鈴聲響了三次才有人接，是良江接的。

說明事情經過時，她的聲音顫抖。但聽良江說話的聲音，良江已經大致恢復正常了，她不斷對由美子道歉，擔心她有沒有受傷。

「沒什麼事啦。」

「讓不認識的妳牽扯進來，眞是不知道該怎麼道歉才好。」良江哭了。

「沒關係的。倒是我沒能辦好事，眞是對不起。」

「不要這麼說，這不是妳的錯。本來應該是我去才對的。請不要在意樋口惠的事了，她就是那種人。」

石井良江很擔心由美子的受傷，直說：「如果可以的話，可否告訴我妳家的電話號碼？」由美子客氣地拒絕了，她說：「眞的不必擔心我。」良江就沒有繼續追問下去，或許是警覺到：由美子不希望繼續牽扯這種煩人的事！

實際上那也許就是由美子眞正的心聲。

掛上電話，由美子跟便利商店問好路，拖著痛腳前往最近的車站。腰還是很痛，腹側也是一樣。但是因爲能用手安撫，還算輕鬆些。最幸運的是頭沒有撞傷。

搭上電車後，後悔的苦水開始湧現，讓她滿嘴苦不堪言。

我怎麼會這麼輕率呢？隨便就介入別人的糾紛裡。可是當時認爲應該那麼做，不做心裡就不痛快嘛。想到那個沒有責任感的警察，那副得意的嘴臉，卻什麼用處都沒有！

可是那件事是眞的嗎？佐和市殺人事件是眞有其事嗎？其實由美子是個爛好人，所以會認爲看慣人生百態的警察處理方式是對的。說不定石井良江才是怪人？她和樋口惠之間是不是有什麼別的糾紛？由美子是不是代罪羔羊呢？因爲整件事令人難以置信嘛。說什麼被害人的家屬被兇手家屬強迫簽減刑請願書，怎麼可能嘛？

這種事太不合常理了。

隨著電車搖晃，由美子在非現實的漩渦中打轉，一時之間以爲自己作夢了？很想跟別人說說話，確定這些事可信與否。

但是腰痛是眞的，所以更讓她感到後悔和恥辱。事到如今，不應該只想要哭泣，應該將心中最珍貴的部分縮小、凝結起來。

在練馬車站下車，她才眞正鬆了一口氣。總算才有流淚的感覺。因爲經驗到超越日常生活的這一段，她完全忘記了當初對哥哥行動的懷疑與擔心。

下了公車，快步走回長壽庵。在到家前的最後一個轉角處，遠遠聽見救護車的警報聲。她停下腳步，豎耳傾聽，聲音向這裡接近。

由美子完全沒想到，這警報聲將是今後由美子所必須面對的新的惡夢開始。儘管她逃開了樋口惠的糾纏，卻逃不開惡夢的侵襲。

15

那一天，栗橋藥局從早就沒有營業。在栗橋浩美眼裡，這家破店每天都在營業；但這一天眞的是休息了，因爲壽美子的身體不太舒服。

栗橋浩美從兩天前便住在練馬的老家。他不是高高興興地回家，心情十分不穩定。加上壽美子因爲風濕病不是膝蓋就是肩膀痛，成天哀聲嘆氣，搞得他晚上也沒睡好。

所以當媽媽從樓梯上跌下來的時候，栗橋浩美在他以前二樓三坪大的房間裡睡午覺。睡得不是很熟，而且已經是十月半了，沒有蓋任何被子都睡出一身汗。他做了夢。

一個喊著晚上睡不著的人，爲什麼白天就睡得著呢？那是因爲白天的話，四周就不會黑暗，就不會被趁著黑夜而來的東西嚇到。可是一旦進入睡眠的世界，眼前還是一片黑暗。而且更要命的是，任何人到了睡眠的世界中都是孤獨的。所以栗橋浩美會作夢，而且夢中會出現那個女孩。

他和和平兩人一開始熱中他們的遊戲時，栗橋浩美的表情整個發亮了起來，體內充滿了自信，彷彿一抬起眼睛就能看到世界的盡頭。有時又覺得那個女孩也很高興地在看他和和平進行的遊戲。女孩自得其樂，所以不再像從前一樣追著浩美要回自己的身體。只是她總是出現在浩美的夢中，成爲浩美影子的一部分。浩美向左動，她就跟著向左動；浩美向右移，她也右移；浩美向前踏一步，她就立刻跟上。就這樣等待他們下一個遊戲的開始。

女孩感覺滿足——知道她終於能滿足，栗橋浩美有種有生以來第一次品嚐到的喜悅，感覺很大的安心。可是爲什麼女孩會這麼喜歡這遊戲呢？姊姊的幽靈怨恨出生沒多久就被剝奪了「生」、名與存在，所以纏著栗橋浩美，爲什麼卻對和平和浩美的遊戲有興趣呢？

然而遊戲太好玩了，而且太過於絕對，與其想這些問題，倒不如全心投入遊戲之中要好得多。因此他沒有很在意。但是自從那傢伙——和明的臉不斷出現後，他開始覺得不太對勁。

和明來到他初台住的地方，是日高千秋這個笨高中女孩的死造成全日本喧騰的時候。當時栗橋浩美的重感冒才剛好，突然從窗外向下看，竟看見和明的臉抬頭望著自己的窗戶。浩美覺得自己的頭又開始發高燒了，爲什麼那傢伙會知道這個地方，說起來搬家的時候不是才利用過他的嗎！所以他記得位置。遲鈍的人，倒是記憶力不錯嘛。

那一天栗橋浩美立刻將頭縮回窗子裡。雖然沒有和和明的眼光相對，但是那傢伙之後應該會上來，並且按門鈴吧。於是他想起來，第一次打電話到古川鞠子家，跟接電話的有馬義男交談時，也被和明偶然地看到。

他是在路上的汽車裡打行動電話。猛一抬頭，看見和明龐大的臉出現在後照鏡中。像隻頭腦有病的大象眨著無知的小眼睛，對著浩美猛笑。

一開始他嚇壞了，可是和明好像沒有發現什麼，還是跟平常一樣的笨德性跟浩美打招呼，問浩美：「你在幹什麼？」栗橋浩美變得很愉快，很想跟他說：「我想問被我誘拐殺害的女孩爺爺說，想不想知道孫女的屍體在哪裡？」

愚笨的人到哪都是愚笨，不僅沒辦法參加遊戲，連遊戲是什麼都不知道。和明不可能會懷疑的，所以浩美立刻忘了這件事，當時的話。但是看見和明望著初台房間的窗戶，那一副若有所思的表情，當時的安心和嘲笑就像從水底又翻滾了上來。

栗橋浩美異常緊張地等待，但和明沒有上到他的房間，也沒有按門鈴。不久他再次到窗戶往外看，和明已經消失蹤影了。

他想：大概是發高燒的後遺症，他看見了幻象。可是如果是幻象，又何必得看見和明的幻象呢？栗橋浩美笑了一笑，立刻又忘記此事。

沒想之後又看見了和明的身影。這一次是和明在初台車站前正要走下計程車。浩美立刻躲在電線桿後面，看著和明快步移動粗短的腿，消失在浩美住的公寓方向。

栗橋浩美正在外出，要跟和平見面，卻在這種地方遇見和明。他想：該不會是和明知道他不在家，想要偷偷調查他的房間吧？明知是妄想，也明知和明沒有那種智慧和行動力，一旦有了這種想法就難以忍受，於是栗橋浩美立刻折返公寓。

當然和明沒有來，門鈴也沒有響。栗橋浩美因為和和平的約會遲到，被狠狠教訓了一頓。

和明、和明、和明。可惡的高井和明。那個死胖子，為什麼在我身邊出現呢？

之後他和和平通宵擬定下一次的作戰計畫，雖然很累但精神很亢奮。回到住處時，手機突然響了，那是上午九點。一按通話鍵，聽見和明的聲音。

「早呀，浩美。你起床了嗎？」

栗橋浩美氣昏了頭，氣到人很想吐，一時之間說不出話來。結果和明呆板的聲音繼續說下去：「有些事想跟你談，最近有沒有空見面？」

「我沒有話想跟你說耶！」栗橋浩美好不容易說出話來。才跟和平熱烈地討論過要如何讓古川鞠子的屍骨轟動登場，剛剛才過了那麼充實的一夜，為什麼現在得跟如此低級的人類說話呢！

「我最近有點擔心，所以想跟浩美見面。我想了很久，決定還是問你本人比較好。有件事我要問你。」

栗橋浩美吃驚地將行動電話拿離開耳朵，仔細察看。那是設計新穎、造型輕巧，巴掌大的新式手機。手機傳出和明的說話聲——和明對栗橋浩美有所要求的說話聲。

我不允許有這種事！

「跟你借的錢，我會還的。」

說「還錢」，這種話說再多也無所謂。

「我不是要錢。那個……可以晚一點再還。」

和明支支吾吾地說話。

「那還有什麼事？我跟你不一樣，我可是很忙的。」

因爲我還有遊戲要玩。那是外送蕎麥麵的你，終其一生都無法參加的遊戲。

「浩美！」和明再一次呼喚。

居然敢直呼我的名字。

「小時候……應該是國二的時候吧，你對我說過的話，你還記得嗎？就是我剛開始去接受眼睛治療的時候，我們在書店前遇到……。」

他在說些什麼？我一點都聽不懂。死胖子！

「浩美，你現在還作夢嗎？還會做小女孩追你的夢嗎？」

栗橋浩美再次看著手中的行動電話。雖然是一個普通行動電話的外型，爲什麼會說出如此令人難以置信的話呢？

「你跟我說過被小女孩的鬼附身，還記得嗎？雖然只有一次，可是你眞的跟我說過吧？我跟你提到恢復眼睛機能的訓練時……。」

和明盡可能說得快一些，舌頭卻轉不過來。就像不太會走路的小孩硬要以超乎能力的速度前進，其努力的情況是很辛苦、很可笑的……。

我簡直要笑死了！栗橋浩美心中雖然如此想，臉上卻不見笑容。他憤而將行動電話甩了出去，掉落在鋪有地毯的地板上。

可是電話並沒有切斷。橫躺在地上的手機依然傳出和明斷斷續續的聲音。

「喂……浩美？你生氣了嗎？對不起……可是我很擔心……很多事……你和那個事件……那個糾纏你的小女孩的鬼……。」

吵死了、吵死了、吵死了。

高井和明的聲音刺激著栗橋浩美的耳膜。事件。那個事件。我很擔心。

他慢慢地撿起地板上的手機，按下「停止」的按鍵。果然聲音應聲停止。

連高井和明也一併切掉。

他再一次按通話鍵，撥了和平的號碼。一次的電話鈴聲還未停止前，和平便來接聽了。他是個不讓別人等待的男人，隨時隨地總是蓄勢待發。

「和平，好像被發現了。」栗橋浩美說，終於心臟開始緊張地跳動。

「被誰？」和平問。他是個只問要事的男人。

「和明。高井和明，你知道他吧？長相記得吧？就是長壽庵，賣蕎麥麵的……。」

「怎麼會？」和平問。

「我……剛好被看見了。不對，應該是被偷聽到了。我想大概是這樣吧。之前以爲沒有事，所以都沒說。」

爲了不讓對方聽起來覺得慌張，栗橋浩美說話盡量放慢速度並壓低聲音，對和平說明之前發生的事。

聽完之後，和平沉默不語；但只是必要的幾個瞬間，然後他說：「如果是高井和明，或許正好。放心吧，浩美，這樣反而有趣！」

「怎麼會有趣？」

「就是可以利用他呀。這件事交給我吧。不過現在需要浩美立刻做的事，就是重新打電話給和明。跟他說：『剛剛你打來的電話，我大概了解了。可是那件事現在還不能說，因爲很危險。事實上我現在的立場也很危險……。』」

栗橋浩美趕緊找紙筆，飛快寫下和平交代的內容。

「就算他問你詳情，你也不能說出其他內容。我想怎麼搞定和明，你應該有譜吧？」

「嗯，這點我很有自信。」

實際上，原本狼狽的心恢復了平靜，他又是生龍活虎一條。

「要演得緊張逼眞點，然後在電話結束前說：你懷疑的不是眞的。自已沒有做出讓人懷疑的事。總之現在什麼都不能說，請和明必須要忍耐，這件事千萬不能對別人說！總有一天需要和明幫忙，到時候你一定要答應我。拜託了！這個時候你一定得低下頭來求他，很認眞地。」

「我知道了，很簡單的。」

「你要認眞做。要他在事件水落石出之前好好等著。我們好爭取時間。現在最重要的事，就是將和明那個笨腦袋裡所想的事封鎖在他的腦海裡。這樣比威脅他或跟他攤牌，都還要有效果。而且是絕大的效果。」

「和明還以爲能站在我這邊。」栗橋浩美說完，竊笑幾聲說：「眞是傑作呀！」

可笑的傢伙，眞的是很可笑。居然會扯到小女孩的鬼，這跟事件有什麼關係嘛？

「我們不是定了計畫要讓古川鞠子的遺體出現在世人面前嗎？」和平問。

「十號還是十一號呢？我們說的是哪一天？」

「還沒決定呢。浩美你待會兒打電話跟和明說完後，之後就別管他了。讓他心情混亂一陣子吧。可是遺體出現後，他可能又會開始鬧，說不定會打電話給你，甚至去找你。到時候就要演另外一齣戲了。」

「怎麼做呢？」

「到了山莊再說吧。反正要去挖出古川鞠子，到時再慢慢說。一切交給我了。」

我得好好安排情節……。

第二天和平就寫出了新的情節。浩美跟他見面，聽過之後提出意見，彼此相互檢討。

於是栗橋浩美的心又再度回到極大的平靜與安心，其中還充滿了新劇本的刺激。栗橋浩美又湧起了鬥志。

「這對大病剛好的浩美，角色是不是太重了呢？」和平取笑他，但浩美臉上沒有笑容。

栗橋浩美很清楚自己扮演的角色有多重要。儘管被和明抓到馬尾是運氣壞，卻也是他的疏失。和平爲了扳回一城，所以將遊戲設計得更加刺激、更加有趣。栗橋浩美爲了挽回名譽也必須全力以赴。

「聽清楚！在所有準備尙未就緒前，千萬要耐著性子等。裝得逼眞點，博取同情，重要的是不能讓他知道太多。不妨把你心中的小女鬼叫出來，這樣一來你就不用演戲，而能表現出眞的害怕了！」

和平的這句話有點傷到浩美。

「要封住和明的嘴。那個爛好人的和明、那個自以爲了解浩美的和明，知道嗎？這件事只有你才能辦到！浩美。」

對，只有我才能辦得到。

於是栗橋浩美回到了栗橋藥局，他對父母說自己過膩了一個人的生活，想吃媽媽做的菜。壽美子根本就沒有做過什麼像樣的菜，這些台詞未免說得太誇張；但壽美子聽了還是很高興。

本來他是爲了接近和明才回家的。爲了知道和明的情況，物理性的距離是不行的。而且必須偷偷地蒐集情報，好將和明吸引過來。

這是很重要的角色，他充滿了幹勁。可是和明的臉總是浮現在他眼前，同時一如和明說的話不斷縈繞在他心裡，那個小女孩也經常在他夢中出現。而且小女孩不像以前一樣滿意了，似乎對遊戲也沒什麼興趣，彷彿和明的話喚醒了小女孩本來的任務——追趕栗橋浩美，在黑暗中她充滿恨意的眼光直盯著浩美看。

所以他晚上睡不好，改成白天睡，卻依然在孤獨的睡眠中作夢。就在不遠處，壽美子從樓梯上面跌了下來。

壽美子沒有大叫，只有傳出身體碰撞樓梯的聲響。栗橋浩美從睡眠中被拉回現實世界，昏昏沉沉地左右搖晃頭殼。

「快來救我呀！」聽見媽媽的哭聲。

栗橋浩美衝向樓梯，看見壽美子頭在下，兩隻腳向著樓梯，仰躺在地上。身體中央像以前跳阿哥哥舞一樣地扭曲，而且兩隻腳交叉著。

「妳在幹什麼？」兩手叉腰站在樓梯頂端，栗橋浩美粗聲粗氣地問。他以爲用吼的，媽媽就會站起來。

「來救我呀！」壽美子哭著說：「我的骨頭摔斷了……頭好……。」

「爸！你在幹什麼？」

大概是聽見聲響，爸爸從樓梯下探出頭來。右手拿著報紙，額頭上掛著老花眼鏡。

看見壽美子的模樣，發出驚訝的叫聲，並喊：「救護車！快叫救護車呀！」

栗橋浩美沿著牆壁慢慢走下來，不願靠近媽媽。裙襬翻起、露出底褲的壽美子，包括她兩腳張開的德性都是那麼地不堪入目。

「我快死了……浩美……我快死了呀！」壽美子邊哭邊叫：「浩美來接我了……浩美來接媽媽了呀。」

正在下樓梯的栗橋浩美俯瞰著媽媽的腳尖，猛然停下了腳步。壽美子圓圓胖胖的下巴正對著天花板，每當她哭叫時，下巴的肌肉就會震動。

「浩美來接我了……浩美，媽媽在這裡呀，你在哪裡呢？」

「我在這裡。」站在樓梯中央，栗橋浩美大聲回答。可是壽美子只能一雙腳不太莊重地對著他，繼續哭著喊說：「浩美，媽媽在這裡呀。」

栗橋浩美也很清楚媽媽喊的「浩美」其實不是叫他，但是很難按捺住怒氣。爲什麼會這樣？老媽爲什麼老是念著那個死掉的笨小孩？爲什麼總是要提起夭折的小孩呢？

栗橋浩美繼續走下幾階樓梯，故意踢了躺在地上的壽美子右腰。因爲反作用力而差點跌倒，順勢就又再踢了一腳。壽美子大聲哀叫，整個身體從樓梯上滑落，頭殼撞到地板，砰然發出聲響。

遠處傳來救護車的警報聲，越來越接近。接著可以看見紅色閃爍的燈光。爸爸在店門口大聲招呼；聲音雖然很大，但是沒有用到丹田之力，所以聽起來只是拔高的聲調。

「救護車來了！」

壽美子不知是昏迷了，還是擔心一動又會被踢，像塊破抹布地靜靜躺著，動也不敢動。栗橋浩美感到呼吸困難，突然間兩腿無力地坐在樓梯上休息。他感覺背後有人，回過頭一看。

那個小女孩就站在那裡，臉上是從未見過的表情，就站在那裡。那是成年男人的笑容，一副我知道你、我知道你知道我知道你的笑容、一副所以我們應該好好相處的笑容。

少女嘴唇動了，做出說話的嘴形：「殺人兇手。」

不久救護人員來到樓梯下，立刻坐在傷者的身邊，以質疑的眼光看著坐在樓梯上的年輕男人。

「上面還有其他傷患嗎？」其中一位救護人員問。

栗橋浩美沒有回答。救護人員不禁將手放在他的肩膀上。

栗橋浩美在發抖，發抖的同時臉上在笑。我知道、我知道你知道我知道你的事、所以我們該好好相處……。

壽美子沒有死。

脊椎也沒有骨折。儘管從樓梯上摔了下來，傷勢倒是很輕。頭部有些撞傷、肩膀的韌帶鬆了、腰部有瘀傷、全身疼痛所以沒辦法自己上廁所，這些症狀在醫生眼裡只是「不幸中的大幸」。

「右邊肋骨有些裂痕，但還好是肋骨，沒有撞壞了頭。」

栗橋浩美告訴醫生，媽媽從樓梯上摔下來後，嘴裡說些莫名其妙的話。不知道腦部是不是有X光照射不出來的病變？

醫生笑了。他是個圓臉、溫和親切的醫生。

「已經照過腦波了，沒有異常。所以我想應該沒問題。跌倒之後的胡言亂語，大概是受到驚嚇之故吧。雖然還需要很多外科方面的治療，但我想不會太嚴重的。你母親的運勢很強，加上又不是太胖，身體還算輕盈呀。」

要是醫生懷疑媽媽的腦部，我就可以將她關在醫院裡了。栗橋浩美覺得十分遺憾。

因爲沒有團體病房，所以住進雙人病房。從被推進病房，壽美子就不斷喊著哪裡痛哪裡不舒服，等到親切的護士一離開，她便破口大罵：「明明就有比較便宜的病房，想賺我的錢才給安排這間病房，醫生說的話能聽嗎？」

同一間病房的室友，一看就知道是臥床不起的老太婆。老太婆很嬌小，連頭底下的枕頭都比她的身軀要大。臉上套著氧氣罩，身上插滿透明管，正睡得香甜。

「說話不要太大聲，會吵到隔壁的人。」栗橋浩美斥責壽美子。壽美子噘起嘴巴說：「我也是病人呀！」

「是病人就給我安分點！」

「就是因爲痛得受不了嘛！」

壽美子眨著哀怨的眼睛說：「眞是不該生男孩！這種時候一點用都沒有。要是生女兒就好了。」

爸爸爲了辦住院手續，正在櫃檯窗口忙。這家醫院的每個窗口都很擠，沒有二、三十分鐘是回不來的。栗橋浩美看著壽美子的嘴巴，心想：用枕頭塞住她的臉，不知要多久才能殺死她呢？這時剛好護士進來了，浩美立刻擺出親切的笑臉。

護士是個美女。和平以前說過：穿上白衣服，女人都要增添三分美麗。不過這個護士是眞的漂亮，而且讓栗橋浩美想起某人，是誰呢？

「量血壓囉。」

護士在壽美子的手臂上綁上壓力帶，臉上始終帶著笑容。「不好意思，我們家不長進的兒子一直在盯著護士小姐看呀。」壽美子說。護士連忙抬起頭，看了栗橋浩美一眼，覺得很好笑。

栗橋浩美想起來了，他知道這護士像誰了。就是那個八王子的女職員，古川鞠子之後抓到的嬌小女人。她不像古川鞠子那麼堅強，整天哭個不停，所以和平很受不了她。

「討厭，這樣護士小姐會不自在的。你到外面去吧！」壽美子責備說。護士笑著對栗橋浩美說：「我不在意的。」

「我媽很任性，老是唸東唸西，不好意思。」栗橋浩美也報以笑容。看來護士對他有好感吧，他認爲是理所當然。因爲栗橋浩美很有魅力，只有壽美子看不懂、讀不出他的魅力。

栗橋浩美走出病房，他想這樣對護士會更有效果。走廊盡頭有一間吸菸室，因爲裡面沒人，他便坐下來吸根菸。

八王子的那名女職員，是否也有那麼漂亮的手指呢？沒什麼印象了。她曾經哀求說：「不要將男朋友給她的紅寶石戒指從她手上取下。」浩美溫柔地回說：「當然不會拿下來的。」當他準備將女職員帶進房間時，被和平不高興地制止了。和平說：「她現在是生理期。」浩美覺得奇怪便問：「你怎麼知道？」和平說：「沒有聞到討厭的臭味嗎？感覺不出來嗎？浩美眞是遲鈍。」浩美對著女人說：「沒錯，我是遲鈍。反正我也不在乎，這樣反而沒有懷孕的困擾，不是正好嗎？」女人的表情好像已經認了。當她恢復意識，知道被帶到山莊後，大概就已經覺悟會遇到這種事，所以沒有什麼反抗。話說回來，如果她太過害怕而身體僵硬，搞起來就不那麼好玩了。

女人問：「你們會讓我回家嗎？」栗橋浩美點頭說：「當然。不好意思讓妳擔心受怕，我要是知道妳很乖巧，脾氣很順從，就不會帶妳來這裡了。我們是要懲罰那些壞女人的！」

女職員沉默不語。她身上穿著正式的套裝，裙子頗長，化的妝很淡。她低垂的目光其實正在指責栗橋浩美：既然是針對壞女人，一開始就不應該找上我。所以你根本就是騙人的。但是她沒有開口抗議，因爲害怕。栗橋浩美則是暗自竊喜。

隔天早上，栗橋浩美帶她上樓之前騙她說：「現在要讓妳回去。不過爲了想起妳，妳要給我一個紀念品，就是妳手上的戒指，好嗎？」

女職員心想：不能拒絕他，惹這個男人不高興。趁著他還沒有變卦，趕緊離開這裡再說。但是栗橋浩美從她細長的眼睛裡早已看透她的心思。女人「嗯」地一聲答應了。被銬住的雙手不方便地褪下了戒指，交給栗橋浩美。浩美說：「謝謝。」然後在十分鐘後，將繩索套在她脖子上向前一推時，栗橋浩美再次說了聲：「謝謝！」眞是太有趣了，謝謝！

和平說：「下次要將這戒指寄給她的男朋友。這樣子劇情才會有高潮……。」

吸完兩根菸走出吸菸室，看見剛剛的護士走往這裡。看見他之後，護士笑得十分燦爛。栗橋浩美也笑臉相向。從護士輕快的腳步，栗橋浩美判斷對方的心情不錯。

護士搭乘吸菸室前面的電梯走了。她的站姿，整體線條很美。從她的背部和腰部曲線來看，應該是有男朋友吧，栗橋浩美心想。如果將她白蔥一樣的手指切下來寄給她男朋友，不知那男人會有什麼樣的表情？

完成住院的繁瑣手續後，栗橋浩美回到家已經是晚上八點以後。媽媽整天抱怨，爸爸狼狽的身軀突然間像個老頭子般的佝僂，他說擔心媽媽會不安，要留在醫院陪她。栗橋浩美心想：不知道是誰不安呢？於是高興地回答說：「我一個人回去沒關係，你留下來吧。」

回家路上，先在一家餐廳吃飯。吃飽後才開始覺得疲倦，不禁打起了哈欠。

壽美子出院之前，藥局都將歇業。確定鐵門關上、門窗都鎖緊後，他才進家裡一邊放洗澡水，一邊沖咖啡喝。突然間電話響了。

心想要是和平打來的就好了，於是拿起話筒。結果聽見高井和明的聲音。

「是浩美嗎？你回來了呀。我聽說你媽媽被送上救護車，不知道情況怎麼樣了？」

商店街上消息傳得快，隨時有人在等待誰家有人受傷、生病或死人。是誰受傷了？誰生病了？聽說他死了，是眞的嗎？究竟什麼時候才會死呀？

「你的消息還眞快！」栗橋浩美說：「聽誰說的？」

高井和明沒有注意到浩美嘲諷的語氣。這條街上的人們也都沒有注意到。

「是曙光屋的老闆跟我說的。聽說從樓梯上摔下來了？你爸爸嚇得臉都綠了。」

「沒什麼太大的傷啦。沒有骨折，只是肋骨有些裂縫。」

「是嗎，太好了。那眞是運氣不錯。」

笨和明！居然發出那麼人的聲音表示安心。我媽的傷，幹嘛要你那麼關心？誰拜託你關心來著？

「你爸爸還好吧？」

「今晚他在醫院陪著。」

「是嗎……。」

和明沒有說話，好像在思考什麼似地，出現一段靜默。栗橋浩美心想：他一定是裝的，高井和明根本就不懂得什麼是「思考」。因爲他沒有頭腦。

「這樣我就安心了。」好不容易冒出一句話，又噤口不言了。

「和明。」栗橋浩美乾脆先聲奪人：「你打電話來應該不是爲了我媽受傷的事吧？」

果然沒錯！電話那頭更顯得沉默了。不久才聽見難以聽取的小聲回答：「嗯……。」

沒錯，就是得這樣。十一日以後，電視上大肆宣揚歸還古川鞠子遺體的消息，和明始終沒有聯絡。關於這一點他和和平討論時，還以爲是他們預測錯誤呢。

結果，預測得很準，沒有失誤。只不過和明的膽小比和平想像的嚴重許多。古川鞠子的遺體一出現，他應該就很想質問浩美了。可是根據和平的指示，栗橋浩美說了很多讓和明胡思亂想的話，最後還提到：到時候會跟他說清楚，請他一定要出手幫忙。另外沒有好理由的話也不能打電話聯絡。

所以從這件事來看，不能說和明只是單純的膽小，而應該說他對栗橋浩美是那麼的忠誠。他就是那麼愚蠢地相信了栗橋浩美說的台詞：「再等一下，我現在需要時間。因爲很危險，所以現在不能說出來。到時候我一定會告訴你的！」

「之前……。」和明吞吞吐吐地說。

「之前的事，不說出來，我也知道。我不想從和明嘴裡聽見那麼可怕的事！」栗橋浩美說得溫柔，臉上卻是笑容邪惡。電話眞是方便的東西呀！

「我很不安呀！」大概溫柔的話語奏效了，和明說話的聲音有了一些力氣。

「前幾天，那個叫古川的人遺體出現了吧？」

「嗯，出現了。」

現在才是重點。就是和平說的「更進一步的劇情」！

「她眞是可憐，祝福她安息。不過和明，你不用擔心，在抓到兇手前，應該快了，不會再有新的被害人了。這一點我能保證。」

和明一時之間說不出話。接著又趕緊追問：

「爲什麼？爲什麼你可以保證呢？」

「我會盯著兇手。」栗橋浩美故意慢慢地說：「那傢伙現在正熱中於和媒體玩遊戲，全部精神都花在那裡了。所以我認爲不太可能會有新的受害人。而且現在全日本的女人都很小心，那傢伙應該也不容易下手吧。」

又是一陣的沉默。

「爲……爲什麼……浩美能緊盯著兇手呢？你已經知道是誰幹的嗎？那是誰呢？」

「這個我不能說。」這也是和平交代的台詞：「現在還不能說，因爲沒有確切的證據。應該說是沒有物證，那種鐵證如山的證據。在沒有找到之前，就算和明是我小時候的好友，我也不敢亂說話。」

他還補充說：「這是爲了不要連累和明下水。」

「我沒關係的！浩美千萬不要一個人冒險呀。」

這是預期的反應。栗橋浩美等待最具效果的時機，說出和平設計的台詞：「不行。我只是一個人，你還有個妹妹。讓和明冒險，等於就是讓由美子跟著有危險。不是嗎？兇手可是喜歡虐殺女人的壞蛋呀。」

和明沉默不語，但可以聽見顫抖的喘息聲。沒錯，你會發抖了吧？和明。因爲牽涉到你最寶貝的妹妹呀。

那一瞬間，栗橋浩美因爲希望將高井由美子帶回山莊的強烈慾望，也渾身顫抖了起來。

「我也很擔心由美子的安危。所以本來是想不到最後關頭，是不要連累你的。我之所以叫你不要跟警方、媒體洩漏這件事，也是這個理由。如果抓到了犯人，但在過程中卻犧牲了由美子，對我們而言又有什麼意義。你說是吧？希望你能了解。」他盡量保持平靜的口吻，像是低語般：「偏偏這時候我媽住院了，我的心情有些混亂。還好傷勢不大，頂多住院半個月就能回家了。而且換個角度想，說不定對我還比較方便。我有很多事要處理，可以不必擔心媽媽的詢問與干涉了。」

當個孝順的浩美，不也很好嗎？現在的台詞非常具有說服力。我的演技眞得不是蓋的呀！

「拜託你，和明。你一定要接受我的拜託，我很需要時間。」

「我知道了。」和明答應得乾脆。一如小學生的正義感，單純的腦袋就是那麼容易相信人。栗橋浩美用空出來的手捂嘴，免得自己笑出來。

和平的新劇本，就是要將所有的罪賴給和明。要將無法動搖的鐵證，加上一具剛死的被害人屍體提供給社會。

所以必須要愼重的準備，也要算好時機。當所有的條件都湊齊了，就把和明騙到山莊。和平說：「和明在毫無防備、沒有告訴任何人行蹤（爲了不讓寶貝的妹妹給捲進來）的情況下，離家來到山莊，他最後只有一條路可走了……。」

在這之前必須跟和明保持若即若離的距離。和平說：「這是最具效果的做法。」

實際上也很有效，而且是非常有效。

「我知道了，我會忍耐的。可是你也要答應我，需要我幫忙的時候，請立刻跟我聯絡！」

「我當然會那麼做。到時候如果你退縮，我也會七拉八扯要你幫忙！」

太好了，進行得很順利。栗橋浩美浮現會心的一笑。這才發現抓著手機的手掌已經汗濕了。緊張！這也難怪，因爲演了一齣大戲呀。

「對了，浩美？」

「還有什麼事？」

「我今天白天去了大川公園。」

令人意外的發言。栗橋浩美重新握好手機。

「去幹嘛？」

「可能是我去過的地方吧，我想。」

和明說話的方式總是不清不楚，讓栗橋浩美的心情開始毛躁不安。什麼？這傢伙到底在說些什麼？

「古川鞠子的屍體被丟在坂崎搬家中心吧？」似乎故意要引人焦躁，和明緩慢地說話：「那是浩美搬家時找的公司，你還記得嗎？」

沒錯，所以我才會選擇那家公司。

那個姓坂崎的老闆是個令人厭惡的傢伙。嘴裡老是掛著：「我雖然開的是搬家公司，但其實什麼都可以服務。因爲幫助有困難的人就是我人生的目標。」我又沒有開口問他這些事。實在受不了他那種說教的口吻、自以爲是的語氣。

一開始來估價的時候，因爲不放心見習員工一個人做，所以老闆也跟著來。當他看見浩美遞出的契約書上「職業欄」空白時，陰險的眼光就惹到了浩美。你沒有上班嗎？沒有幫忙家裡的生意嗎？這麼年輕，眞是可惜呀。我們公司也有比你年輕的員工，雖然不像你一樣出身名門大學，但是工作很認眞……。

坂崎老闆嘴裡沒有這麼說，但總是吹噓「人生目的」的他的眼光裡可以讀出這些訊息。最後居然還說：「像你這種年輕人很少會請搬家公司，通常都是找三五個好友幫忙。不過這麼一來，我們就沒生意做了。哈哈哈……」

當時浩美倒是沒有想到這一點，快到搬家的日子時，才想到叫和明來幫忙。我說老闆呀，我也有電話一通隨叫隨到的朋友呀！

事後提起這事，還被和平嘲笑了一頓。他說：「既然是那麼討厭的業者，可以另外找別家嘛。還是說那個老闆說中了你的弱點？被人家指指點點沒有工作，你就覺得不甘心。最後說的那句話，不過是不認輸的表現而已嘛。」

當初會找坂崎搬家中心，是從業種別電話簿中所挑選價格最便宜的一家。這情形他就沉默不說。

不愉快的感覺始終不消，隱藏的憤怒也難以平息。所以在商量要將古川鞠子的屍骨丟往哪裡時，他提議丟在坂崎老闆家附近，裝在袋子裡丟掉。他聽說老闆有個小兒子，最好是那小鬼打開紙袋，然後留下一生都難以磨滅的心靈陰影。給你一點顏色瞧瞧，看你還談什麼人生目標、什麼救人服務！

當時的不愉快和憤怒重新浮上心頭。但是看見新聞報導中老闆發青的臉孔，感覺是那麼痛快。兩種情緒交雜在一起，幾乎要湧上喉嚨。所以浩美一時之間說不出話來。

「和明，你連這種事也記得住！」好不容易讓自己平靜，說出話來。

「我就是會記這些小事，從小就是這樣。」

「說的也是。」

一般人這時會一起笑，但兩人都沒有。

「所以我以爲浩美跟大川公園可能有什麼關係吧。如果是這樣的話，我現在忘了，但當場可能又會想起來。我以爲浩美知道的地方，我應該也會知道。」

爲什麼？栗橋浩美在心底嘀咕。憑什麼我知道的地方，你就會知道。根本不可能有這種事！

「可是我什麼都想不起來。本來以爲小時候可能遠足去過，但一點感覺都沒有。」和明繼續說：「然後直接回家後，就聽見你媽媽被救護車送到醫院的事。」

將行動電話拿離開臉部，栗橋浩美深呼吸一口氣後，才慢慢地問和明說：「可是聽你這麼說，你好像還是認爲我是兇手吧！」

沒想到和明倒是老實回答：「那個時候我是。對不起，我還在懷疑你。可是聽了你剛剛說的話，我的懷疑已經消失了。」

「謝謝！」

「但是我還在懷疑兇手會不會是浩美身邊的人。是這樣嗎？」

「爲什麼你會這麼想呢？」

「因爲坂崎搬家中心……。」

「說不定只是個偶然。因爲那家公司以前就因爲服務內容很多、很好，接受過雜誌的採訪呀。」

「說的也對。」和明同意說：「可是如果不是身邊的人，浩美就不可能發現兇手吧。何況你現在還在監視他吧？就是因爲兇手在身邊，所以很危險。」

說得很有道理。我應該爲你拍手的，高井和明。過去應該從來沒有人爲你鼓掌過吧？

順便再告訴你吧？你抓到了重點。兇手不只是我，也曾經是你身邊的人。還記得和平嗎？就是他。選擇在大川公園揭開序幕的人也是他……。

「反正和明你別擔心。別再想東想西了。」

他以爲自己說話的語氣很寬大、給人靠得住的感覺。沒想到聽在電話那一頭高井和明的耳裡，他以爲浩美還在擔心受怕。

因爲世界依然在栗橋浩美的周邊圍繞著。在結束這齣戲之前，在他按照劇本開始殺害女人之前，雖然不應該，但世界只是裝做沒有注意到栗橋浩美的存在。而現在不一樣了。

「我會的。但是我隨時等你的聯絡。希望能早日抓到兇手。」

和明眞摯的語氣，讓他沒有理由地抓狂。這眞是奇怪，明明代表他演戲演得成功，明明這是和明完全聽信的證明。

「謝謝你關心我媽媽。」

「如果可以的話，我想去看看你媽媽。」

栗橋浩美準備切了電話，但和明最後又叫住了他：「浩美？」

「幹嘛？」

「你最好不要再用『賤女人』的字眼，那不適合你。」

根本不知道他在說些什麼？只覺得眼前開始漲起氣憤的紅色海水：「我有說過那種話嗎？大概是太累的關係吧。本來我的嘴巴就不太乾淨，我會注意的。再見。」

好不容易說完這些話，用力吸一口氣，讓身體僵直不動，否則他會將電話摔到地上、用力踢牆壁、打破窗玻璃。

被切斷的電話另一頭，高井和明此時正用手包住臉，低頭站在電話機旁。店裡公休，身邊沒有任何人。因爲燈關著，只有走廊的光線微微透進來。

在這樣的黑暗中，高井和明思索著。他不斷鼓勵自己不斷下沉的心，繼續思索著。

浩美他在騙我！

可是現在他還看不出來浩美的謊言從哪裡來。

如果浩美眞的和那些犯罪有關——他的內心低喃著：這是正確的推測，那麼「不會有新的被害人」這句話就値得相信。

那就繼續等待，看浩美如何出牌。看他下一次怎麼說謊？然後再決定自己的行動。他相信一定會有機會的。

浩美不是一個人。這一點是肯定的。有誰在操作著浩美。

對高井和明而言，從那個人手上救出栗橋浩美跟結束這一連串的事件，是同樣重要的事情。

因爲能夠這麼做的人，大概只有高井和明一人吧。

因爲他們是童年的玩伴。

16

栗橋壽美子的住院生活，前後共十天。可是當初主治醫生跟她丈夫說：「大概要半個月才能回家。」之所以能夠這麼早回去，並不是因爲傷勢好得快，也是在於她的精神狀態。

其實一開始大家都不以爲她瘋了。只是情緒不太穩定，老是失眠、經常提到夭折的女兒「弘美」。所以當初主治醫生、護士們都以爲她是因爲從樓梯摔下來的刺激，加上住院生活和日常生活的空間差異，造成她些許的精神不安定，過一陣子就能恢復正常。但是壽美子的情況沒有改善，甚至有每下愈況的趨勢。

大概每一家醫院都大同小異。外科病房會比其他病房要顯得氣氛明朗些。因爲住院病人都是「傷患」，雖然還在接受復健的痛苦療程，但至少恢復健康指日可待，對前途充滿了希望。

壽美子臨時住院時，被安排在雙人病房，但隔天就移到了同一層樓的六人團體房。壽美子是八〇五號病房的第六名傷患。其他之前住進來的傷患，年紀最小的是國中女生，因爲騎腳踏車時被汽車撞傷；年紀最大的是八十五歲的老太太，在自己家的浴室跌倒而受傷。雖然年齡各異，但病房的氣氛很明朗，大家都相處融洽。

自從壽美子搬進來後，八〇五號病房的一名傷患首先對値班護士抱怨了。抱怨的人是睡在壽美子隔壁床的足立好子，五十八歲的女性。她說壽美子在關燈後，整晚念念有詞地自言自語，吵得她很不舒服、睡不著覺。

「那個人白天一臉臭臉，我們跟她打招呼都不理人，所以根本沒辦法交談。而且……。」

因爲足立好子跟値班護士的交情不錯，所以願意說出眞心話。總之，壽美子好像頭腦的螺絲沒鎖緊，會跟只有她才能看得見的幻象說話。

「是小孩子吧，她是跟小孩子說話。」

護士心知肚明。之前負責壽美子病房的護士已經事先提過：「栗橋女士曾經夭折過一個叫弘美的女兒，常會提起女兒的事。」

「弘美是她很早以前夭折的女兒名字，到現在還是忘不了吧。大概是醫院的氣氛、獨特的味道，過分刺激了她的記憶吧。」

「是這樣子嗎……。」足立好子不禁思考，她有兩個女兒，長女才在三個月前生了小孩，所以好子充分體會到孫子的可愛。嬰兒眞的是很可愛。尤其是自己的孩子、孫子，更能無條件地愛他們。萬一損失如此可愛的存在，那種傷痛經過再久的歲月都無法平復吧。她可以想像。

「加上栗橋女士住院以來，老是說晚上睡不著，所以我們開給她輕微的安眠藥。藥效使得她精神恍惚，說不定才會半說夢話地自言自語吧。如果眞的不能忍受，我會跟醫生商量的。」

「這樣的話就算了。我再看看情形好了。」

足立好子基本上是個好說話的人，馬上就開始同情起栗橋壽美子。人家那麼可憐，實在不應該看人家不順眼。就算她不理我，無視於我的存在，還是經常跟她打招呼吧。

可是這麼做，好像也不能改善什麼嘛！

實際上，栗橋壽美子完全跟同病房的傷患沒有來往，也不交談。可是一看到醫生或護士，一張嘴就像機關槍一樣喊著：這裡痛那裡癢、發燒了、血壓高會頭昏什麼的。等醫生或護士一離開，馬上又閉嘴，不是盯著電視看，就是躺著發呆。始終重複這些動作。

也不是多大的傷勢，卻總是以一動就會痛爲由，不肯自己去上廁所，而是使用尿壺便盆。病床四周亂七八糟的也不肯整理，連自身的頭髮也不梳、牙也不刷，看著令人難過。跟其他傷患努力維持乾淨，拿鮮花、玩偶裝飾病房的行爲相比，她的確是個異類。

於是足立好子想了一個計策。她決定不管打招呼也不理的壽美子，而是想對每天來看壽美子的栗橋先生下手。背駝得厲害的他，每次進病房時就像闖空門的小偷一樣，畏畏縮縮地怕人家知道。看來這樣的人也不怎麼好相處——到現在爲止，他進出病房時連一句「內人麻煩各位照顧了」都沒說過，不過總比什麼都不做要好吧。就算她先生也是個怪人，這時候如果跟他抱怨：因爲你太太的自言自語，我們都快得失眠症了！至少心情會快活一點吧。

然而栗橋壽美子的丈夫不僅不善於交際，膽子跟跳蚤一樣小，根本沒辦法交談。這一天他又跟平常一樣手上拿著裝有換洗衣物的紙袋，偷偷摸摸地進來病房，好子立刻跟他說話，而且沒有誇張的只是這麼說而已：「你好。栗橋先生辛苦了，不過你人眞好，每天來看太太。」

栗橋壽美子的丈夫一聽見好子的聲音，馬上就打躬作揖地說：「不好意思，我太太給你們添麻煩了。眞是對不起，她那個人就是有點毛病。」

好子不知如何應對，只好笑著說：「沒的事。團體病房嘛，大家互相囉，沒有添麻煩啦。」

可是栗橋沒有看著好子的臉，只是低著頭逃出了病房。這之間壽美子不知道是不是裝睡？反正她背對著好子躺著，身上蓋著毛毯。

好子整個人呆掉，一張嘴開著。睡在前面病床的女學生笑得臉皺成一團，她小聲對好子說：「阿姨，沒用沒用呀！」

好子也認爲沒用，不禁想念起自己的家。

好子家是開印刷工廠，她和先生、還有兩個員工合力照顧生意。好子在進貨途中發生車禍，造成左膝骨折而住院。家裡少了一名戰力，想來應該很辛苦吧！眞希望早點好，早點回家。就像護士小姐說的，栗橋壽美子因爲住院想起了以前在醫院夭折的小孩，雖然還不知道會不會危及精神健康，但是長期浸淫在醫院獨特的味道和空氣中，心情眞的會變得不好。尤其是現在她最有感觸。

發生這件事的同一天的下午，好子無聊地躺在床上看重播的推理劇，聽見護士在走廊跑步的聲音。因爲沒有聽見救護車的警報聲，她想大概是門診病患吧。結果又是一陣跑步聲，接著又傳來別的跑步聲。看來護士們到處跑來跑去吧。

好子跳下床，同病房的其他傷患也注意起走廊的方向。

「什麼事呢？」

「就算是急救，也很奇怪呀。」

旁邊壽美子的床上是空的。大概在三十分鐘前，她突然起床、搖搖晃晃地走了出去，她還在想：眞是難得，自己一個人會去上廁所！

「到底出了什麼事呀？」剛好有一位護士經過，睡在門邊的傷患叫住了她。護士的表情有些困惑，很快地看了四下，然後躲進門後面低聲說：「門診病患的小孩不見了，大家正在忙著找。」

聽說是讀幼稚園的小孩。媽媽來這家醫院看牙科，等待領藥的期間小孩不見了。

「不用通知警察嗎？」

護士誇張地皺著眉頭說：「這麼一來，問題就搞大了。所以大家正拚命在找。」

護士連忙離開，彼此都是傷患的大家也無法幫忙尋找，只能面對著面做出擔心的表情。

栗橋壽美子還沒有回來。好子已無心觀看推理劇，於是將電視機關上。這時她才發現，壽美子離開床位不是半小時前，而是已經經過一個小時了。因爲她是在這個推理劇之前的社會新聞節目剛播放時便出去了。

那個人也去幫忙找小孩了嗎？

因爲壽美子受傷的不是腿，所以還能走路。難道說因爲小孩夭折而痛苦的她聽見小孩走失了，所以也坐不住跑去幫忙找了嗎？如果眞是這樣，那倒是件好事，怪人栗橋壽美子也有可取的一面嘛！

就在她想東想西之際，時間又過了一小時。看見剛剛的護士走來向大家說：「小孩子找到了，大家請放心。」所有的人都彼此稱喜。

「小孩跑到哪裡了呢？」

「屋頂上。」

「天呀，爲什麼會去那裡呢？」

「誰知道，小孩子嘛。」

護士快步離開了。可是感覺上好像有什麼不對勁，就像後面臼齒黏了什麼東西一樣……。

而且栗橋壽美子還是沒回來。那一晚終於沒看見她回來睡覺。第二天來拿她行李的護士才說明了眞相。

「昨天的小孩，其實是被栗橋女士帶走的。」

病房裡所有人都吃驚地張大眼睛。連本來腰骨折斷的老太太也從床上撐起半個身體來聽。

「你說什麼？」

「那個人頭腦還是有問題。」

護士動作俐落地邊將壽美子的日用品塞進紙袋裡，一邊親切地說明。

「大概是產生了錯覺，以爲夭折的小孩還活著。於是就帶走別人家的小孩。」

「所以就到屋頂上嗎？她在屋頂上做什麼？」

「這個嘛……。」

「那位阿姨被醫院趕出去了嗎？」睡在對面床位的國中女生問：「所以護士小姐才在收拾她的東西囉？」

「不是的。她沒有被趕出去，而是團體病房不適合她住，所以轉到了單人病房。比較靠近護理站。」

「把她趕走就好了嘛。」老太太生氣說：「她應該住進別家醫院。」

「話是沒錯，問題有別的醫院肯收嗎？還是早點治好，早點讓她出院才對。」

那一天晚上，足立好子對來探病的老公說了栗橋壽美子惹的事。因爲少了好子這個幫手，每天忙於工作的老公一臉疲倦，但還是聽得津津有味。

「她是睡在這張床嗎？」老公坐在好子隔壁、壽美子搬走後就空著的病床上。

「一點也不可怕。不過就是張病床嘛，沒什麼大不了的。」

「不過這故事倒是蠻恐怖的。住院之前還是個正常人，不是嗎？畢竟這裡的氣氛特殊，讓她想起了嬰兒夭折的往事，於是精神就錯亂了吧。」

老公像個小孩坐在床上試床墊的彈性。

「可是……栗橋女士跟妳的年紀差不多吧？那麼她小孩夭折應該也是三十年前的往事了。已經經過那麼久，難道還忘不了嗎？」

「當然不會忘，畢竟是痛過肚子生下來的孩子呀！」

「她家人怎麼樣呢？應該知道她帶走人家小孩的事吧？」

「當然，醫院會跟他們說吧。要不然就太不負責任了。」

出了帶走小孩的事，換到單人病房後，她在護士嚴密的監視下，似乎安定下來了。應該沒問題了吧。

當時好子正在接受復健的治療。那可是流汗流淚的大工程，難過得令她覺得還不如不要治療算了。每天下午到了固定時候，就有護士來接她到五樓的復健室去。好子就像拒絕上學的小孩一樣，常常用發燒了、怕冷、肚子痛等理由想要賴掉。

在這樣往返五樓的過程中，有一次她偶然經過掛著「栗橋壽美子」名牌的病房。她很吃驚地發現，原來是移到五樓來了。因爲房門開著，裡面傳出人的聲音。她不禁偷偷將頭伸進去窺探。

「阿姨，精神有沒有好一點呢？」是年輕男人說話的聲音。

病床四周的布簾拉上了一半，所以從足立好子所在的病房門口看不見床上的栗橋壽美子身影。只能聽見聲音。

「一點精神都沒有呀……。」牢騷般的口吻依然不變。

「不要這麼說嘛，本來會好的都好不了了。何況我今天來，覺得阿姨的臉色比上次好很多呢！」

跟壽美子說話的年輕男人坐在病床旁的板凳上，完全背對著好子。因爲身體高大又很胖，那張小板凳幾乎隱藏在他身體的下面。所以看起來好像一塊大年糕供在那裡，形成很有趣的光景。好子忍住聲音偷笑。

或許是青年對壽美子說話的口吻讓好子笑了出來，因爲感覺很溫馨、很有人情味。除了醫生和護士外，這是好子第一次聽見有人這麼溫柔地對壽美子說話。

和好子一起住在八○五病房時，除了那個膽小鬼丈夫外，沒有其他人來探過壽美子的病。據知道壽美子被救護車送來情況的其他病患說——到哪裡肯定都有這種「探子」，壽美子和她先生好像還有一個兒子，臨時住院那天也來了。但是那兒子從此就沒到病房來過，至少八○五病房的好子就沒有見過。

一個人住在病房裡，將是多麼孤獨，而且不管是對別人或是自己，都很容易將這種孤獨暴露出來。因爲過去關上門窗、不爲人知的個人生活，在這裡完全一覽無遺。結果住院的病患本人會將過去生活所建立、所深信的愛情、人際關係，看成是謊言、無所謂、想太多、個人的過分期待等而當作是一場夢幻，於是心情陷入絕望的谷底。將近兩個月的住院生活，好子本身也經驗過，也看過很多這樣的住院朋友。

一個和好子幾乎是同時期，也是因爲車禍而住院的老太太，第一眼印象是高尚、沉穩的人，因爲睡在好子隔壁，好子立刻就喜歡上她。老太太的傷是右肩膀的骨折，其實並不嚴重，但她剛住院的時候總是喊疼叫痛。睡不著的夜晚，好子跟她兩人一起流著冷汗呻吟，彼此打氣度過漫漫長夜。老太太有個不住在一起的獨生子。在一流企業高就的兒子、兒子的好媳婦和他們之間所生的兩個小孩，是老太太常常掛在嘴裡自誇的話題和她人生的快樂與希望。

老太太不斷對好子提到，她兒子的溫柔、媳婦的善解人意、孫子的可愛，而且是由衷的感動。聽得好子也覺得打從心裡爲她高興。

可是老太太住院期間，她引以爲傲的兒子、媳婦、孫子們一次也沒有來探望過她。

三個禮拜後老太太轉院了。事後聽護士說，她轉往了收容無家可歸老人有名的綜合醫院。好子知道這家醫院的名字和地點，心想能活動後一定要去探望她。但是跟老公提起這事時，老公卻阻止她不要做傻事。

「妳去探望人家，豈不是讓那老太太更加難堪嗎？有時候裝做沒看見也是一種親切。」

好子不太能接受這種說法，也跟八〇五病房的另一位老太太提起。老太太靜靜地搖頭說：「我也贊成足立先生說的話。」

「如果我是那個常常自誇自己兒子的人，被丟到那種老人收容所一樣的地方，而妳足立太太專程來看我，我一定會裝作不認識妳，問妳是誰？這是一定的。所以妳還是別去的好。」

好子不禁沉思這個問題。加上因爲身體失去自由的不甘心與不安，那一晚她居然稍微哭了。心想：原來醫院就是這樣的一個地方嗎……？

因爲有這層體悟，看見一向被視爲怪人的栗橋壽美子，看見一開始就拒絕與別人和好相處的怪人，有這麼一位溫柔的人來探病，好子不禁覺得十分高興。原來世上還是溫馨的，並不是所有的人都可悲呀！

「阿姨，妳喜歡吃橘子吧？雖然是溫室種的，不過看起來很甜，所以我買來給妳。妳吃吧！」

青年遞出一個紙包。「和明居然還能記得我愛吃橘子。」栗橋壽美子發出驚訝的聲音說。

「我去妳們家玩，妳不是常給我橘子嗎？冬天的時候，都是買整箱的。大概是讀小學的時候吧，我和浩美兩個人吃掉了半箱，還被妳罵了一頓呢。」

「有這種事嗎？」

足立好子想像兩個小男孩，兩手抓著黃澄澄的橘子比賽誰吃得快，結果被狠狠數落的畫面，不禁又想笑了。但是因為偷聽怕被人發現，趕緊躡著腳離開。回到自己的病房，還是覺得好笑。

那個青年是誰呢？從說話的內容來看，應該是栗橋壽美子兒子的童年玩伴或是表兄弟之類的吧。似乎青年的名字叫「和明」，而栗橋壽美子的兒子叫「浩美」。

足立好子並不是愛追根究柢的人，只是對那個叫「和明」的青年有一種善意的好奇。所以從那天起，只要看見復健室的治療師、病房值班的護士就會問一聲栗橋壽美子的情況怎樣。栗橋女士的傷勢好多了嗎？聽說上次他兒子來看過她，是嗎？

但是八樓的人畢竟對五樓的事不太清楚，最後能滿足好子好奇心的只有偶而來巡邏的外科病房護士長。

「我在復健的回程看到的，栗橋女士的兒子來看她了。」

好子故意投石問路，護士長側著頭想了一下，然後用明朗的聲音回答說：「那個不是她兒子啦，好像是她兒子的朋友。就個子很高、身體胖胖的男孩子嘛？」

在女王陛下的護士長眼裡，好端端的一個青年也變成了「男孩子」。

「沒錯，體格好像一塊大年糕呀。」

自己身材也很龐大的護士長，聽了好子的比喻也跟著笑。

「好像是附近蕎麥麵店的小開，栗橋女士兒子的小學同學。因為兒子很忙，代替他來的。是個好孩子。」

「是呀，的確是。」

說曹操，曹操就到。跟護士長聊天的那個下午，在復健的回程上，跟那個「和明」一起在五樓的電梯口遇見。兩人站在一起，「和明」等待向下的電梯，好子等待向上的電梯。和明手上拿著鼓起的紙袋。近看「和明」雖然也很胖，但兩手結實，給人有勤奮做事的感覺。表情呆滯、一副快要睡著的樣子，眼睛盯著幾乎沒有動的電梯指標直看。

「醫院的電梯好慢呀，總是要等。」好子開口說話。

「和明」有點吃驚的樣子，一雙大象的小眼睛不停眨著，並低頭看著好子。

「是呀，說的也是。」說話聲音慢了半拍：「下去嗎？」

「不，我要往上。如果能夠往下，直接回家就好了。」

「和明」看著好子的枴杖和石膏裹住的左腳。「眞是辛苦了。」說得很眞誠。

「尤其是復健呀……。我已經是歐巴桑了，實在做不來呀。」好子笑說。

「我這麼胖，要是腳斷了可就糟了。」「和明」也笑說：「也許會哭著逃避做復健吧！」

與其說他不會說話，感覺倒是回答得很靦腆。爲了不讓跟他說話的好子難堪，於是拚命擠出這些話來。好子也跟護士長一樣覺得他眞是個好孩子。

下去的電梯先來。「和明」對好子說聲「保重」才進電梯。直到電梯門緩緩關上之前，好子都微笑著目送他。

「妳還眞是會想呀！」晚餐時刻來探望的老公笑她說。

「我不是因爲他來看栗橋女士，就劈頭認爲他是好青年，而是因爲他做了什麼才覺得他是好孩子的。而且你不覺得很感動嗎？經常來探望小學同學的媽媽。」

「這世界上本來就有各種人呀，爲了什麼目的而來還不知道呢！不要隨隨便便被感動，妳也眞是單純！」

好子不高興說：「何必想得那麼複雜嘛。」

「不是我想得複雜，只是有些事不是一加一等於二呀。」

「任何時候都是等於二。要不然該怎麼記帳呢？」

「妳就是搞不懂嘛！」

好子的復健情形在她一心想早日回家的熱忱下，進行得很順利。檢查方面沒有異狀，因此訂在十月二十日出院。

一旦決定了出院日，做什麼都很有幹勁。好子像小孩子一樣數著日子，繼續努力復健。或許是熱中於自己的事，那一陣子就沒有再遇到「和明」，也沒有在栗橋壽美子的病房前聽見或看見什麼。

好子半祈禱也半相信地認爲：栗橋壽美子的傷勢跟精神狀態應該都很安定吧。如果她又將門診客人的小孩帶走，一定會有「探子」到處散播謠言吧，不然護士們也會提到。如果「和明」經常來探望她，也應該對她的傷勢有良好的影響。等她習慣了醫院的味道和氣氛，過去死去孩子的記憶應該就會回到原來的地方，不再擾亂她的心緒。

出院那天，她一早就起來收拾東西，等待老公來接她回家。值班的護士笑著威脅她說：「如果太興奮造成血壓上漲，到時候就不給出院許可了！」

最後還是發了出院許可，她跟八〇五病房的同件道別，但是等待的老公卻還沒來。她也知道工廠很忙，但也遲到得太過分了。結果老公來的時候是下午三點，加上空著肚子，好子根本沒有好臉色。細心的護士不斷勸她去吃飯，但受夠了醫院伙食的好子還是拒絕了。

好子叨叨唸唸，老公也一樣反擊，兩人邊吵邊提著大堆行李下電梯。門診的掛號到下午兩點爲止，櫃檯窗口不像上午那麼擠。但是來探病的人還是很多，大廳的椅子幾乎坐滿了人。

好子拄著枴杖行動，儘管被護士警告過了，她還是興奮地喘著氣走路。

「讓我坐一下！」好子看了一下周圍，發現前面兩排的地方有空位。

「那妳在這裡坐著等，我去開車出來。」

老公讓好子坐下，將行李放在腳邊，就先行離去了。好子還是一肚子氣，所以沒有回答。

喘了一口氣，一邊按摩腳一邊觀察四周。想到自己終於能夠離開這裡，看見那些跟探病客人談笑或翻閱書報雜誌、穿著醫院睡衣的病患，不禁有種優越感和同樣多的同情油然而起。

大廳電視正在播放社會新聞的節目，又是報導那個連續女性誘拐被殺事件。住院期間除了午間社會新聞外，幾乎什麼都沒有看，好子已經對該事件很熟悉了。今天又是報導那個可憐的古川鞠子。

但她還是隨意跟著看電視，卻從眼角餘光發現一個熟悉的龐大身影。

是「和明」。既然是開蕎麥麵店的，現在應該是中午休息時間囉。所以利用這時間來看栗橋壽美子，而現在是看完回去的時候。他從電梯出來後，直接朝著大門走去。

好子嚇了一跳，眼睛追著「和明」不放。他穿著白色圓領的襯衫和白褲子，應該是工作服吧。臉色也跟衣服一樣的蒼白。

和明走到自動門時，剛好老公也從外面進來。兩人在門口相遇，和明的龐大身軀撞上了好子的先生。因爲老公個子小，搖搖晃晃地差點跌倒在地上。但是和明看都不看老公一眼，快步離開現場，好像在躲著什麼似的。

他是怎麼了？

「最近的年輕人不知是怎麼教育的？連句對不起都不會說！」老公生氣地來到好子身邊。可是好子始終看著「和明」離去的方向，感覺事情好像不太尋常。

到底發生什麼事了？是不是栗橋女士又幹什麼了？

就在不遠處，足立好子又再看見一次「和明」的臉，就在電視畫面上。於是好子重新咀嚼她在大廳所感受到的漠然的不祥預兆。

國家圖書館出版品預行編目資料

模倣犯／宮部美幸著；張秋明譯－－初版.
－－臺北市：一方，2003〔民92〕
面；　公分.－－（宮部美幸作品集；1-4）
譯自：模倣犯

ISBN 986-7722-25-6（第1冊：平裝）
ISBN 986-7722-26-4（第2冊：平裝）
ISBN 986-7722-27-2（第3冊：平裝）
ISBN 986-7722-28-0（第4冊：平裝）

861.57　　92009059